MIRA®

Der Preis dieses Bandes versteht sich einschließlich
der gesetzlichen Mehrwertsteuer.

Umwelthinweis:
Dieses Buch wurde auf chlor- und säurefreiem Papier gedruckt.

Die Handlung und Figuren dieses Romans sind frei erfunden.
Ähnlichkeiten mit lebenden oder verstorbenen Personen
sind nicht beabsichtigt und wären rein zufällig.

Elizabeth Flock

Ich & Emma

Roman

Aus dem Amerikanischen von
Katja Henkel

MIRA®

MIRA® TASCHENBUCH
Band 25182
2. Auflage August 2006

MIRA® TASCHENBÜCHER
erscheinen in der Cora Verlag GmbH & Co. KG,
Axel-Springer-Platz 1, 20350 Hamburg
Deutsche Erstveröffentlichung

Titel der nordamerikanischen Originalausgabe:
Me & Emma

erschienen bei: MIRA Books, Toronto
Published by arrangement with
Harlequin Enterprises II B.V., Amsterdam

Konzeption/Reihengestaltung: fredeboldpartner.network, Köln
Umschlaggestaltung: pecher und soiron, Köln
Redaktion: Claudia Wuttke
Titelabbildung und Autorenfoto:
© by Harlequin Enterprise S.A., Schweiz
Satz: Buch-Werkstatt GmbH, Bad Aibling
Druck und Bindearbeiten: Ebner & Spiegel, Ulm
Printed in Germany
ISBN 3-89941-240-0

www.mira-taschenbuch.de

DANKSAGUNG

Viele Menschen haben geholfen, diesem Buch Leben einzuhauchen. Mein tiefster Dank gilt Anne und Taylor Pace, die mir ihr geliebtes North Carolina zeigten und geduldig warteten, bis auch ich es liebte.

Danke meiner hervorragenden Lektorin, Susan Pezzack, und meiner unermüdlichen Agentin, Laura Dail, die immer noch nicht weiß, wie berauschend ihre Ermutigungen waren.

Ich habe das Glück, eine Freundin wie Mary Jane Clark zu haben, die eine ständige Quelle der Kraft und Liebe ist.

Meine Emily gab Carrie die Stimme und half mir, mich zu erinnern, wie man als kleines Mädchen denkt. Meine Lizzie unterstützte und rettete mich gelegentlich vor mir selbst. Und mein Jeffrey schenkte mir dieses völlig neue wundervolle Leben, das es mir ermöglicht, zu schreiben.

1. KAPITEL

Als Richard mich zum ersten Mal schlug, habe ich wie bei einem Zeichentrickfilm Sternchen vor den Augen gesehen. Es war allerdings nur eine Ohrfeige – nicht wie bei Tommy Bucksmith, dessen Vater ihn so verprügelte, dass sein Kopf regelrecht vom Steinpflaster abprallte. Ich schätze, Richard wusste nichts von den Saltos, die ich früher mit meinem Daddy machte. Wir hielten uns an den Händen, ich kletterte seine Beine hoch bis kurz übers Knie, drückte mich ab und machte eine Rolle durch das Dreieck, das unsere Arme bildeten. Das war total lustig. Ich versuchte Richard zu zeigen, wie das funktionierte. In diesem Moment lernte ich allerdings, dass es besser war, Richard in Ruhe zu lassen. Seither versuche ich, so selten wie möglich zu Hause zu sein.

In einer Kleinstadt namens Toast kann man nicht verloren gehen. Ich weiß nicht, wie es woanders ist, aber bei uns sind alle Straßen danach benannt, was man dort vorfindet. Es gibt die Post Office Road und die Front Street, die direkt an den Vorderfronten der Ladengeschäfte vorbeiführt, die Back Street, eine Parallelstraße dahinter. Es gibt die New Church Road, obwohl die Kirche an deren Ende inzwischen nicht mehr neu ist. Dann die Brown's Farm Road, wo Hollis Brown mit seiner Familie lebt, und davor lebten andere Browns dort, die Mama kannte und nicht sonderlich mochte. Es gibt die Hilltop Road und sogar die Riverbend Road. Also egal wohin man will, die Straßenschilder zeigen einem den Weg. Ich wohne in der Murray Mill Road. Nun würde man vermuten, dass mein Nachname Murray ist, aber der ist Parker – Mr. Murray starb lange bevor wir hier einzogen. Wir haben in dem Haus nichts verändert: Der Weg von der Route 74 besteht einfach nur aus Gras, das in zwei geraden Streifen wächst, sodass die Autoreifen von ganz allein wissen, wo sie entlang müssen. Das Erste, was man sieht, wenn man bis sechzig gezählt hat, ist die Mühle am Teich, die von alten Pfählen abgestützt wird. An einen Baum ist ein Brett festgenagelt, darauf steht in abgeblätterten Buchstaben: Fischen am Sonntag verboten. An einer Wand der Mühle hängt noch ein altes Schild von Mr. Murray, auf dem man einen gemalten Hahn sieht, der folgende Worte kräht: Fütter Nutrena … sicher, zuverlässig und günstig. Es ist nicht leicht, die Wörter zu entziffern, weil sich feiner roter Staub darüber gelegt hat. Aber den Hahn kann man noch ganz deutlich erkennen. Und an die Tür der Mühle ist ein Zettel geheftet: „Warnung: Es ist rechtswidrig, verdorbenes oder falsch gekennzeichnetes Getreide zu verkaufen, zu liefern oder zu lagern. Bei Zuwiderhandlung drohen 100 Dollar Bußgeld oder Gefängnis oder beides.“ Den Satz habe ich in mein Schulheft abgeschrieben.

„He!“ Das Schulheft fliegt aus meiner Hand in den Schmutz.

„Wette, das haste nicht kommen seh'n!“ Richard lacht mich aus, als ich auf dem Boden herumkrieche, um das Heft wieder aufzuheben, bevor er es ergattern kann. „Muss ja was ziemlich Wichtiges sein, so wie du's festhältst. Zeig mal.“ Und bevor ich auch nur einen Pieps sagen kann, reißt er es mir aus der Hand.

„Gib's mir zurück.“

„Collie McGrath spricht wegen dem Froschvorfall nicht mehr mit mir ... was für ein Vorfall?“ Er blickt von meinem Tagebuch hoch.

„Gib es *zurück!*“ Aber als ich versuche, es zu ergreifen, schiebt er mich zur Seite, blättert die Seiten durch und fährt mit seinen schmutzigen Fingern die Zeilen entlang. „Wo steh' ich? Kann's gar nicht erwarten zu lesen, was du alles über *mich* schreibst. Hmm.“ Er blättert weiter. „Mama hier und Mama da. Jesus Christus, nix über deinen guten alten *Dad?*“

Er wirft es wieder auf den Boden, und ich muss verrückt sein, dass ich nicht warte, bis er gegangen ist, denn als ich mich danach bücke, stößt er mich mit seinem Stiefel in den Dreck.

„Da! Jetzt haste was, worüber du schreiben kannst!“

Ich lebe hier mit meinem Stiefvater Richard, meiner Mama und meiner Schwester Emma. Emma und ich sind wie Schneeweißchen und Rosenrot. Wahrscheinlich gefällt uns diese Gutenachtgeschichte deshalb auch am besten. Da geht es um zwei Schwestern: Eine hat ganz blasse Haut und blondes Haar (genau wie meine Mama), und die andere hat dunklere Haut und Haare so schwarz wie das Innerste im Auge (genau wie ich). Mein Haar ändert seine Farbe je nachdem, von wo aus man es betrachtet und wann. Von der Seite bei Tageslicht sieht mein Haar blauschwarz aus, aber abends von hinten sieht es aus wie verbranntes Holz im Kamin. Wenn es sauber ist, ähnelt Emmas Haar einem Wattebausch: weiß, weiß, weiß. Aber normalerweise ist es so schmutzig, dass es aussieht wie die verstaubten alten Briefe, die Mama in einem Schuhkarton in ihrem Schrank aufbewahrt.

Richard. Also das ist ein Typ, der mich an niemanden aus den Gutenachtgeschichten erinnert. Mama sagt, dass er und mein Daddy so unterschiedlich sind wie Feuer und Wasser, und ich glaube ihr. Ich meine, man muss schon sehr nett sein, wenn die Leute Schlange stehen, um einem einen Teppich abzukaufen, so wie meinem Vater. Das hat Mama erzählt. Richard ist nicht halb so nett. Ich habe Mama mal gesagt, dass Richard eher *unnett* wäre, aber sie fand das nicht lustig und schickte mich auf mein Zimmer. Ein paar Tage später, als Richard mal wieder auf Mama herumhackte, schrie sie, dass niemand ihn leiden könne und seine eigene Stieftochter ihn „unnett“ nenne. Als sie das sagte, stand ich nur da und lauschte auf das Ticken der Plastikuhr, die die Form eines Gänseblümchens hat und an der Küchenwand hängt, weil ich wusste, dass es zu spät zum Weglaufen war.

Mama sagt, unser Daddy war der beste Teppichverkäufer im Staate North Carolina. Er muss Tonnen von Teppichen verkauft haben, denn für uns war keiner mehr übrig. Wir hatten harten Linoleumboden. Nachdem er gestorben war, erlaubte mir Mama, das grasgrüne Musterstück zu behalten, das sie auf dem Rücksitz seines Wagens fand, als sie ihn sauber machte, bevor Mr. Dingle ihn abholte. Das Musterstück war wohl von der großen Pappe gefallen, auf die ganz viele weitere Teppichstücke in verschiedenen Farben geklebt waren, damit die Leute schauen konnten, was am besten zu ihnen passte. Ich bewahre es in der Schublade des weißen Korbnachtschränkchens neben meinem Bett auf, und zwar in einer Zigarrenkiste, auf der ganz viele Bildchen von altmodischen Koffern, Briefmarken und Flugzeugen kleben. Manchmal, wenn ich gründlich an dem Musterstück schnüffle, ist da immer noch der Geruch nach neuem Teppich, der Daddy immer wie ein Schatten verfolgt hatte.

Zurück zu mir und Emma. Unsere Haarfarbe ist unterschiedlich, aber noch unterschiedlicher ist unsere Hautfarbe. Wie Schokolade und Vanille. Bei Emma ist es, als hätte sie jemand gemalt und mitten drin aufgehört, damit jemand anders die Farben hinzufügen kann. Und bei mir? Nun, Miss Mary aus dem White's Drugstore legt immer den Kopf schief, wenn sie mich sieht, und sagt: „Du siehst müde aus, Kind". Doch das bin ich nicht – das liegt nur an den Schatten unter meinen Augen.

Ich bin acht – zwei Jahre älter als Emma, aber weil ich so klein bin, denken die Leute bestimmt, wir wären zweieiige Zwillinge. Und genauso kommen wir uns auch vor. Ich wünschte, ich wäre mehr wie Emma. Ich kreische, wenn ich eine Zikade sehe, aber Emma macht das nichts aus. Sie nimmt sie einfach hoch und wirft sie raus. Und sie wird von den anderen Kindern niemals gehänselt. Einmal hat Tommy Bucksmith ihr den Arm auf dem Rücken verdreht und lange festgehalten („Bis du sagst, ich bin der Größte im ganzen Universum", sagte er und lachte, während er ihren Arm höher und höher drückte), aber sie gab keinen Mucks von sich. Emma hat vor nichts Angst. Außer wenn Richard auf Mama losgeht. Dann gehen wir beide sofort hinter die Couch. Hinter die Couch, das ist wie ein anderes Zimmer für mich und Emma. Dort ist unsere Festung. Jedenfalls steuern wir immer darauf zu, wenn das Fußpedal von dem Metallmülleimer in der Küche zehnmal gequietscht hat. Die Flaschen scheppern so laut, dass ich immer das Gefühl habe, mein Kopf spaltet sich in zwei Teile.

Richard beginnt ungefähr nach dem zehnten Quietschen an Mama rumzumeckern. Ich weiß nicht, warum sie ihm ab dem achten Quietschen nicht einfach aus dem Weg geht, aber sie tut's nicht. Ich und Emma haben uns etwas angewöhnt, was wir Bodenpolieren nennen. Wenn wir Quietschen Nummer acht hören, beginnen wir ganz langsam auf dem Hintern vom Fernseher Richtung Couch zu rutschen. Bei der Lautstärke des Fernsehers kann man uns nicht hören, und Richard konzentriert sich so sehr auf Mama, dass er gar nicht bemerkt, wie wir uns Stück für Stück zur Couch bewegen. Beim neunten Quietschen sind wir nur noch Zentimeter entfernt, und kurz vor dem Zehnten schlüpfen wir zwischen die kühle Farbe an der Wand und den kratzigen braunen Bezug der Couch. Zuerst fanden wir, dass es hinter der Couch stinkt, aber jetzt bemerken wir das gar nicht mehr. Einmal habe ich Mamas Parfüm genommen und zweimal direkt in den Stoff gesprüht, jetzt riecht es dort nach Mama an einem Sonntag.

Wir wohnen in einem alten weißen Haus mit abgeblätterten gelben Fensterläden. Es ist drei Stockwerke hoch, wenn man den Dachboden mitzählt, auf dem ich und Emma schlafen. Wir hatten früher unser Zimmer gegenüber von Mama und Daddy, aber nachdem er gestorben war und Richard einzog, mussten wir ein Stockwerk höher gehen. Und das ist das Schlimmste. Dass Richard uns gezwungen hat, unser Zimmer zu verlassen. Ich kann darüber jetzt nicht nachdenken. Wenn ich über etwas nicht nachdenken will, tue ich so, als ob es einen kleinen Mann in meinem Kopf gäbe, der den Teil meines Gehirns, das über die schlechten Dinge nachdenkt, mit aller Kraft nach hinten schiebt, hinter alles andere, worüber ich nachdenken könnte.

Mama sagt, es sei unordentlich, so wie wir allen möglichen Kram vor dem Haus stehen haben, und deshalb hat sie einfach Blumen gepflanzt, damit es so aussieht, als ob wir die Sachen absichtlich dort hingestellt hätten. Und zwar: Drei Reifen – über einem wächst schon Gras aus dem Schmutzhügel in der Mitte –, eine Katzenstatue, die so grau ist wie ein Gehweg, Richards altes Auto, das, wie er behauptet, eines Tages wieder zum Leben erweckt würde, aber ich denke, dann wäre es ziemlich verwirrt, weil es nämlich keine Reifen mehr hat, Mamas alter Waschkübel mit Blumen darin, eine Hängematte, in der Emma und ich gern geschaukelt haben, als wir noch richtig jung waren, aber jetzt ist eine Seite ausgefranst, weil wir sie im Winter nie ins Haus genommen haben, ein Heubündel, das verfault riecht, ein Eisenhahn, der in die Richtung des Sturms zeigt, wenn einer kommt, und Richards alte Arbeitsstiefel. In die hat Mama auch Blumen gepflanzt. Ich habe noch nie zuvor Blumen in Stiefeln gesehen, aber jetzt wachsen dort Gänseblümchen. Oh, beinahe hätte ich es vergessen, Mamas Wäscheleine ist auch da draußen.

Es gibt keinen Weg zu der Eingangstür. Ich wünschte,

es gäbe einen. Schneeweißchen und Rosenrot haben einen Weg, der durch einen mit Rosen bewachsenen Torbogen führt. Bei uns gibt es nur zertrampelten Rasen. Aber wenigstens haben wir eine Veranda, und die gefällt mir am besten. Es macht zwar einen Heidenlärm, wenn man auf ihr läuft, aber man kann von dort aus alles sehen.

„Was tust du da?“ fragt Emma. Ich weiß nicht, woher sie aufgetaucht ist. Ich habe sie nicht einmal gehört.

Ich stehe hier auf der Veranda, überblicke unseren Hof und alles, was wir besitzen. Manchmal tue ich so, als wäre ich eine Prinzessin und all die Dinge wären Menschen, meine Untertanen, die zu mir auf dem Balkon meines Schlosses hinaufwinken.

„Was meinst du damit, was ich da tue?“

„Wem winkst du zu?“

„Ich habe nicht gewunken.“

„Hast du wohl. Du tust wieder so, als wärst du eine Prinzessin, stimmt's?“ Emma sitzt in Mamas altem Schaukelstuhl, bei dem ein Großteil der Sitzfläche fehlt. Sie lächelt, weil sie weiß, dass sie mich ertappt hat.

„Tu ich nicht.“

„Tust du doch. Was für eine Farbe hat dein Kleid?“ An ihrem Tonfall erkenne ich, dass sie sich nicht länger über mich lustig macht, dass sie einfach will, dass ich ihr von meinem Traum erzähle, damit sie ihn auch träumen kann. Sie ist jetzt ganz ernst.

„Es ist natürlich rosa“, sage ich, „und es ist über und über mit funkelnden Perlen bestickt, damit es so aussieht, als ob es aus rosaroten Diamanten gemacht wäre. Und ich habe einen großen handgemachten Spitzenkragen. Der kratzt überhaupt nicht. Er ist so weich, dass er mich manchmal kitzelt. Die Ärmel sind aus Samt, aus weißem Samt. Die sind sogar noch weicher als der Kragen. Aber das Tollste sind meine Schuhe. Meine Schuhe sind aus Glas, wie bei Aschenputtel, und die Spitzen sind aus Diamanten, damit sie zu meinem Kleid passen.“

Emma hat die Augen geschlossen, aber sie nickt.

„Und hier sind meine treuen Untertanen.“ Ich deute mit dem Arm über das Geländer hinweg auf den Hof. „Sie lieben mich alle, weil ich eine gute Prinzessin bin und nicht so böse wie meine Stiefschwester. Ich gebe ihnen Essen und Geld – und ich spreche mit ihnen, als gehörten sie zu meiner Familie. Meine treuen Untertanen …“ Mit den letzten Worten wende ich mich an den ganzen Müll im Hof. Ach so, ja, dort draußen steht auch ein altes Eisenbett. Jetzt ist es verrostet, aber es hat einmal geglänzt. Es steht direkt vor dem Haus, und deswegen tue ich so, als ob es ein kleiner Fluss wäre, der rund um mein Schloss verläuft, und die Vordertreppe ist die Zugbrücke. Ich wünschte, die Zugbrücke würde oben bleiben und Richard davon abhalten, ins Schloss zu kommen.

Oje. Richards lauter Truck parkt gerade seitlich vom

Haus. Ich bin nicht sicher, aber es sieht so aus, als ob er momentan nicht in der schlechtesten Stimmung wäre. Jedenfalls hoffe ich, dass es so ist.

„Wie geht's so an diesem schönen North-Carolina-Tag?" Er läuft auf uns zu, aber an seinem Tempo kann ich erkennen, dass ihn die Antwort gar nicht interessiert.

„Ganz gut", sagen Emma und ich gleichzeitig, während wir ein wenig zurückweichen, um mehr Abstand zwischen uns und ihn zu bringen.

„*Ganz gut.*" Er äfft uns nach, indem er das Kinn besonders weit vorstreckt. Aber er geht weiter auf das Haus zu. Ich höre ihn nach Mama rufen, sobald die Verandatür hinter ihm zuknallt. „Libby? Wo bist du? Heut' ist Zahltag, ich hab' Lust auf einen kleinen *Rahausch!*" Eine Sekunde später höre ich Luft zischen und wie ein Kronkorken klirrend auf die Küchentheke fällt. Mama murmelt etwas, das ich nicht verstehe.

„Hey, Pea Pop, wie wär's mit einer kalten Orangeade?" Daddy zerwühlte mein Haar, als wäre ich ein Schoßhündchen. „Lib? Heute ist Zahltag! Hol deine Tasche, wir geh'n einkaufen!"

Als Daddy noch lebte, war der Zahltag immer der schönste Tag im Monat. Wenn ich Orangeade hörte, war ich fast zu aufgeregt, um den winzigen Metallstift in das Loch meiner Sandalenriemchen zu bekommen.

„Krieg ich eine große, Daddy?“ rief ich vom Rücksitz, laut genug, damit man mich auch durch den Wind, der durch die offenen Fenster ins Auto blies, hören konnte.

„Du bekommst sogar eine *riesige*, Pea.“ Lächelnd fing er meinen Blick im Rückspiegel auf.

Unser erster Halt war beim Lebensmittelladen. Mama zog einen Einkaufswagen aus der Reihe vor der großen Glastür. Drinnen bekam ich von der kalten Luft Gänsehaut, aber ab dem zweiten Gang hatte ich mich daran gewöhnt.

„Hör auf, mit den Füßen zu wippen, Caroline“, rügte Mama mich. „Du trittst mir in den Bauch.“ Also versuchte ich, meine Beine still zu halten, während Mama über meinen Kopf hinweg Essen in den Wagen warf.

„Mama? Darf ich was vom Regal nehmen?“

„Wieso nicht“, antwortete sie und überflog ihre Liste, die ziemlich umfassend war, da wir schon lange nicht mehr eingekauft hatten. Vielleicht seit Daddys letztem Zahltag nicht mehr.

„Haferflocken. Nein, diese hier. Mit dem roten Etikett. Genau“, sagte sie und schob den Wagen schon weiter, bevor ich die Schachtel überhaupt reinlegen konnte. „Mehl. Den großen Sack. Ja, das ist der richtige.“

Daddy tauchte plötzlich hinter Mama auf und erschreckte uns beide. „Ich gehe zur Fleischtheke. Was soll ich für's Abendessen kaufen?“ fragte er. „Wie wär's mit

Leber?“ Er zwinkerte mir zu, weil er wusste, wie sehr ich Leber hasste.

„Nein!“ jammerte ich Mama an.

Sie studierte noch immer ihre Einkaufsliste. „Nimm Rinderhackfleisch. Vier Pfund.“

„Also, wofür brauchen wir denn vier Pfund Fleisch?“ fragte er über seine Schulter.

„Ich friere einen Teil für später ein“, sagte sie und zog eine Schachtel Müsli aus einem Regal, das weit über meinem Kopf war.

Sieben Gänge später war der Wagen randvoll gefüllt, und Mama rollte uns zur Kasse. Daddy war schon dort und unterhielt sich mit Mr.Gifford, dem Geschäftsführer, mit dem er manchmal Karten spielte.

„Höchste Zeit, zu zahlen“, sagte Daddy und schlug ihm auf den Rücken.

„Danke auch“, sagte Mr.Gifford. „Du wärst erstaunt, wie viele Leute – also, ich nenn’ keine Namen – ich wegschicken muss, weil sie mir zu viel schulden. Du zahlst immer, Henry. Außerdem kann ich dir das Geld genauso gut hier wegnehmen wie am Kartentisch!“ Mr.Gifford schüttelte Daddy lachend die Hand. „Da haste ja ’ne feine Familie, Culver.“ Er nickte Mama und mir zu und tippte sich an einen unsichtbaren Hut, dann ging er hinüber zu Mrs. Fox, einer älteren Dame, die sich immer ihre besten Sonntagskleider anzog, sobald sie das Haus verließ.

„Komm schon, Pea Pop." Daddy hob mich aus dem Sitz des Einkaufswagens, während Mama die Einkäufe schnell auf das Band legte. „Du und ich, wir packen die Tüten ein."

Nachdem alles auf unserer Seite des Bandes war, drückte sich Daddy an mir vorbei, um bei Delmer Posey, dem Kassierer, die Rechnung zu begleichen.

„Was schulde ich vom letzten Mal?" fragte er.

Delmer Posey besuchte früher meine Schule, hörte aber gleich nach der siebten Klasse auf. Niemand wusste, warum, bis er eines Tages in dem Lebensmittelladen auftauchte und nach Arbeit fragte. Mama sagte, die Poseys müssten den Riemen noch enger schnallen als wir, und deswegen hielt ich immer, wenn ich Delmer sah, Ausschau nach diesem Riemen.

Delmer fuhr mit dem Finger über eine lange Namensliste in einem abgegriffenen Kontobuch, das hinter der Kasse aufbewahrt wurde. „Vierunddreißig fünfundsiebzig, Mr. Culver", sagte er.

Daddy stieß einen leisen Pfiff aus und zählte den Betrag mit dem zusammen, den wir gerade bezahlt hatten. „Hier ein Fünfer extra für's Buch", sagte er und lächelte den verwirrten Delmer an. „Schreib es einfach als Guthaben auf, damit Mrs. Culver jederzeit das einkaufen kann, was wir heute ganz bestimmt vergessen haben."

Immer wenn man was zu Delmer sagte, brauchte er

eine oder zwei Minuten, bis er es begriffen hatte, als ob man eine fremde Sprache spräche und er auf jemanden wartete, der es ihm ins Englische übersetzte. Doch dann verstand er, was Daddy gesagt hatte, und wir schoben den Einkaufswagen zu der Glastür mit dem knallroten Exit-Schild darüber.

„Könntest du kurz ein Auge darauf haben?“ Daddy blinzelte Delmer zu. „Wir haben noch was bei White's zu erledigen.“

Mama und Daddy liefen Hand in Hand über den Gehweg zu White's Drugstore. Es machte ihnen nie etwas aus, wenn ich vorausrannte und schon mal meine Bestellung abgab.

„Hey, Miss Caroline“, rief Miss Mary, durch die Türglocke darauf aufmerksam geworden, dass jemand den Laden betreten hatte.

„Hey, Miss Mary“, antwortete ich. „Kann ich eine *große* Orangeade haben, bitte?“

Miss Mary legte ihr Taschenbuch so auf die Theke, dass die Seiten links und recht von der Mitte abgespreizt waren. „Warum denn nicht.“ Sie watschelte zum Tresen. Miss Mary war immer schon dick. Dicker als dick. Daddy sagte immer, dass es so an ihr noch mehr Liebenswertes gäbe. Das Bimmeln zeigte an, dass Mama und Daddy in den Laden gekommen waren.

„Miss Mary, wie geht es Ihnen?“ fragte Daddy und

setzte sich auf den Hocker neben mich. Mama blieb beim Shampooregal stehen. „Wenn das mal kein hübsches Kleid ist."

Doch das klang nicht nach einer Frage.

„Danke Ihnen, Sir", sagte Mary ein wenig scheu und lächelte so breit in sich hinein, dass ihre Wangen sich beinahe ganz über ihre Mundwinkel legten. „Ist Mrs. Culver auch hier?"

„Ach, machen Sie sich über sie keine Gedanken", sagte Daddy. „Sie und ich sollten zusammen weglaufen. Tun wir's einfach."

„Ich bin hier drüben, Mary", rief Mama aus dem einzigen Gang in dem Laden. „Ich suche noch ein paar Sachen, die wir brauchen. Ich komme gleich rüber." Mama war es gewöhnt, dass Daddy Miss Mary bat, mit ihm davonzulaufen. Das tat er jedes Mal, wenn wir zu White's gingen. Ich glaube, sie lächelte und errötete immer so sehr, weil niemand sonst sie das jemals gefragt hat. Sie ist ungefähr eine Million Jahre alt und lebt allein mit ihren beiden Katern und einem Hahn namens Joe.

„Und was ist mit mir, Daddy?" fragte ich. „Nimmst du mich mit?"

„Ich steck' dich in meine Tasche." Er beugte sich vor und küsste mich wie immer aufs Haar.

„Für Sie auch Orangeade?" fragte Miss Mary lächelnd.

„Auf jeden Fall."

Miss Mary schnitt eine Orange nach der anderen in der Mitte durch, bis zehn Hälften vor ihr lagen. Ich zählte jede einzelne. Dann – und das war immer der beste Teil – legte sie jede einzelne in die Presse, lehnte sich mit ihrem ganzen Gewicht darauf und drückte, bis kein einziger Tropfen mehr herauskam. Dann schüttete sie Zucker in das Gefäß, fügte ein wenig Wasser hinzu, drehte den Deckel zu und schüttelte alles gut durch, bis es sprudelte und schäumte. Die Gläser bewahrte sie im Kühlschrank auf, sodass ein hübscher Eisfilm auf ihnen lag. Bei White's gab es biegsame Strohhalme, also musste ich das Glas nicht in die Hand nehmen, und genauso tranken Daddy und ich auch: ohne unserer Hände.

Ping. Ein weiterer Flaschenverschluss landet auf dem Küchentresen.

„Was möchtest du jetzt machen?" fragt mich Emma. Sie lehnt an dem Verandageländе und zählt das *Ping* der Verschlüsse mit genau wie ich – beide fragen wir uns, wie viele es diesmal brauchen wird, um Richard in den Feind Nummer eins zu verwandeln.

„Ich weiß nicht."

„Wie wär's, wenn wir runter zum Zaun laufen und das Gleichgewichts-Dings machen?"

Das Gleichgewichts-Dings ist etwas, was Emma und ich spielen, wenn uns total langweilig ist. Aber eigentlich macht es sogar Spaß. Die oberen Latten des Zauns, der unser Land früher von dem des Nachbarn abgrenzte, damals, als uns allen so etwas noch wichtig war, fehlen alle. Also balancieren Emma und ich auf den unteren Latten zwischen den Pfosten und sehen zu, wer es am längsten schafft, nicht herunterzufallen. Der Verlierer muss alles tun, was der Gewinner verlangt.

„Ich fang' an, du zählst." Emma steht bereits auf der ersten Latte. Da ist es am leichtesten, das Holz ist so alt, dass es in der Mitte gespalten ist und somit mehr Platz bietet als der Rest. Verzwickter ist schon das neuere, das als nächstes kommt.

„Los", sage ich und beginne, laut zu zählen. Emma schafft es sogar ohne die Arme zur Seite auszubreiten, was mich irgendwie sauer macht. Und deswegen zähle ich langsam.

„Du bist zu langsam!" ruft Emma. Sie konzentriert sich auf den nächsten Schritt, den sie machen will.

Aber ich zähle trotzdem nicht schneller. Viel kann sie nicht dagegen tun, solange sie versucht, auf dem Zaun zu bleiben. Ich sage nicht nur leise das Wort *Mississippi* zwischen zwei Zahlen, wie es Mama früher immer beim Versteckspielen getan hat, ich buchstabiere es sogar, und somit dauert es doppelt so lange, bis ich zur nächsten Zahl komme.

Sie ist auf der nächsten Latte und ich weiß jetzt schon,

dass sie es nicht bis zwölf schaffen wird. Dieses Mal könnte ich sie sogar schlagen.

Ja, schon ist es passiert. Sie ist vom Zaun gefallen.

„Elf!“ sage ich, als ich an ihr vorbeigehe und auf das erste Holz hüpfe.

„Betrügerin. So langsam, wie du gezählt hast, habe ich sogar mein Haar wachsen hören“, brummt sie. Und bevor ich noch beweisen kann, dass ich die Königin des Holzzaunes bin, fügt sie hinzu: „Lass uns zu Forsyth rübergehen.“

Forsyth Phillips ist eine Freundin von uns, die in dem Haus wohnt, das am nächsten an unserem liegt. Wenn das Haus der Phillips eine Blume wäre, dann eine Sonnenblume, warm und freundlich mit ganz vielen sauberen Fenstern und weißen Tischdecken für besondere Gelegenheiten.

Bevor ich noch den Zaun erreiche, schießt Emma schon los.

„Warte!“ rufe ich ihr hinterher, aber es hat keinen Sinn. Ich muss mich beeilen, wenn ich sie noch einholen will.

„Ja, aber hallo, Miss Parker.“ Mrs. Phillips spricht so mit uns Kindern. Als ob wir genauso alt wären wie sie. „Forsyth ist oben. Kannst raufgehen.“ Wieder einmal ist Emma lang vor mir angekommen.

„Hey, Forsyth“, sage ich ganz atemlos, weil ich jeweils zwei Stufen auf einmal genommen habe.

„Hey, Carrie“, antwortet sie. Emma hat sich bereits gegenüber von Forsyth hingesetzt, die auf ihrem Bett mit alten Karten spielt. Die Stoffe in ihrem Zimmer passen zusammen, Gänseblümchen auf himmelblauem Hintergrund sind auf den Vorhängen, auf einem Kissen darunter und überall auf ihrem schönen Bett. Ich kann mir gar nicht vorstellen, wie es wohl ist, jede verflixte Nacht mit dem Kopf auf weichen Gänseblümchen einzuschlafen. Ich glaube, bei den Phillips' hätte ich niemals Albträume.

„Wollt ihr ein paar Pfannkuchen?“ Mrs. Phillips streckt lächelnd den Kopf ins Zimmer. Die Schürze trägt sie wohl nur aus Spaß, denn ich habe noch nie einen Fleck darauf gesehen. „Kommt einfach runter, wenn ihr mögt, sie sind gerade fertig.“

Mama hat uns keine Pfannkuchen mehr gebacken seit ... nun, seit Ewigkeiten. Mrs. Phillips aber macht das so oft, dass Forsyth nicht mal von ihren Karten aufblickt, sie hat es nicht eilig, sie zu essen, während sie noch so lecker und heiß sind, dass die Schokolade in den Fingern schmilzt, die man dann hinterher noch abschlecken kann.

„Willste nicht runtergehen und was essen?“ frage ich sie. Bitte, Forsyth, sag' ja.

„Schon“, sagt sie, rührt sich aber nicht.

„Was spielst du da?“

„Karten, Dummerchen. Bist du blind?“

Sie muss mit dem falschen Fuß aus ihrem Gänseblümchenbett aufgestanden sein.

„Können wir mitspielen?“

„Wir?“

„Ich und Emma.“

„Ich hab keine Lust mehr, mit Emma zu spielen“, seufzt sie. Das tut sie immer ... sie will nicht mit meiner kleinen Schwester spielen, als ob sie eine große Plage wäre. Emma scheint das jedoch überhaupt nichts auszumachen, aber ich finde es unhöflich, ihr so etwas direkt ins Gesicht zu sagen.

„Komm schon“, bettle ich.

„Na gut.“ Sie rutscht etwas zur Seite, um mir auch noch Platz zu machen. „Aber ohne Schuhe, sonst zieht dir meine Mama das Fell über die Ohren.“

Ich glaube allerdings, dass Mrs. Phillips noch nie jemandem das Fell über die Ohren gezogen hat.

Es ist ein heißer Tag, vielleicht ist Forsyth deshalb genauso gelangweilt wie wir beide. Diese Hitze saugt einem das ganze Leben aus dem Körper, und trotzdem soll man weiteratmen. Forsyth hat an der Decke ihren eigenen Ventilator, der die brennende Luft aus dem Fenster schiebt und eine angenehme Brise über unsere Haut fahren lässt. Anscheinend gibt es in jedem Zimmer des Hauses einen Ventilator.

„Haste schon deine Hausaufgaben gemacht?“ frage

ich sie in der Hoffnung, sie von den Karten abzulenken, damit sie endlich bemerkt, dass sie hungrig ist.

„Mhm. Mama sorgt dafür, dass ich sie sofort mache, wenn ich aus der Schule komme“, sagt sie. „Und du? Hast du sie denn schon gemacht?“

„Mhm“, lüge ich. Ich mache meine Hausaufgaben erst, wenn es dunkel wird und dann so schnell, als ob sie schlecht schmecken würden. Emma ist noch zu jung, um Hausaufgaben machen zu müssen.

„Lass uns die Pfannkuchen von deiner Mama essen“, sagt Emma. Und weil das so unhöflich ist, werfe ich ihr einen mahnenden Blick zu. Mama würde *ihr* das Fell über die Ohren ziehen, wenn sie das gehört hätte.

Mama und Mrs. Phillips haben schon miteinander telefoniert, aber ich glaube, sie mögen sich nicht besonders. Mama gefällt es nicht, dass wir hier immer so viel zu essen bekommen und gar keinen Hunger mehr haben, wenn wir uns schließlich nach Hause schleppen.

Forsyth ist außer Emma meine beste Freundin. Wir gehen in eine Klasse seit wir ganz klein sind. Wir sitzen in der Mittagszeit zusammen, und wir verbringen zusammen die Zeit auf dem Hof, wenn ich beim Dodgeball-Spielen rausgeflogen bin. Normalerweise ist sie viel besser gelaunt als heute.

„Was ist los? Du bist heute so eigenartig?“ frage ich sie und versuche, Emma zu ignorieren.

Sie zuckt mit den Schultern, genauso wie Emma immer.

„Sag's mir."

Sie schüttelt den Kopf. Sie hat rote Locken und dazu passende Sommersprossen.

„Dein Daddy?"

Wieder ein Kopfschütteln.

„Dann muss es die Schule sein", sagt Emma.

„Es geht um Sonny, oder?" frage ich.

Sonny ist der Schultyrann. Wenn jemand die Treppe hinunterfällt, steht er meistens oben und lacht. Wenn jemand verschwunden ist, dann meist irgendwo in Sonnys Hinterhof. Und wenn irgendwo auf dem Pausenhof ein Feuer ausbricht, hält Sonny meistens das Feuerzeug in der Hand.

Zum ersten Mal, seit wir ihr Zimmer betreten haben, schaut Forsyth von ihrem Kartenspiel auf. Sie nickt, und die vielen Locken auf ihrem Kopf erzittern wie Mamas Wackelpudding zu Weihnachten.

„Was hat er getan?"

Tränen fließen über ihre von Sommersprossen übersäten Wangen. „Er ist einfach total fies", heult sie, es hört sich an, als würde sie ersticken.

„Erzähl mir was Neues. Er ist schließlich mein Großcousin, schon vergessen?" Sonny ist derjenige, der mich dazu gebracht hat, meine Zunge auf einen Eiswürfel zu legen, woraufhin er mich lachend durchs ganze Haus gezogen hat. Sonny ist wirklich hundsgemein.

„Als Gott das Hirn verteilt hat, war Sonny gerade nicht da“, sagt Emma und versucht, die Karten zu mischen.

„Was hat er denn *diesmal* gemacht?“ frage ich Forsyth.

„Er hat mir auf der Schulbühne die Hose runtergezogen“, weint sie. „Und *alle* haben es gesehen“.

Das war ja schlimmer, als ich befürchtete.

„*Wie bitte?*“ frage ich, aber ich funkle dabei Emma an, die sich ziemlich anstrengen muss, um nicht loszuprusten. Ich glaube, Emma mag Sonny insgeheim, aber ich habe keine Ahnung wieso.

Nachdem Forsyth nickt, habe ich mich also nicht verhört. „Ich stand auf, um zu spielen.“ Forsyth spielt Blockflöte. „Und da hat er einfach so aus der hinteren Reihe meine Hose runtergezogen, und dann haben alle über mich gelacht.“ Sie weint jetzt heftiger. „Und ich hatte nicht mal meine gute Unterwäsche an.“ Also, das ist ein weiterer Unterschied zwischen Forsyth und uns. In unserer Familie gibt es so etwas wie „gute Unterwäsche“ gar nicht.

„Willst du, dass ich mit ihm spreche?“ frage ich sie. Bitte, Forsyth, sag nein.

„*Nein*“, schreit sie mich praktisch an. „Carrie, schwör’s. Schwöre, dass du mit ihm nicht darüber sprichst.

Schwöre!“ Sie klammert sich an meinen Arm wie an einen Baumstamm in einem Fluss, in dem sie gerade ertrinkt.

„Werde ich nicht“, sagte ich. Und das ist die reine Wahrheit.

„Auf die Ehre?“

„Auf die Ehre.“

Ich denke ein wenig nach, dann fällt mir etwas ein. „Ich habe eine Idee.“ Ich mache eine Pause, um sicher zu gehen, dass sie mir auch gut zuhören. „Sonny muss einmal seine eigene bittere Medizin schlucken.“

„Hm?“ Selbst *Emma* scheint daran interessiert zu sein, was ich zu sagen habe.

„Ernsthaft, wir müssen Sonny alles heimzahlen, was er uns je angetan hat.“ Forsyth schaut nicht weg, also fahre ich fort. „Was könnten wir also tun?“ Ich denke nach. Emma denkt nach. Forsyth denkt nach. „Es muss doch einen Weg geben, ihn reinzulegen ...“

„Wir sollten Richard auf ihn hetzen, das sollten wir tun“, murmelt Emma. Forsyth beachtet sie gar nicht.

„Wir könnten seine Hose runterziehen“, sagt Forsyth aufgeregt.

Ich schüttle den Kopf. Manchmal weiß ich nicht, was die beiden eigentlich ohne mich machen würden, ehrlich. „Es muss was sein, was noch nie jemand gemacht hat. Etwas, womit er nicht rechnet. Was richtig Gutes!“

„Woran denkst du?“ Forsyth beugt sich nach vorne,

wartet gespannt auf jedes Wort, das mir über die Lippen kommt.

„Wir nehmen einen seiner Plastiksoldaten, machen den Kopf ab, stecken einen von Jimmy Hammersmiths Knallfröschen rein und schauen zu, wie er explodiert!" ruft Emma.

Forsyth sieht so aus, als fände sie die Idee nicht schlecht, aber ich habe so meine Zweifel, und als sie mein Gesicht sieht, tut sie so, als ob ihr die Vorstellung auch nicht gefiele. Sie macht einem irgendwie immer alles nach, wenn ich ehrlich sein soll.

„Es muss noch was Besseres sein", sage ich. „Aber die Idee war trotzdem gut." Ich klinge wie ein Lehrer, der nicht will, dass man sich dumm vorkommt.

„Nun, was denn dann?" fragen beide gleichzeitig und schauen mich erwartungsvoll an.

„Die Pfannkuchen sind fertig!" ruft Mrs. Phillips von unten, ich halte es nicht länger aus. Ich springe auf und weiß, dass sie mir folgen werden, schließlich bin ich es, die hier die guten Ideen hat.

„Danke, Ma'am", antworte ich und achte darauf, nicht zu grapschen, wie Mama uns immer ermahnt.

„Greif zu, Sweetie." Mrs. Phillips lächelt während sie zwei weitere Pfannkuchen auf den Teller in der Mitte des Küchentischs legt, genau wie in einer Fernsehwerbung. Die Küche ist schon wieder ordentlich – gespülte Messbecher und eine Schüssel stehen neben dem Becken und trocknen in der Geschirrablage.

Wir warten vorsichtshalber, bis sie den Raum verlassen hat, bevor wir unsere Rache planen können.

„Ich hab's!" sage ich mit vollem Mund.

Forsyth hüpft praktisch aus ihrem Stuhl, auf dem übrigens ein eigenes Kissen liegt, damit man nicht auf dem unbequemen harten Holz sitzen muss. „Was? *Was?*"

Zwei Paar riesige Augen blinzeln mich an.

„Wie wär's", sage ich sehr langsam, ziehe es in die Länge, weil es schön ist, mal im Zentrum der ganzen Aufmerksamkeit zu stehen. „Wie wär's, wenn wir vor ihm auf die Jungentoilette gehen und den Toilettensitz einfetten, damit er abrutscht, wenn er sich draufsetzt."

„Meine Mutter benutzt doch dieses Bratfett, *Crisco.*"

„Ich könnte aufpassen und ein Zeichen geben, wenn er bittet, auf die Toilette gehen zu dürfen."

„Ich stehe vor der Toilettentür, damit wir sicher sind, dass er reingeht und niemand sonst."

„Ich erzähle rum, dass in der Toilette was wirklich Komisches passieren wird, damit ihn alle sehen, mit dem Fett und so!"

Wir alle reden gleichzeitig und *Zack!* Wir haben einen Plan.

Als wir so viele Pfannkuchen gegessen haben, dass ich sozusagen spüre, wie der Teig in meinem Magen aufgeht, laufen wir wieder hoch in Forsyths Zimmer und arbeiten den Plan genauer aus, damit er auch idiotensicher ist. Bei einem Jungen wie Sonny muss er idiotensicher sein.

„Er ist nach den ersten beiden Stunden in Zimmer 301“, sagt Forsyth. „Das weiß ich, weil es gegenüber von meinem liegt. Da wird er irgendwann auf die Toilette gehen *müssen!*“

„Ja, es gibt eine Pause, stimmt's?“ fragt Emma. Sie sieht aus, als würde ihr der Plan genauso gefallen wie Forsyth. Das ist erstaunlich, ist sie schließlich die Einzige, die Sonny noch nie gepiesackt hat. Ehrlich gesagt, glaube ich, dass Sonny ein bisschen Angst vor Emma hat, weil er weiß, wie furchtlos sie ist.

„Gut“, sage ich. „Okay. Also, Emma kundschaftet ihn aus und stellt sicher, dass er zur Toilette neben dem Turnsaal geht. Forsyth, du musst mich holen, wenn Emma dir das Zeichen gibt.“

Forsyth sieht verwirrt aus.

„Ach so“, sage ich, „wir müssen uns ja erst auf ein Zeichen einigen.“

„Wie wär's, wenn ich rufe: ‚Meine Lieblingsfarbe ist blau‘?“ fragt Forsyth.

„Das kann man doch nicht über den Flur brüllen“, spöttelt Emma. „Dann weiß er doch sofort, dass wir etwas aushecken.“

Forsyth nickt.

„Ich weiß was“, sage ich. „Emma kratzt sich am Kinn, wenn sie sieht, dass Sonny Mr. Stanley nach dem Schlüssel fragt. Dann renne ich schnell mit der Dose *Crisco* los, das ich unter meinem T-Shirt verstecke, und Forsyth, du beobachtest die Toilettentür, damit niemand drin ist, wenn ich komme.“

„Warte! Wie willst du ohne Schlüssel in die Jungentoilette kommen?“ fragt Emma. Da ist was dran.

Ich denke kurz darüber nach.

„Nun“, sage ich dann laut, aber ich habe noch keine Idee, wie ich den Satz beenden soll. Dann fällt mir etwas ein. „Ich weiß! Ich geh gleich nach Schulbeginn zur Toilette, wenn der Hausmeister sauber macht und die Tür offen lässt, damit alles trocknen kann! Ich drücke diesen Knopf im Türknauf, damit die Tür nicht verschließt, wenn er sie zumacht, und dann kann ich reinschlüpfen, wenn du sagst, dass er kommt!“

Nun, das ist ein verdammt guter Plan. Idiotensicher. Emma und Forsyth sehen so aus, als wären sie meiner Meinung. Beide lächeln wie eine Katze, die gerade den Kanarienvogel verspeist hat.

„Okay, wie bringen wir die anderen dazu, zur Toilette zu kommen?“

Ich überlege wieder. Warum muss ich mir alles ausdenken?

„Wie wäre das: Wir zählen bis zehn, dann erzählen

wir allen um uns herum, dass es in der Jungentoilette kostenlose Süßigkeiten gibt.“ Emma schreit geradezu, so aufgeregt ist sie. „Jeder liebt Süßigkeiten. Vor allem, wenn sie nichts kosten!“

Das ist meine kleine Schwester. Ihr fällt immer was Tolles ein.

„Das ist es“, sage ich, und zu Forsyth: „Vergiss nicht, morgen früh das *Crisco* mitzubringen!“

„Werd ich nicht.“ Sie lächelt zur Decke. „Morgen um diese Zeit wird Sonny Parker die Lachnummer der ganzen Schule sein.“

Emma steht auf und reckt die Arme über den Kopf; nachdem sie sich so lange auf sie gestützt hat, sind sie wahrscheinlich steif. „Wir sollten besser nach Hause gehen, bevor Richard mit Nummer fünf beginnt.“

„Schläfst du schon?“ fragt Emma flüsternd, obwohl sie ganz genau weiß, dass ich nicht schlafe.

„Nein.“

„Glaubst du, dass es wirklich klappt?“

„Na klar“, sage ich, aber ich habe immer wieder darüber nachgedacht und bin mir keineswegs so sicher.

„Und was, wenn er gar nicht aufs Klo muss?“

„Irgendwann wird er schon müssen“, sage ich. „Und wenn nicht nach der zweiten Stunde, dann verschieben wir's eben bis nach der vierten.“

„Meinst du?“

„Es ist wirklich idiotensicher.“

„Du hast Recht.“ Sie gähnt. „Idiotensicher.“

Ich erinnere mich nicht mehr, dass ich eingeschlafen bin, aber das muss ich, denn als Nächstes höre ich, wie Mama uns vom Treppenabsatz aus ruft: „Aufstehen!“ Sie scheint guter Stimmung zu sein, aber genau werden wir es erst wissen, wenn wir nach unten gehen und nachsehen, was in der Küche auf uns wartet. Wenn die Müslischalen bereits auf dem Tisch stehen, ist alles gut. Oft aber sagt sie auch: „Wozu hat man denn selbst Hände?“ Und manchmal ist sie überhaupt nicht da ... sondern schläft noch. Aber heute ist ein Müslischalen-auf-dem-Tisch-Tag. Puh. Ein Problem weniger, über das ich mir Gedanken machen muss.

Wir fahren mit dem Bus zur Schule, und darüber gibt es nicht viel zu erzählen, außer, dass Patty Lettigo (die von allen Patty Let-Me-Go genannt wird und immer wegrennt, als würde sie ihren Spitznamen wörtlich nehmen) uns anglotzt, als wir im Bus nach hinten laufen, wo es zwei freie Plätze gibt. Petty Lettigo glotzt immer. Das ist ihr Job oder so.

In meinem Bauch sitzt ein Klumpen. Emma presst ihre Bücher fest an die Brust, und deswegen könnte ich wetten, dass sie mindestens so nervös ist wie ich.

„Denk dran“, flüstere ich ihr ins Ohr, nur für den Fall,

dass uns jemand trotz des lauten Motors zuhören könnte, „sobald du Forsyth siehst, holst du von ihr das Crisco und bringst es mir."

„Gut, gut, hör auf, mich ständig daran zu erinnern", zischt sie mich an.

„Ich mein doch bloß."

„Ich hab's kapiert."

Doch nachdem wir an drei Farmen und zwei Ampeln vorbeigefahren sind, beugt sie sich zu mir rüber: „Wo treffen wir uns hinterher noch mal?"

„Himmel! Das haben wir doch 'ne Million Mal besprochen! Am Ende des Flurs, der zur Turnhalle führt. Du wirst das Signal geben."

„Genau." Sie nickt. „Jetzt weiß ich wieder."

„Alles klar?"

„Ja. Klar wie Kloßbrühe."

Ich muss grinsen. Ich habe ihr erzählt, dass Daddy das früher zu mir sagte, und wie ich dann immer lachen musste.

Der Bus hält direkt vor der Schule, die Bremsen quietschen, es riecht nach verbranntem Gummi. Emma schlägt mir auf den Arm, ich folge ihrem Blick. Natürlich, Sonny, der beim Fahrradständer steht und die Bücher von seinem Gepäckträger nimmt.

„Los geht's." Wir betreten pünktlich zum ersten Klingeln die Schule.

„Bye“, ruft sie mir zu, was komisch ist, weil wir uns in der Schule nie voneinander verabschieden – jeder läuft einfach weg. Aber auf freundliche Art und Weise. Nun, sie ist wohl ziemlich nervös.

Die Zeit zieht sich quälend langsam hin. Miss Fullman ruft unsere Namen auf, und jeder antwortet irgendwas Witziges. Jeder außer mir, ich sage nur langweilig „hier“. Mary Seller: „Ich bin die Beste!“ (Alle lachen, sie sagt jeden Tag was anderes). Liam Naughton: „Jawoll!“ (Gelächter.) Darry Becksdale: „Wer?“ (Nicht so viele Lacher, aber es ist immer noch besser als „hier“.) Es dauert, bis sie die Liste durch hat, weil Miss Fullmann jedem Einzelnen einen bösen Blick zuwirft und sagt: „Leute. Das reicht jetzt, Leute“ und wartet, bis das Gelächter verklingt, bevor sie den nächsten Namen aufruft.

Das zweite Klingeln ist beinahe genauso laut wie mein Herzklopfen. Mir ist gerade erst aufgegangen, dass diese ganze Geschichte auf meinen Mist gewachsen ist. Ich kann mich jetzt nicht einfach aus dem Staub machen. Das geht nicht. Forsyth würde nie mehr ein Wort mit mir sprechen.

Und wir sind bereits auf dem richtigen Weg. Forsyth hat Emma einen Klumpen in Plastik eingewickeltes Crisco gegeben, die es dann mir gebracht hat, genau, wie geplant. Jetzt sitze ich hier in der zweiten Stunde mit diesem Klumpen Crisco unter meinem T-Shirt. Aus diesem Grund habe ich extra ein weiteres als sonst angezogen. Man muss schon richtig vorausdenken.

Rrrrrring. Die zweite Stunde ist vorbei, und als ich aus dem Zimmer stürme, knalle ich gegen zwei Tische, weil ich mich so auf mein Herz konzentrieren muss. Denn das hämmert in meiner Brust und fühlt sich an, als würde ein Vogel mit seinen Flügeln gegen den Käfig schlagen, bei dem Versuch, freizukommen. O Gott, bitte hilf mir, das durchzustehen.

Wie abgemacht, steht Forsyth draußen im Flur vor der Jungentoilette, aber ich kann Emma über die Köpfe der Kinder hinweg nicht entdecken. O Gott. O Gott. Emma? Wo bist du?

Und dann taucht sie auf – sie steht zwischen Betsy Rutledge und Collie McGrath, unterhält sich mit Perry Gibson und … da ist es … sie kratzt sich am Kinn! Das bedeutet, Sonny hat nach dem Schlüssel gefragt und ist bereits auf dem Weg zur Toilette. Ich wirble herum und sehe, wie Forsyth jemanden kopfschüttelnd abwehrt, der versucht, auf die Toilette zu gehen. Genau wie besprochen, erzählt Forsyth jedem, der auf die Toilette will – von Sonny natürlich abgesehen – dass sie „defekt" ist. Wir haben das gestern Abend ein Dutzend Mal geübt.

Nun darf ich keine Zeit mehr verlieren. Ich schiebe mich an meinen Schulkameraden vorbei, die ich kaum wahrnehme, weil ich so nervös bin, und taste unter meinem

Hemd nach dem Päckchen Crisco. Vor der Toilette angekommen, blicke ich über die Schulter um sicher zu gehen, dass Sonny nicht direkt hinter mir ist. Dann eile ich an Forsyth vorbei, die mir irgendetwas sagen will und wild mit den Armen fuchtelt, aber ich schlüpfe durch die Tür auf die Jungentoilette, damit wir unseren Plan ausführen können.

Oh. Mein. Gott.

Ich höre, wie die Tür hinter mir ins Schloss fällt, und mein Blick bleibt nicht an einem oder zwei oder etwa drei Jungen hängen, sondern an etwa zwanzig – zwanzig! Jungen aus allen Stufen. Jungen, die mit ihrem Rücken zur Tür stehen. Jungen, die die Wand anschauen. Jungen, deren Hosen praktisch um ihre Fesseln liegen. Jungen, die ihr Haar kämmen. Jungen, die sich an die gekachelte Wand lehnen. *Jungen in allen Ecken und Winkeln dieser Toilette!*

„Sieh an, da ist Scary Carrie", hallt eine dumpfe Stimme von den Kacheln wider und vermischt sich mit dem Gelächter, das so plötzlich losbricht wie ein Feuerwerk am Vierten Juli.

Alles geschieht so schnell, ich stürme aus der Tür und sehe Sonny, der lächelnd auf mich zuschlendert, als gäbe es in seinem Leben überhaupt keine Sorgen.

Die Mädchentoilette ist gleich nebenan, aber ich will so schnell und weit wie möglich weg von diesem Ort. Also renne ich. Ich renne den Flur hinunter, an Emma vorbei, die mich verblüfft ansieht, an Mr. Stanley, an einer Million lachender Kinder vorbei, die ich nie mehr in meinem Leben sehen will, und raus durch die doppelte Eingangstür, die in die Freiheit führt. Wenn sie wollen, können sie mich verhaften, Hauptsache, ich muss diese Schule nie wieder betreten. Ich höre, wie die Tür krachend hinter mir zufällt, und schon ist Emma neben mir auf dem Baseballplatz.

„Was ist passiert?“ fragt sie.

„Forsyth“, schluchze ich. „Forsyth …“ Mehr kann ich nicht sagen. Ich weine zu heftig. Jetzt habe ich *mich* zum Gespött der ganzen Schule gemacht.

„Wie Forsyth? Was ist geschehen?“

Dann fällt es mir ein … guter Gott! Wie Forsyths Lippen sich bewegt haben. Ihre Arme haben gewedelt wie Scheibenwischer. Sie hat versucht, mich zu warnen. Sie hat versucht, *mich zu warnen.*

Ich wünschte, ich könnte mich in Luft auflösen.

„Das wird schon“, sagt Emma. „Weine nicht. Das wird schon. Warte ab. Das kommt alles in Ordnung.“ Ihre Hand malt Kreise auf meinen Rücken.

„Wie denn?“ schniefe ich. „Wie kann *jetzt* noch alles in Ordnung kommen?“

Sie schweigt, ich weiß, dass sie mich nur trösten will.

„Wenn sich jemand über dich lustig macht, verhau ich ihn, fertig.“

„Du kannst nicht die ganze Schule verhauen. Die werden sich alle über mich lustig machen.“ Ich wische mir die laufende Nase am Ärmel ab.

„Uns fällt schon was ein“, sagt sie. „Aber wir sollten jetzt besser zurückgehen. Mr. Streng macht Ärger, wenn wir schwänzen. Komm schon.“

Die Flure sind leer – alle sitzen bereits in der dritten Stunde, wie ich vermute. Nachdem meine Augen sich an das dämmrige Licht gewöhnt haben, eile ich zu meinem Schließfach, Emma tappt neben mir her. Selbst in Fluren mit Echo macht sie überhaupt keinen Lärm.

„Wenn die dritte Stunde rum ist, machst du Folgendes.“ Sie überholt mich, um mich ansehen zu können. „Du tust so, als ob du taub wärst, und wenn jemand was sagt – oder sogar über dich lacht – ist dir das piepegal. Tu einfach so, als ob du es nicht hören würdest.“

Was sie nicht weiß ist, dass ich das schon mein Leben lang versuche. Es funktioniert nie.

„Caroline, gestern hast du den Stoff vorwärts und rückwärts gekonnt.“ Mr. Stanleys Mund ist ganz verkniffen, als hätte er eigentlich keine Lust, mit mir zu sprechen. „Ich frage mich, wie du auf einen Schlag das Multiplizieren verlernen kannst.“

Soll ich ihm antworten?

„Junge Dame? Junge Dame, ich spreche mit dir!“

„Bitte, Sir?“

„Wenn du vergessen hast, deine Hausaufgaben zu machen, dann sag es einfach. Spiel mir hier kein Theater vor, ich weiß genau, was du im Sinn hast. Wir sehen uns nach dem Unterricht.“

Wann um Himmels willen haben wir multiplizieren gelernt? Ich schwöre, dass ich keine Ahnung habe, wie ein *x* zwischen zwei Zahlen deren Wert verändert. Mr. Stanley schaut die ganze Zeit zu mir, als ob ich jeden Moment abhauen könnte, und ich schätze, das könnte ich auch, aber wohin sollte ich gehen? Nach Hause zu Richard? Genau das ist es, was Mr. Stanley nicht versteht: Ich gehe gern zur Schule. Mary Sellers, Tommy Bucksmith, Luanne Kibley und all die anderen können meinetwegen vor den Lehrern so tun, als ob sie gern in die Schule gingen, aber im Pausenraum höre ich doch, wie sie schimpfen. Ich hingegen mag hier alles – natürlich von den anderen Kindern abgesehen. Ich mag es, den ganzen Tag nicht zu Hause zu sein. Das ist jeden Tag wie ein Ausflug.

„Caroline!“

Mr. Stanleys Stimme ist jetzt lauter, als ich sie je zuvor gehört habe.

„Ja, Sir?“

„Es hat vor fünf Minuten geklingelt. Musst du nicht irgendwo hingehen?“

„Doch, Sir.“ Ehrlich, ich habe die Klingel nicht gehört.

Ich bin die Einzige, die noch im Klassenzimmer ist. Gerade als ich durch die Tür gehen will, sagt er mit heiserer Stimme: „Vergiss nicht, nach Schulschluss!"

„Ja, Sir."

Emma wird auf mich warten müssen. Aber ich wette, Mama wird es nicht mal auffallen, wenn wir nicht pünktlich zu Hause sind. Es ist ihr egal. Um die Wahrheit zu sagen, ist sie bestimmt sogar froh, wenn wir nicht da sind. Sie muss sich um ihre Stapel kümmern, und ich glaube, sie kann das besser in Ruhe und Frieden. Den ganzen Tag lang sitzt sie da und faltet Briefe, stapelt sie zu hohen Türmen, bis alle Umschläge mit Adressaufklebern versehen sind, in die sie dann die Briefe steckt. Wir dürfen die Briefe nicht lesen, weil Mama meint, wenn wir das Papier verknittern, würde sie gefeuert werden. Mir ist es aber egal, was drin steht, nachdem Mama immer so gelangweilt aussieht, kann es nicht sonderlich interessant sein. Mama ist so klug, dass sie für diese Arbeit nicht einmal zu einem Vorstellungsgespräch gehen musste. Sie hat nur auf ein Inserat in der Zeitung geantwortet, in dem stand, dass man tonnenweise Geld verdienen könne. Am Telefon gefiel sie den Leuten so gut, dass sie den Job sofort bekam, hat sie gesagt. Emma und ich versuchen herauszufinden, wo die versprochenen Tonnen Geld sind, aber wahrscheinlich ist es kindisch zu glauben, dass eines Tages ein Lastwagen vor unserem Haus hält und Taschen voller Bargeld ablädt wie

Brot vor einer Bäckerei. Emma aber wartet noch immer auf den Lastwagen.

„Du kommst zu spät, Caroline." Miss Hall scheint ungefähr so unzufrieden mit mir zu sein wie Mr. Stanley vorhin. „Das ist diese Woche schon das dritte Mal." Sie malt etwas neben meinen Namen in dem Buch auf ihrem Tisch.

Ich komme ja nie absichtlich zu spät, aber manchmal machen meine Gedanken Umwege. Manchmal schreibe ich auch plötzlich mit einer anderen Handschrift. Ich weiß, wie der Buchstabe *k* aussehen sollte, aber dann, zack! – steht er plötzlich falsch herum da. Und wenn da so ein falsches *k* steht, dann auch immer in der anderen Schrift, über die ich selbst überrascht bin. Die sieht fast so aus, als wäre ich erst in Emmas Klasse. Richtig zittrig und groß und, wie gesagt, rutschen die Buchstaben manchmal durcheinander. Meistens kann ich mich auf das konzentrieren, was ich direkt vor mir habe. Heute jedoch nicht, fürchte ich. Mama wird auf meinem Zeugnis die Bemerkung, dass ich oft zu spät war, gar nicht bemerken. Und wenn, wäre es ihr vermutlich auch egal.

„Was ist los, Scary? Weißt du nicht mehr, wie man seine Schnürsenkel bindet, du kleines *Baby?*" Mary Sellers hat mit diesem Spitznamen angefangen, Scary Carrie. Sie alle zeigen auf mein Haar, das ist komisch, denn es ist nicht halb so verfilzt wie Emmas, aber sie zeigen trotzdem drauf. Meine Schuhe haben mich schon den ganzen Tag über gestört. Ich kann es nicht leiden, wenn die eine Seite ganz fest geschnürt ist und die andere nicht. Diese Schuhe sehen so aus, als ob meine Mutter sie schon getragen hätte, als sie in meinem Alter war. Deswegen habe ich sie auch bekommen, Mama entdeckte sie nämlich letztes Jahr in einem Laden und brach praktisch direkt vor Mr. Franks in Tränen aus. Mr. Franks besteht darauf, dass man sich die Schuhe mit einem Schuhlöffel aus Metall anzieht und sich nicht irgendwie reinquetscht, so, wie wir das sonst immer tun. Was bildet der sich überhaupt ein? Dass wir jeden Tag einen Schuhlöffel benutzen? Die Schuhe sind überwiegend weiß und haben jeweils einen schwarzen Streifen in der Mitte und an den Seiten. Die Spitzen sind abgerundet, damit die Füße genug Platz zum Wachsen haben, das ist gut, denn Mama sagt, die Schuhe seien so teuer gewesen, dass es für eine Weile keine neuen geben würde. Niemand in meiner Schule trägt so zweifarbige Schuhe. Sie sind einfach eine weitere Waffe, die Mary Sellers in ihrem Krieg gegen Scary Carrie benutzen kann. Sie nennt sie „Dominoschuhe“. Ich sage mir immer, dass mir das egal ist. Und das ist es mir auch. Wirklich.

2. KAPITEL

Wir ziehen um, und deswegen rede ich mit Mama kein Wort. Ich will hier nicht weg, aber sie sagt, wir müssen. Und Emma ist auf ihrer Seite. Ihr gefällt es hier auch nicht. Gestern Abend hatte Mama die Nase voll und sagte, sie würde nur Emma mitnehmen, ich könne allein hier bleiben, aber als ich sagte „schön", hat sie mich auf mein Zimmer geschickt, also werde ich wohl doch nicht hier bleiben. Achtjährige Kinder sollten nicht allein in großen alten Häusern wohnen, aber trotzdem ... ich will nicht gehen. Richard sagt, es würde vorangehen, und zwar nach oben. Das hat er in letzter Zeit sehr oft gesagt. Er hat einen neuen Job auf der anderen Seite von North Carolina bekommen, und deshalb müssen wir mit ihm gehen, denke ich, auch wenn ich gar nicht will, dass es vorangeht. Besten Dank. Mama sagt, das wäre ein schöner neuer Anfang. Aber Anfänge sind nur für Erwachsene schön. Die dritte Klasse war für mich nie schön, und selbst nach einem ganzen Schuljahr warte ich noch immer darauf, dass es endlich mal aufhört, ein Anfang zu sein.

Wegen der dummen Geschichte mit der Toilette werde ich in der Schule noch mehr gehänselt als sonst. Meine Lehrerin, Miss Hall, sagt, dass ich unaufgefordert sprechen würde, und das fordert Patty Lettigo nur noch mehr heraus. Im Pausenhof brüllt sie mich an, nennt mich verrückt. Die anderen Kinder lachen, denn für sie muss es wohl danach aussehen. Ich denke einfach ständig daran, was ich Emma nach der Schule erzählen muss, und plötzlich spreche ich es laut aus. Ich will das gar nicht, aber es passiert einfach.

„Und so dividieren wir", sagt Mr. Stanley. „Wir finden heraus, wie viele kleine Zahlen diese große Zahl ergeben, die unter dem Strich steht. Wer kann mir sagen, wie oft die Neun in die Achtzehn passt?"

Die grünen Knospen draußen an den Zweigen sehen aus wie winzige Knöpfe an einem Fernseher. Ich frage mich, was für eine Sendung ein Baum wohl gerne sehen würde. Nichts, was mit einer Säge zu tun hat, könnte ich wetten.

„Miss Parker?" Mr. Stanleys Stimme erreicht meine Gedanken, ich blicke nach vorne, denke aber noch immer über das Baumfernsehen nach. „Kannst du uns das sagen?"

„Was, Daddy?"

Ach, du guter Gott – was habe ich da eben gesagt? Was habe ich da bloß *gesagt?* Vielleicht habe ich es nur gedacht und nicht laut ausgesprochen.

„Kinder, beruhigt euch", ruft Mr. Stanley den anderen zu, die lachen und auf mich zeigen, als ob ich soeben aus einem Raumschiff gestiegen wäre. „Kinder, bitte!" sagt er noch mal, aber es hat keinen Zweck.

Es dröhnt in meinen Ohren, als wäre das Klassenzimmer ein riesiger Glaskasten – die Stimmen hallen von allen Seiten meines Gehirns wider.

Mary Sellers lacht ihr verächtliches Lachen, das immer klingt, als würde sie gleich einen Schluckauf bekommen. Meine Wangen brennen wie Feuer.

„Gut, Kinder, es reicht jetzt“, sagt Mr. Stanley schließlich, aber sein Gesicht kann ich nicht sehen, weil ich auf der Tischplatte mit dem Finger „EMB war hier“ nachfahre. Wer ist EMB? frage ich mich jeden Tag aufs Neue. EMB könnte ein Junge sein, aber ich hätte lieber, dass es sich um ein Mädchen handelt, das mutig genug ist, seinen Namen in einen Tisch zu ritzen, wenn niemand hinschaut. EMB. Vielleicht ist sie gestorben und das ist der einzige Beweis, dass sie überhaupt gelebt hat, doch ihre Eltern wissen nichts davon und weinen sich jede Nacht in den Schlaf, weil sie wünschten, sie hätten irgendetwas mit ihren Initialen darauf. Und hier ist es, genau unter meinem Fingernagel, der, wie mir jetzt auffällt, ganz schmutzig ist. Wenn ich wüsste, wer EMB ist, könnte ich den Eltern sagen, dass es hier noch einen letzten Rest von ihr gibt. Dann könnten sie nachts wieder schlafen.

„Caroline, bitte komm nach der Stunde zu mir“, seufzt Mr. Stanley. „Tommy, was ist achtzehn geteilt durch neun?“ Jeder in der Klasse kehrt jetzt wieder zur Tagesordnung zurück, außer mir. In der Pause werde ich mal wieder die Witzfigur der ganzen Schule sein.

Emma ist die einzige, die versteht, dass ich manchmal einfach etwas sage, weil sie das auch tut. Aber sie wird nicht gehänselt, weil alle wissen, dass sie sonst nach der Schule Prügel beziehen. Außerdem ist sie hübsch, und hübsche Mädchen haben nie Ärger mit anderen Kindern. Die Jungs mögen sie und die Mädchen möchten ihre beste Freundin sein. Emma bekommt das hin. Ich auf der anderen Seite … nun, ich hoffe, im Westen von North Carolina wird alles ganz anders.

„Möchtest du mir sagen, was los ist, junge Dame?“ fragt mich Mr. Stanley, nachdem alle anderen aus dem Raum geströmt sind.

„Es tut mir Leid, Sir.“ Mein Gesicht fühlt sich noch immer heiß an, ich kann ihm nicht in die Augen sehen, obwohl Mama uns das immer wieder eintrichtert, seit wir klitzeklein sind.

„Caroline“, sagte er mit einer Stimme, die nach warmen Doughnuts klingt. „Du hast wirklich eine Begabung. Du bist eine kluge, junge Dame. Aber du musst dich schon anstrengen …“

Mich anstrengen. Mich anstrengen. Ich kann es nicht mehr hören. Wenn mir das noch ein Lehrer sagt, fange ich an zu schreien.

„ … und dann kannst du ganz allein entscheiden …“ Er sagt etwas über das College. Offenbar glaubt er, das wäre der Schlüssel zum Erfolg.

„ … du kannst jetzt also gehen, aber vergiss nicht, worüber wir gesprochen haben, verstanden?“

„Ja, Sir“, sage ich über die Schulter, als ich aus dem Zimmer zu meinem Schließfach sause, damit ich nicht zu spät zur nächsten Stunde komme und mir wieder ein Lehrer Vorhaltungen macht.

„Pssst, da kommt sie“, höre ich, als ich das Zimmer betrete. Es gibt nichts Schlimmeres, als so etwas zu hören, wenn man irgendwohin kommt, wo man sowieso gar nicht sein will.

„Du solltest dich besser schnell setzen, Carrie Parker“, sagt Luanne Kibley. „Sonst schickt dich *Mama* ohne Abendessen auf dein Zimmer.“ Die ganze Klasse bricht in Lachen aus, man hat nur auf mich gewartet.

„Hast du dich nett mit deinem *Daddy* unterhalten?“ flötet Mary Sellers über den Lärm hinweg.

„Wer ist dein Onkel?“ schreit Tommy Bucksmith. *„Mr. Streng?“* Mr. Streng ist unser Schuldirektor. Alle hassen Mr. Streng außer vielleicht Daisy, sein einäugiger Dachshund, der auf einem karierten Kissen in der Ecke seines Büros schläft.

Wo ist Miss Hall?

Der Himmel draußen ist dunkel geworden – die Wolken werden sich gleich öffnen, es wird regnen, das kann ich fühlen. Ich hoffe, nicht bevor wir zu Hause sind. Klar, ich versuche mal wieder an andere Dinge zu denken als an das, was gerade geschieht, aber ist das nicht verständlich? Wenn ich Lehrerin wäre, ich würde pünktlich zum Unterricht kommen, soviel steht fest.

„Also gut, Leute“, sagt Miss Hall, noch bevor sie die Tür geschlossen hat. „Holt bitte alle eure Sozialkundebücher heraus und schlagt Seite neunzehn auf. Ich hoffe, ihr habt es gestern alle nachgelesen ...“

Ich nicht. Ich kann mich nicht einmal erinnern, dass sie uns das aufgetragen hat. Aber das ist ja nichts Neues.

3. KAPITEL

Jetzt bin ich in unserem Zimmer, wo die Decke so tief hängt, als ob sie unsere Betten vor dem Himmel beschützen wollte. Unser Zimmer ist das Beste im ganzen Haus, auch wenn Richard das Gegenteil glaubt. Ich kann schon verstehen, warum er so denkt, denn es ist gerade mal Mai und heißer als in der Hölle. In dem einzigen Fenster ist ein Ventilator eingebaut, der nur noch mehr Luft aus dem Raum saugt. Als Richard damals kam, stampfte er mit den Umzugskisten durchs Haus nach oben. Wir sollten uns verziehen, sagte er, und zwar noch weiter nach oben, über diese Treppe, die man an einem Seil aus der Decke nach unten ziehen kann. Uns würde nun niemand mehr ein Nest bauen, sagte er, wir sollten uns besser gleich dran gewöhnen. Seit er unser Zimmer als Nest bezeichnet hat, nennen wir es auch so. Ich wusste nicht, was er im Schilde führte, aber ich kletterte als Erste die Treppe rauf, was ungewöhnlich ist, weil ja sonst Emma immer die Mutige ist. Als wir oben waren, schob er die Treppe wieder hoch – das tut er bis heute. Weil Sommer ist, schlägt einem die heiße Luft in unserem Nest ins Gesicht wie die stinkende Rauchwolke, die hinten aus Richards Wagen herausschießt, wenn er losfährt. Uns fällt dadurch das Atmen schwerer. Dort, wo unser Bett ist, kann man nicht aufrecht stehen. Die

Flickendecke auf dem Bett, das wir miteinander teilen, erinnert mich an *Unsere kleine Farm.*

An der Decke hängen eine Menge Spinnweben, und ich muss immer an Charlotte und Wilbur aus einer meiner Lieblingsgeschichten über das Schwein und die Spinne denken, die beste Freunde werden. Nachdem die Spinnweben an der höchsten Stelle der Decke sind, also nicht über dem Bett, lasse ich sie dort ... zumindest solange, bis vielleicht mal eine Spinne herunterfällt. Emma gefällt es hier oben. Inzwischen hat sie begriffen, dass man auf dem Bett nicht herumspringen kann, nach einigen Kratzern und Prellungen hatte sie es kapiert. Am liebsten stellt sie den Ventilator an und spricht in seine Richtung, und um ehrlich zu sein, gefällt mir das auch. Zuerst wollte sie gar nicht erst in seine Nähe kommen, weil sie Angst hatte, dass ihr das Haar vom Kopf gerissen würde, aber jetzt bindet sie sich einen Pferdeschwanz, damit das nicht passiert. Sie sagt Sachen wie „Ich hasse dich, Richard" und „Du wirst sterben" und „Hau endlich ab" direkt in den Ventilator hinein. Sie weiß genau, dass Richard keinen Ton hören kann, weil die Flügel des Ventilators die Luft in kleine Stücke schneidet und ihre Worte hinaus aus dem Haus treibt. Vielleicht ist es ihr auch egal, ob er sie hören kann, denn manchmal, wenn er Mama mal wieder besonders schlimm die Hölle heiß macht, dann schreit sie schon in den Ventilator, bevor er noch richtig an Fahrt gewonnen hat. Ich würde das jedenfalls nicht wagen.

Ich kann Richard im Flur hören, und ich weiß, dass es nur eine Frage der Zeit ist, bevor er die Treppe nach oben stößt und uns hier einschließt. Mama findet das furchtbar, aber mir macht es nichts mehr aus. Wenn er die Stufen nach oben schiebt, dann kann er Emma und mich wenigstens nicht nerven. Das macht er sonst ständig, aber nachdem es bei ihm ja jetzt vorangeht, hat er wohl Besseres zu tun, als zu nerven.

Oje. Mama ruft uns. Und hier ist das Problem – wenn wir antworten und sie wissen lassen, dass wir hier oben sind, dann sieht sie, dass die Treppe ebenfalls oben ist. Und wenn sie das sieht, weiß sie, dass Richard wieder böse zu uns war. Wenn sie merkt, dass Richard böse zu uns war, wird sie auf ihn losgehen, und dann wird er auf sie losgehen, und das wird nicht so enden wie bei *Unsere kleine Farm,* das steht fest.

„Am besten antworten wir nicht“, sagt Emma, und ich finde, das ist eine prima Idee.

„Aber dann sitzen wir hier den ganzen Tag fest“, sage ich. Emma hebt nur die Schultern und lässt sie wieder fallen, und somit ist es beschlossene Sache, ob es mir nun passt oder nicht.

Auf Zehenspitzen gehe ich zu dem Stapel Bücher neben dem Ventilator, den wir nicht anstellen können, weil das

Geräusch Mama auf uns aufmerksam machen würde. Ich blättere das ramponierte alte Album mit den Briefmarken aus der ganzen Welt durch. Jemand, der vor uns hier gewohnt hat, hat es wohl vergessen, aber ich glaube nicht, dass er es vermisst, denn er ist gestorben, und das ist der Grund, warum wir jetzt hier wohnen. Jedenfalls schaue ich mir gerne die verschiedenen Briefmarken an und stelle mir vor, an einem dieser wunderschönen Orte zu leben. Obwohl ich alt genug bin, um es besser zu wissen, denke ich immer, die Länder hätten die Farben ihrer Briefmarken. Es ist seltsam, im Geografieunterricht zu hören, dass Finnland so ein dunkles Land ist, dabei sieht die Briefmarke so bunt und heiter aus.

Oje. Mama ist jetzt unter der ausziehbaren Treppe. Ich höre sie rufen. Ich schaue zu Emma rüber, aber die ist beim Lesen eingeschlafen. Richard muss letzte Nacht hinter ihr her gewesen sein. Wenn sie tagsüber so schläft, dann weiß ich, was am Abend davor passiert ist.

Da höre ich dieses Quietschen, das die Treppe macht, wenn sie heruntergezogen wird, und ich weiß, für Mama wird dieser Tag nicht gut enden.

„Caroline? Bist du da oben mit Emma?"

Ich eile zur obersten Stufe, damit sie Emma nicht aufweckt.

„Emma schläft. Brauchst du etwas?" frage ich sehr freundlich, damit sie vergisst, dass Richard uns wieder mal eingesperrt hat. Vielleicht geht sie ihm dann aus dem Weg.

So wie sie die Treppe betrachtet und wie sie seufzt, hat sie heute wohl nicht die Kraft, unseretwegen einen Streit anzuzetteln, und darüber bin ich froh. Nun, jedenfalls so was Ähnliches.

„Ich brauche dich in der Küche", sagt sie. „Ich muss mal eben kurz weg, und du musst das Abendessen vorbereiten."

„Wohin gehst du?" frage ich. „Kann ich mitkommen?"

„Es geht dich nichts an, wohin ich gehe, und nein, du kannst nicht mit", antwortet sie in einem Atemzug. „Jetzt beweg dich und komm runter."

Normalerweise, wenn Mama mich und Emma gleichzeitig anspricht, dann bedeutet das, dass sie in guter Stimmung ist, aber heute scheint das nicht zu stimmen. Meistens ruft sie nur nach mir, weil sie mich einfach mehr mag als Emma. Das wissen wir beide, und Mama weiß es auch. Sie hat es sogar schon laut ausgesprochen. „Es ist mir egal, was Emma will oder nicht, ich will nur, dass du mitkommst", sagt sie, wenn wir mal irgendwo hingehen, wo es schön ist. Oder sie bittet mich um einen Gefallen, nicht Emma. Das tut Emma wirklich weh, obwohl sie es nicht zugibt, denn wenn ich Mama einen Gefallen tue, ist sie danach auch richtig lieb zu mir. Emma hätte auch gerne, dass Mama ihr mal dankbar ist, aber ich glaube, das wird so schnell nicht passieren. Es ist ungerecht, aber man kann nichts dagegen machen.

Ich denke, Mama mag Emma nicht, weil sie Daddy so ähnlich sieht, und Mama sagt, manche Dinge sollte man am besten vergessen.

So wie das erste Mal, als Richard aus seinem Zimmer nach mir gerufen hat. Man kann aus einer wütenden Stimme keine hübsche machen, aber genau das hat Richard in diesem Moment versucht. Wieso ruft er mich, als ob ich ein kleines Kätzchen wäre? „Komm her, Kleines. Komm mal hier rauf. Komm her, mein süßes Mädchen!"

„Tu das nicht", sagt Emma und ich sehe ihre Augen, die alles wissen, obwohl sie zwei Jahre jünger als ich ist.

„Ich bin gleich zurück." Ich versuche, nicht ängstlich zu wirken, während ich fieberhaft nachdenke. Habe ich etwas falsch gemacht? Ich war dran mit dem Frühstück, und ich habe die Eier genau so gemacht, wie er es mag. Er will mich in die Falle locken. Seine Stimme klingt, wie wenn man kurz vor dem Abendessen ein Huhn herlockt. Man jagt es nicht etwa, man bringt es dazu, zu einem zu kommen. Man ruft es und versucht dabei, nett zu klingen. Komm her, Hühnchen.

„Ich komme", antworte ich.

Die Treppe ist auf einmal so steil, ich muss mich am Geländer festhalten, obwohl ich tausend Mal am Tag hinauf und hinunter renne, ohne auch nur einen Gedanken daran zu verschwenden.

„Wieso dauert das denn so lange, Mädchen." Weil er bemüht ist, seine Stimme süßlich klingen zu lassen, ist das Wort *Mädchen* wie ein Wirbel in der Luft. Ich stelle mir vor, wie er mit Hühnerfutter in der einen Hand dasteht und darauf wartet, dass ich es aufpicke, damit er mich mit der anderen Hand packen kann.

„Nein", schreit Emma vom Ende der Treppe herauf. „Carrie", nein."

Beim Klang ihrer Stimme will ich mich am liebsten übergeben.

Mama ist nicht hier, denke ich. Ich muss wohl tun, was er sagt.

Oben angekommen, schaue ich mich nach einem sicheren Ort um, an den ich flüchten kann, aber in diesem Haus gibt es keinen. Nur hinter der Couch, aber von der bin ich gerade sehr weit entfernt.

Ich spähe in das Zimmer von Richard und Mama und atme tief ein. Selbst von hier aus konnte ich es riechen. Mamas Parfüm kann den Gestank von Richards verschwitzen Klamotten nicht überdecken. Richard sitzt auf dem Bett, das früher meiner Großmutter gehört hat. Darauf liegt eine vergilbte Decke mit hübschem Blumenmuster. Ich male dieses Muster gerne mit den Fingern nach, wenn Mama vom Schlaf noch ganz weich ist und

Emma und ich in ihr Bett schlüpfen, weil Richard nicht zu Hause ist.

„Komm her“, sagt er. Er sitzt vornüber gebeugt, die Ellbogen auf seinen Knien. Als ich auf Zehenspitzen das Zimmer betrete, richtet er sich auf, und ich kann sehen, dass sein Reißverschluss offen steht. Jetzt möchte ich mich wirklich übergeben.

„Ich sagte, komm her.“ Aber meine Beine bewegen sich nicht. Sie sind steif wie diese Pusteblumen, deren Stängel man einfach nicht aus dem Boden reißen kann. Gerade als er es noch einmal sagt, kommt Emma, drängt mich aus dem Zimmer und schließt die Tür. Einfach so. Ich warte ein paar Sekunden, dann renne ich hinter die Couch. So ein Feigling bin ich. Ich lasse meine kleine Schwester für mich die Kohlen aus dem Feuer holen. Von oben ist kein Ton zu hören, aber ich weiß, dass es schlimm sein muss. Emma weint nie, wenn es besonders schlimm ist. Sie weint nur, wenn sie das Gefühl hat, damit etwas erreichen zu können. Jetzt kann sie nichts erreichen. Ich lege die Stirn auf meine Knie und warte darauf, dass sie wieder herunterkommt. Hinter die Couch gequetscht zupfe ich an dem gelben Streifen im Stoff und bete, dass sie in Ordnung ist. Warum ist sie noch nicht wieder nach unten gekommen? Ich warte. Ich warte noch etwas länger. Ich drücke die Absätze in den Linoleumboden und schiebe mich auf dem Hintern einen oder zwei Zentimeter nach hinten. Und noch ein Stück.

Aber Emma kommt sehr lange nicht aus dem Zimmer, und als sie dann doch kommt, sucht sie nicht nach mir wie sonst. Ich höre, wie sie mit leisen Schritten zu unserem Nest tappt, also schieße ich hinter der Couch hervor und eile hinter ihr her.

Richards Tür ist geschlossen, ich nehme zwei Stufen auf einmal. Sie sitzt auf der Bettkante und sieht nicht so aus, als ob sie eine Tracht Prügel bekommen hätte. Sondern eher, als ob sie von einem Gewitter überrascht worden wäre. Ihr Haar ist nicht mehr seidig und im Nacken ganz verfilzt, die Ponyfransen sind feucht. Ihr Gesicht ist geschwollen, als ob sie geweint hat, aber ich habe nichts gehört. Keine Ahnung, was geschehen ist.

Doch sie schweigt wie ein Grab, ich werde in nächster Zeit wohl kaum herausfinden, worüber Richard so wütend war.

Ich gehe zum Ventilator und stelle ihn an, weil ich hoffe, dass sie vielleicht in ihn hineinsprechen wird wie sonst, doch sie sitzt einfach nur auf dem Bett. Also nehme ich mir das Briefmarkenalbum vor, überblättere Rumänien und gehe direkt zu meiner Lieblingsmarke – die Bermudas. Ich berühre den weißen Sand unter den Palmen, die sich der Sonne zuneigen. Wenn ich mir aussuchen dürfte, wo ich leben will, dann auf den Bermudas.

Dort ist es viel zu schön, als dass irgendetwas schlecht sein könnte. Wetten, dass es sogar Gesetze gibt, die verhindern, dass Menschen wie Richard da überhaupt hinreisen dürfen? Außerdem würde er sich durch sein dünnes braunes Haar die Kopfhaut verbrennen, und auch seine Arme mit den dicken Venen, die immer auf- und abhüpfen, würden knallrot werden.

Ich schaue noch mal zum Bett und sehe, dass Emma sich zusammengerollt hat wie ein kleines Baby, das zurück in den Bauch der Mutter will. Sie versucht sich richtig klein zu machen, die Beine fest an die Brust gedrückt.

Ich hasse Richard.

Als ich Richard zum ersten Mal traf, tätschelte er mir den Kopf und ging an mir vorbei. Ich achtete nicht auf ihn, weil ich keine Ahnung hatte, dass er bei uns bleiben würde. Mama hatte zwar ein paar Andeutungen fallen lassen, wie: „Sei nett zu meinem neuen Freund“, „Warum ziehst du nicht mal eines von den Sommerkleidern an, die ich dir gekauft habe?“, aber ich begriff nichts, bis es zu spät war.

Emma und ich spielten Ball auf der Veranda, als er mit einer Dose voller Nägel ankam, und Mama machte einen Riesenwirbel, als habe er das Rad erfunden oder so. Er sagte Mama, dass er mit den Nägeln die Bodendielen reparieren wolle, die sich gelöst hatten und an denen wir uns die Zehen stießen, wenn wir barfuß liefen. Toll. Das hätte *ich* auch gekonnt. Davon abgesehen hatte sich keiner mehr die Zehen an ihnen gestoßen, seit Daddy gestorben war, deswegen kapierte ich auch nicht, was das ganze Theater sollte. Aber Richard zwinkerte mir zu und sagte, er wolle nicht, dass meine kleine Schwester sich verletze. Mama warf uns ihren speziellen Blick zu, also sagte ich: „Danke, Sir", obwohl sein Zwinkern überhaupt nicht ehrlich wirkte.

Eines Tages ging ich mit Richard zu White's Drugstore, weil Mama uns darum gebeten hatte. Das war ganz am Anfang, als Richard Mama noch gelegentlich einen Gefallen getan hat. „Caroline, warum begleitest du Richard nicht?" fragte Mama. Ich war wohl nicht die Begleitung, die Richard sich gewünscht hatte: Kaum war Mama nicht mehr zu sehen, verschwand das Lächeln aus seinem Gesicht, und er hörte auf zu reden.

„Hier, mein Kind", sagt Miss Mary hinter der Theke. Dann legt sie den Kopf schief und murmelt laut genug, dass ich es hören kann: „Versteh' nicht, warum sie den Kindern in der Schule immer so unnötig viele Hausaufgaben geben. Ihr seht ständig so *müde* aus." Dann reckt sie den Kopf und sieht über mich hinweg. „Ich bin gleich bei Ihnen", sagt sie zu Richard.

„Ich bin gleich bei Ihnen ...", wiederholt Richard und zieht das Ende in die Länge, um deutlich zu machen, dass seiner Meinung nach noch etwas fehlt. Er musste sich stets wichtig machen.

„Ich bin gleich bei Ihnen, Sir“, sagt sie und blickt wieder hinunter auf ihre Kasse. Richard besteht darauf, dass jeder ihn Sir nennt, selbst jemand, der alt genug ist, um sein Großvater zu sein.

Miss Mary hat lange Fingernägel, die ein klackendes Geräusch machen, wenn sie die Zahlen in die Kasse tippt. Manchmal benutzt sie den kleinen Radiergummi am Bleistift, der normalerweise hinter ihrem linken Ohr klemmt, aber heute ist ein Fingernageltag. Ich sehe ihr dabei zu, wie sie die Rechnung von Mr. Sugner eintippt. Er arbeitet in der Bibliothek, in der zugleich auch die Historische Gesellschaft von Toast untergebracht ist – wenn man irgendwas über Toast wissen will, ist Mr. Sugner auf jeden Fall der Richtige. Tapp-tapp-tapp.

Richard wirkt ungefähr so fröhlich, als ob er gerade in einen Reißnagel getreten wäre. Finster starrt er Miss Mary an und verlagert sein Gewicht von einem Bein aufs andere, als wäre sie daran schuld, dass er hier einkaufen muss und nicht die Tatsache, dass Mama Pflaster, Zahnpasta und einen Messbecher braucht. Wie er Miss Mary beäugt, gibt mir ein komisches Gefühl im Bauch. Als ob sie schlecht riecht. Und deswegen gehe ich zu dem Ständer, in dem verstaubte Postkarten stecken, die niemand jemals kauft, obwohl sie nur zehn Cents kosten. Es sind keine Postkarten von unserer Stadt, sondern Bilder von der Hauptstadt North Carolinas und einer Stadt namens Mount Airy.

Als ich mich umdrehe, ist von Richard nichts mehr zu sehen. Ich schaue sogar in dem Gang mit den Windeln nach, habe aber auch da kein Glück.

„Er is' nicht hier." Miss Mary legt einen Fingernagel ans Kinn und beginnt sich schließlich nachdenklich zu kratzen. „Hmm, hmm, hmm." Ihr Mund ist nach unten verzogen und sie schüttelt den Kopf.

„Wo ist er?" frage ich. Ich hatte mich doch nur ganz kurz umgedreht.

„Schau mal bei den Mülleimern nach." Und dann, glaube ich, murmelte sie noch: „Da gehört solcher Abschaum hin."

„Miss Mary?" Mr. Whites Stimme zerschneidet die Luft. „Gibt es hier ein Problem?" Seltsam, er kann mir zulächeln und gleichzeitig Miss Mary gegenüber diesen Oberlehrerton anschlagen.

„Miss Caroline, wie wär's, wenn du dir was Süßes raussuchst?" Er hält mir ein großes Glas voller Fingerabdrücke von all den Kindern hin, und ich zeige, was ich gerne hätte. Das Glas ist so voll gestopft, dass ein Karamellbonbon herausfällt. Es liegt zwischen uns auf dem Boden und scheint zu schreien: „Heb mich auf, heb mich auf!"

„Tut mir Leid, Sir." Ich starre es an, hoffe, dass es sich

auf wundersame Weise selbst auswickelt und in meinen wässrigen Mund hüpft. „Ich habe gerade kein Geld bei mir.“

„Ach, sei nicht albern.“ Er lächelt sogar noch netter. „Das ist ein Geschenk. Such dir was aus.“ Er sagt das in Miss Marys Richtung, obwohl ich glaube, dass er mich meint. Bevor er noch seine Meinung ändern kann, schießt mein Arm wie von allein nach unten und hebt das Bonbon auf.

Miss Mary ist gerade damit beschäftigt, den Reißverschluss ihrer Arbeitsschürze zuzuziehen, auf die mit großen Buchstaben White's Drugstore gestickt ist. Sieht genauso aus wie die von Mr. White, nur dass sie grau statt weiß ist.

„Verstehe ich richtig, dass du deinen Begleiter verloren hast?“ fragt er mich. Das passiert dauernd: Die Leute stellen genau in dem Moment Fragen, wo man den Mund voll hat und nicht antworten kann. Mr. White ist jedoch sehr höflich und spricht weiter, bis er sieht, dass ich nicht länger auf dem Bonbon herumkaue. „Wenn das stimmt, ist heute mein Glückstag. Ich habe nämlich gerade noch gedacht, wie schön es wäre, wenn mir jemand im Hinterzimmer helfen könnte, die Flaschen alphabetisch zu ordnen. Wärst du vielleicht so freundlich, mich dabei ein wenig zu unterstützen, junge Dame?“

Ich bin gerade damit fertig, mit der Zunge das Karamell von meinem Backenzahn zu entfernen. „Gern, Sir, aber ich weiß nicht, ob ich das darf."

„Wie wäre es, wenn ich deine Mama anrufe und sie um Erlaubnis bitte?" fragt er.

„Ja, Sir", sage ich. Ich weiß sowieso nicht, wo ich hingehen soll, nachdem Richard verschwunden ist und mich hier einfach allein gelassen hat. Mr. White geht zum Telefon neben Miss Marys Kasse und wählt unsere Nummer aus dem Kopf – ich schätze, das ist in einem kleinen Ort einfach so.

„Libby? Dan White. „ Er macht eine Pause, damit Mama in begrüßen kann. Dann räuspert er sich. „Ähem, also, ich will dir keine Umstände machen, aber ich würde gern Miss Carolines Hilfe für heute in Anspruch nehmen, hier im Laden. Wie es scheint, hat dein Freund gerade ein paar, ähem, wichtigere Dinge zu erledigen. Wenn du also deine Tochter entbehren kannst, wäre ich dir sehr verbunden."

Wieder eine Pause. An Mr. Whites Gesicht kann man nicht ablesen, was Mama antwortet. Er muss müde sein, seine Augen sind halb geschlossen, er sieht aus, als würde er für eine Prüfung lernen, sich ihre Stimme genau einprägen oder so etwas.

„Ich weiß nicht genau", sagt er und wirft mir aus irgendeinem Grund einen Blick zu. „Es gab wohl eine kleine Verzögerung, er musste etwas warten. Ich bin aber sicher, dass er auf dem Rückweg wieder hier vorbeikommt, wenn er sieht, dass nicht mehr so viel los ist." Er zwinkert mir zu.

„Gut, dann abgemacht", sagt er und räuspert sich erneut. „Ich behalte Miss Caroline bei mir bis fünf, und dann bringe ich sie nach Hause." Pause. „Oh, nein, das ist gar kein Problem. Ich muss sowieso in die Richtung, weil ich den Godseys einen Besuch abstatten will." Pause. „Wir sehen uns dann. Wiederhören."

Ich brauche ein paar Sekunden, bis meine Augen sich an das Hinterzimmer gewöhnen, in dem es im Gegensatz zu draußen Nacht ist. Es gibt kaum genug Platz, um ans andere Ende des Raumes zu laufen, überall sind Kisten übereinander gestapelt.

„Folgendes stelle ich mir vor", sagt Mr. White hinter mir, während er die Kartons mustert. „Die meisten dieser Kisten sind mehr oder weniger leer. Du könntest die heraussuchen, in denen nur ein oder zwei Flaschen sind, die Flaschen herausnehmen und auf dieses Regal stellen. Die leeren Kartons drückst du zusammen, dann haben wir viel mehr Platz."

„Und wo sollen die leeren Kartons hin?"

„Komm mit mir nach draußen, ich zeige dir, wo wir den Abfall hinbringen." Ich drehe mich um und folge Mr. White zurück in den Laden und dann durch eine Tür, die zu einem winzigen Parkplatz hinter dem Haus führt. Dort steht ein riesiger Müllcontainer.

„Stapel die platten Kartons einfach hier neben dem Container auf.“

„Okay.“

„Bist du sicher, dass du das schaffst?“ fragt er.

„Ja, Sir.“

„Na gut, dann. „ Er tätschelt meinen Kopf. „Der Apfel fällt nicht weit vom Stamm. Du bist genau wie deine Mama. Wenn sie sich mal was in den Kopf gesetzt hat, lässt sie nicht mehr locker.“ Er geht lächelnd zurück in den Laden.

Mir gefällt die Vorstellung, den Lagerraum in Ordnung zu bringen. Außerdem kann mich dann Richard, wenn er zurückkommt, nicht als faul bezeichnen.

Nach und nach räume ich fast jeden Karton aus, der sich auf Augenhöhe befindet. Mr. White hat Recht, in einigen Kartons steht jeweils nur eine klitzekleine Flasche, die darauf gewartet hat, dass sich jemand an sie erinnert. Ich habe keine Ahnung, wie viel Zeit vergangen ist, aber inzwischen habe ich fünfzehn Kartons flach gedrückt, jetzt muss ich sie mal langsam zum Müllcontainer bringen.

Als ich mit einem Arm voll Kartons den Laden durchquere, tippt Miss Mary gerade auf der Kasse herum, um herauszufinden, wie hoch Mr. Blackmans Rechnung ist. Ich laufe hin und her, und bald habe ich alle Kartons nach draußen gebracht.

„Ach, du gütiger Gott“, sagt Mr. White, als er später

kommt, um nach mir zu sehen. Oje. Ich hoffe, dass ich nichts falsch gemacht habe, doch als ich zu ihm schaue, verzieht er seinen Mund zu einem Lächeln. Zu einem richtigen Lächeln, mit Augen und allem. „Ja verflixt, Miss Caroline Parker … du bist engagiert!"

Ich bin *engagiert?*

„Sir?"

„Der Job gehört dir, wenn du ihn willst", sagt er und lässt seinen Blick über den leeren Platz wandern, der auf dem Boden entstanden ist. Jetzt könnten sogar zwei Leute direkt nebeneinander stehen. „Ich hatte ja keine Ahnung, wie gut wir dich brauchen können. Meinst du, deine Mama könnte ein oder zweimal die Woche auf dich verzichten?"

„A-aber ich bin doch erst acht", sage ich, mein Gesicht wird knallrot. „Dürfen Achtjährige denn schon arbeiten?"

Mr. White sieht mich an wie mein richtiger Daddy früher immer, und jetzt bin ich auch nicht mehr verlegen. Sondern erleichtert. „Liebes, nach allem, was du durchgemacht hast", sagt er sehr sanft, „scheint mir, dass du ab und zu eine kleine Ablenkung gebrauchen könntest. Einen Ort, wo du hingehen kannst. Du weißt schon."

Und in dem Moment glaube ich zu wissen, wovon er spricht. Ich nicke. Er tätschelt meine Hand, schüttelt den Kopf und wendet sich ab, um den Laden zu verlassen.

„Kleine Caroline Parker“, sagt er mehr zu sich selbst als zu mir. „Kleine Miss Caroline Parker.“

Ich frage mich, was Emma wohl davon hält, wenn ich ihr das erzähle. Vielleicht erlaubt Mr. White, dass sie mit mir zur Arbeit kommt. Emma ist frech, aber stark, soviel steht fest. *Wie viele* Kartons wir zusammen schaffen würden! Und sie könnte mit Sicherheit auch ab und zu eine kleine Ablenkung gebrauchen. Ich glaube, sie wäre von dieser Idee sehr angetan.

Kurze Zeit später kommt Mr. White zurück.

„Ich vermute mal, mehr Arbeit können wir dir heute nicht abverlangen“, sagt er schon wieder lächelnd. Hier hinten im Lagerraum ist es heiß, er wischt sich die glänzende Stirn mit einem Taschentuch ab. Ich verstehe nicht, warum die Leute benutzte Taschentücher wieder einstecken, aber genau das ist es, was er tut.

„Ich habe deiner Mama versprochen, dich nach Hause zu bringen, also lass uns losziehen.“

„Ja, Sir“, sage ich und trete auf den Karton, den ich gerade geleert habe, bis er platt ist wie ein Pfannkuchen. Ich vermute, Richard wird früher oder später wohl allein den Weg nach Hause finden. Leider.

Mr. Whites Wagen hat den ganzen Tag über auf dem Parkplatz in der prallen Sonne gestanden, innen ist es noch heißer als in dem Lagerraum. Ich verbrenne mir den Hintern am Sitz, schieße nach oben und warte, bis die Luft den Sitz etwas abgekühlt hat. Mr. White scheint das gar nicht aufzufallen, worüber ich ganz froh bin.

Als wir vom Parkplatz fahren, beginnt Mr. White zu sprechen. „Deine Mama war damals, als sie ein kleines bisschen älter war als du, die Dorfschönheit. Ich meine, du weißt doch, dass wir zusammen zur Schule gegangen sind, oder?"

„Ja, Sir", sage ich. Ich probiere den Sitz noch mal aus, aber der ist noch immer heißer als ein Fleischermesser. Als ich noch klein war, habe ich mir immer gerne Mamas Jahrbuch der Highschool angesehen – sie sah darin aus wie ein Filmstar, und Mr. White hatte damals noch alle Haare, ganz in Schwarz gekleidet, und der böse Blick, mit dem er in die Kamera schauen wollte, wirkte eher lustig. Um Mamas Kopf war ein Schimmer, der aussah wie ein Heiligenschein. Ihr Haar glänzte, es war nicht richtig braun, nicht richtig blond und so elegant frisiert, dass sie älter aussah, als sie war. Ihr Lächeln war einfach perfekt, und nur von diesem Foto weiß ich, dass sie Grübchen hat. Jetzt würde man das nie vermuten. Ihre Augen waren groß und glitzerten, nichts zu sehen von den Falten, die sich in ihr Gesicht eingegraben haben. Sie trug Perlen, die sie sich, wie ich genau weiß, von ihrer Großmutter nur für dieses Foto ausgeliehen hatte. Die berühmte Perlenkette. Ich habe so viel über diese Perlenkette gehört, dass ich das Gefühl habe, tatsächlich dabei gewesen zu sein, später am selben Tag, als Mama und mein Daddy sich hinter der Schule küssten. Daddy hatte ihren Kopf in seine Hände genommen, da erwischte sie der Schuldirektor und erschreckte Daddy so sehr, dass er seine Hände wegriss. Dabei verfing er sich in der Kette, die Perlen knallten auf den Asphalt und fanden ihre letzte Ruhe im Kanal. Mama wurde beinahe tot geprügelt, als sie nach Hause kam.

„Hat sie je erwähnt, dass wir zusammen zur Schule gegangen sind?“ Mr. White schaut zu mir herüber, und in diesem Moment kann ich für eine Sekunde lang wieder erkennen, wie er damals ausgesehen hat.

„Kann mich nicht erinnern. Ich glaube, ich weiß es einfach, das ist alles.“ Es gibt keinen Grund, ihm von dem Jahrbuch zu erzählen. Ich wette, ihm wäre dieses Foto peinlich.

„Oh.“ Er seufzt. „Jedenfalls waren alle Jungs in sie verliebt. Ich auch, vermutlich. Aber damals hatte ich nicht genügend Mumm, deswegen habe ich deine Mama natürlich nie um eine Verabredung gebeten. Nee, nee. „ Er pfeift durch die Zähne. „Dein Daddy aber schon. Ich weiß nicht, ob ich ihm jemals verziehen habe, dass er mir Libby weggenommen hat.“ Er zwinkert mir zu, zum Glück, denn ich könnte es nicht ertragen, wenn Mr. White irgendwas Schlechtes über meinen Daddy sagen würde.

„Wir alle haben deinen Daddy mächtig beneidet“, sagt er und nickt. „Ich dachte, die beiden würden sofort dieses

Kaff verlassen, wenn sie erst einmal verheiratet waren, aber das wollte deine Mama nicht. Nee, nee."

Während er spricht, lasse ich mich ganz langsam auf den Sitz hinunter. Puh – fühlt sich gut an, wieder richtig zu sitzen.

„ ... sie wollte keinesfalls dieses Kaff verlassen, also haben die beiden hier Wurzeln geschlagen und sind geblieben."

Ich weiß nicht wieso, aber als er das sagt, verdüstert sich sein Gesicht. Also halte ich den Mund. Was ich natürlich schon die ganze Zeit tue.

„Wie läuft's in der Schule?" fragt Mr. White, nachdem wir auf die Route 5 eingebogen sind. Nur noch zwei Minuten bis nach Hause, insofern wird dieser Teil des Gesprächs mit etwas Glück nicht zu lange dauern.

„Gut, danke."

„Ja? Nun, das ist gut. Das ist wirklich gut", sagt er und lenkt sein Schiff von einem Auto auf unseren schmutzigen Weg. Sein Auto wirkt irgendwie fehl am Platz, hier, wo sonst Richards Pick-up fährt.

„Da sind wir", sagt er und versucht heiter zu klingen, doch sein Gesichtsausdruck passt nicht zu seiner Stimme. Ich hüpfe schnell aus dem Auto.

„Noch mal vielen Dank, Mr. White", rufe ich ihm zu.

„Kein Thema", ruft er zurück. „Also, sprich mit deiner Mama und bitte sie, mich anzurufen, um mir zu sagen, wann du wieder zu mir kommst. Wann immer du willst, Caroline. Wann immer du willst." Er blinzelt mir wieder zu, und ich werfe die Tür zu und renne die Verandatreppen hinauf, um Mama und Emma von meinen Erlebnissen bei White's zu erzählen.

Mr. White ist genauso wie alle anderen hier in Toast, North Carolina – ihm kam nie in den Sinn, wegzugehen. Ich finde das unvorstellbar. Ich meine, ich kann das ja verstehen, wenn man so alt ist wie ich, aber wenn man alt genug ist, diesen Ort zu verlassen, warum tut man es dann nicht?

„Mama?" brülle ich schon, bevor die Eingangstür hinter mir ins Schloss fällt.

Mama ist in der Küche, in der einen Hand eine Zigarette, mit der anderen rührt sie in einem Topf auf dem Herd.

„Mama, Mr. White hat mich engagiert! Ich habe all diese Kartons aus seinem Lagerraum geschafft, und er sagte, noch nie wäre es so ordentlich und sauber gewesen, und er hat mich auf der Stelle genommen. Ich kann so viele Süßigkeiten essen, wie ich mag. Mama, bitte, sag dass ich darf, bitte."

„Mach mal langsam, Himmelherrgott, langsam." Mama öffnet den Kühlschrank und starrt hinein. „Lauf und hol mir mal den Sirup aus der Vorratskammer, ja?"

„Mama, darf ich nach der Schule dort arbeiten? Darf ich? Bitte, bitte, erlaube es mir!?"

„Hol erst mal die Sirupflasche“, blafft sie mich an. „Über das andere müssen wir noch sprechen.“

„Aber warum denn nicht? Das wäre doch toll. Ich würde mein eigenes Geld verdienen und Süßigkeiten bekommen, wann immer ich will. Bitte, Mama.“

Mama rührt jetzt wieder, der Holzlöffel bewegt sich langsam, weil so viel in dem Topf ist, dass er beinahe überläuft. Ich schleiche mich näher an sie heran, weil sie irgendetwas murmelt, aber ich weiß ja, dass man Mama nicht zu sehr drängen darf, sonst dreht sie sich nämlich um und tut genau das Gegenteil von dem, was man sich eigentlich erhofft.

„Im Lager arbeiten …“, sagt sie gerade. Glaube ich. „Umziehen …“

Ich bekomme wirklich nur Satzfetzen mit, weiß aber, dass es in ihrem Kopf arbeitet.

„Mama?“

„Verdammter Hurensohn.“ Der Löffel bewegt sich schneller, es ist also nur noch eine Frage der Zeit, bis alles über den Rand läuft. Es ist, als ob jemand im Schlaf eine Einkaufsliste herunterbetet – ihre Worte ergeben keinen Sinn.

„Mama? Darf ich? Bitte?“

„Was denn?“ Sie wirbelt herum, als hätte ich sie aus ihren Gedanken aufgeschreckt, sie hält noch immer den Löffel in der Hand, rote Soße tropft auf den Küchenboden wie Blut. Platsch. Ich beobachte jeden einzelnen Tropfen. Platsch.

„Darf ich bei White's arbeiten?" Platsch.

Sie betrachtet mich abschätzend, als würde ihr gerade erst auffallen, dass mir meine Jeans schon seit einem Monat zu klein geworden sind.

„Ach, warum zum Teufel eigentlich nicht", seufzt sie und dreht sich dann wieder zu dem kochenden Blut auf dem Herd.

Ich bin so froh, dass ich sie von hinten umarme. Als sie steif wird wie ein Brett, fällt mir wieder ein, dass ich sie nicht berühren sollte.

„Los, raus hier", spricht sie streng in den Topf.

Ich rase zu unserem Nest, damit ich Emma die Neuigkeiten erzählen kann.

„Emma? Emma!" Ich nehme zwei Stufen auf einmal, so aufgeregt bin ich. „Wo bist du? Ich muss dir was erzählen."

„Hier oben", schreit sie zurück.

„Stell dir vor, ich habe einen Job bei White's Drugstore, und ich darf so viele Süßigkeiten essen, wie ich will." Ich bin ganz aus der Puste.

Emma sitzt mit Mutsie, ihrem Lieblingsstofftier, auf dem Bett. „Was?"

Nachdem ich wieder etwas Luft bekomme, richte ich mich auf. „Mr. White hat mir einen Job angeboten, nachdem Richard abgehauen ist und mich allein gelassen hat, um was weiß ich wohin zu gehen."

Ich erzähle ihr alles, und wie ich vermutet habe fragt sie natürlich: „Kann ich da auch arbeiten?"

Am liebsten wäre es mir ja, dass sie einfach mit mir zusammen sein und nicht allein hier im Nest rumsitzen will, aber ich könnte wetten, dass es ihr nur um die Süßigkeiten geht. Kann ich gut verstehen. Ich und Emma, also wir sind süchtig nach Schokolade.

„Bestimmt erlaubt Mr. White, dass du auch hilfst", erkläre ich. Und das glaube ich auch wirklich. „Er hat gesagt, er kann gar nicht genug Hilfe bekommen. Das Lager sieht schlimmer aus als ein Blumenbeet im Februar."

Und so kommt es, dass wir beinahe jeden Tag nach der Schule bei White's Drugstore arbeiten.

4. KAPITEL

„Ich glaub' ihr habt die Schachtel noch nich' geseh'n, oder?" Miss Mary wirft Emma und mir von ihrem Platz hinter der Kasse aus einen Blick zu. Sie schließt ihr Kontobuch und zieht die Lesebrille ab. Miss Mary war die ganze Woche schon richtig nett zu uns, aber das ist ja nichts Neues. Einmal hat sie sogar hellrosa Haarspangen aus dem Korb neben der Kasse in Emmas Haar befestigt, jeweils eine an jeder Seite, damit ihr Gesicht mal richtig zu sehen ist. Miss Mary hat keine Kinder, deswegen müssen wir wohl herhalten.

„Was denn für eine Schachtel?" fragt Emma.

„Uiiiiii, die Schachtel is' was Besonderes, das werdet ihr erst glauben, wenn ihr's seht." Ein Lächeln breitet sich auf ihrem faltigen Gesicht aus. „Das ist wirklich zum Fürchten. Man muss sogar alt genug sein, um überhaupt darüber reden zu dürfen." „Sind wir alt genug?" frage ich sie, aber Emma platzt gleichzeitig heraus. „Wo ist sie?" Keine Menschenseele hat bisher den Laden betreten und dabei ist es schon vier Uhr nachmittags. Ich wette, das liegt an der Hitze, es ist heiß genug, um den Teer auf der Straße schmelzen zu lassen.

„Ich dachte, jeder hat schon von der Schachtel gehört." Miss Mary klopft sich auf den Schoß, und Emma klettert hoch. Ich habe noch nie zuvor gesehen, dass sie sich so an jemanden schmiegt. „Die is' drüben bei Ike, und die Kinder gehen alle nacheinander rein – wenn sie mutig genug sind."

„Echt? Echt?" Ich reibe mir die Arme, weil ich eine Gänsehaut bekomme.

„Wie groß ist sie?" fragt Emma.

„Ein bisschen größer als ein Schuhkarton."

„Und was ist drin?" frage ich.

„Das weiß niemand so genau."

„Wahrscheinlich nur Popel, wetten?" ruft Emma. Sie lehnt sich an Miss Marys Brust und lässt die Beine baumeln.

Miss Mary schüttelt den Kopf. „Was auch immer drin ist, die Kinder rennen immer total verängstigt davon. Hab' nie von jemandem gehört, der es lange ausgehalten hat, nachdem die Klappe aufgeht. Keiner weiß also genau, was so gruselig ist."

„Wir *müssen* diese Schachtel angucken", sage ich. Emma nickt.

„Ich weiß nich'". Miss Mary lächelt wieder dieses Lächeln, das ihre Haut noch zerknitterter aussehen lässt. „Ich weiß nicht, ob ihr schon groß genug seid."

„Doch, sind wir!" Emma rückt etwas von Miss Mary ab, damit sie sich umdrehen und sie ansehen kann. „Das sind wir auf jeden Fall!"

„Wir?" fragt Miss Mary, als hätte sie von vorneherein

nur mit mir gesprochen. Sie weiß genau, dass Emma dann nur umso sturer darauf beharren wird, dabei zu sein, egal bei was.

„Miss Mary, wenn ich gehe, dann wird meine kleine Schwester auf jeden Fall mit wollen." Was absolut der Wahrheit entspricht. „Das weiß doch jeder."

„Ich hab' vor nix Angst." Emma nickt. Und auch das stimmt. Wenn Miss Mary wüsste, dass ich eigentlich der Angsthase bin! Ich meine, ich habe Angst vor Spinnen, wer weiß, wie ich reagiere, wenn ich diese Schachtel sehe. Aber ich muss sie einfach sehen. Ich muss.

„Wo ist Ike's?" fragen wir gleichzeitig.

„Drüben in Lowgap." Lowgap ist ein gruseliger Ort, ganz schattig wegen der vielen Bäume. Wenn wir früher dort hinfuhren, dachte ich immer, dass die Sonne einfach vergessen hätte, zu scheinen, so dunkel ist es dort. Aber an einem Tag wie heute könnte das sogar ganz angenehm sein. Sonne in Toast ist ein guter Ausgleich für keine Sonne in Lowgap.

„Carrie, wir müssen einfach nach Lowgap." Emma ist von Miss Marys Schoß gesprungen, die sich das Kleid dort, wo sie gesessen hat, glatt streicht. „Doch wie sollen wir das anstellen?"

„Lass mich kurz nachdenken", antworte ich etwas verdrossen. Ich weiß, dass wir nach Lowgap müssen, ich habe bloß keine Ahnung, wie.

„Nun ja“, sagt Miss Mary gedehnt. „Ich habe Freunde außerhalb von Lowgap, in einem Ort, der so klein ist, dass man ihn auf keiner Landkarte findet. Die wollen schon die ganze Zeit, dass ich sie mal besuche … ich denke, ich könnte …“

„*Bitte* nehmen Sie uns mit, Miss Mary! Bitte! Wir stören auch gar nicht.“ Emma zupft an ihrem Rock, und ich schnappe mir ihren Arm und zerre daran, ohne selbst zu wissen, wieso. „Bitte. Bitte, bitte, bitte!“

Miss Mary lacht, wobei sich ihr Bauch einzieht und wieder nach außen klappt wie übergroße Lippen. Emma besiegelt unser Schicksal. Sie klettert auf Miss Marys Schoß und umarmt sie heftig.

„Hör auf, du ramponierst ja meine Arbeitskleidung“, sagt Miss Mary in Emmas Haarschopf hinein. „Nun lass mich mal in Ruhe nachdenken.“

Aber wir wissen, es ist eine abgemachte Sache. Wir werden morgen nach der Schule, wenn wir zur Arbeit kommen, zu dieser Schachtel fahren. Morgen ist Miss Marys freier Tag. Sie wird uns am Hinterausgang des Ladens abholen, nachdem wir Mr. White gebeten haben, uns für unsere geheime Mission freizugeben.

„Achtung, hier kommt Scary Carrie!“ brüllt Tommy Bucksmith über die Karte Amerikas hinweg, die auf den Boden des Pausenhofs gemalt ist. „Wie geht es deinem

Liebsten, Charley?“ Ich tue so, als ob ich ihn nicht höre und ihn ignoriere.

Über Charley Narley aus unserem Ort machen sich alle lustig. Sein Körper ist zwar gewachsen, sein Hirn aber nicht. Mama sagt, er hat nicht alle Tassen im Schrank. Sie sagt, jeder Ort hat seinen Charley Narley, aber das kann ich mir nicht vorstellen. Er ist groß wie ein Bär, und alle kennen nur seinen Vornamen. Vor langer Zeit hat irgendjemand begonnen, ihn Charley Narley zu nennen, weil es sich reimt, wie ich vermute. Er kämmt sich nie und geht auch nicht zum Friseur, sein Haar ist ganz verfilzt und steht wahrscheinlich vor Dreck. Wenn man über die Straße geht, folgt er einem wie ein Hundewelpen und beschreibt lauthals alles, was man tut. Das geht dann so: Man geht zu Alamo Shoes und betrachtet das Schaufenster und hinter sich hört man: „Jetzt bleibt sie vor dem Schaufenster stehen. Sie schaut sich die weißen Schuhe an. Nein, es sind die pinkfarbenen Schuhe.“ Dann läuft man weiter und hört: „Sie geht die Straße hinunter. Sie nimmt etwas aus ihrer Tasche. Einen Kaugummi! Sie packt ihn aus. Sie steckt ihn in den Mund. Jetzt kaut sie.“ So ungefähr. Er kann keiner Fliege etwas zu Leide tun, der Charley Narley. Die Jungs machen sich einen Spaß daraus, indem einer von ihnen sich hinter Charley stellt und ihn imitiert, während er über die anderen spricht. Etwa so: „Charley beobachtet Tommy. Er wird langsamer. Er sieht Tommy an. Er spricht." Charley kommt dann ganz durcheinander und versucht, hinter den Jungen zu gelangen, der da spricht, und dann wird er noch verwirrter und beginnt lauter zu sprechen. Dann hauen die Jungs ab und Charley bekommt Ärger mit dem Sheriff. Einmal haben sie eine alte Strumpfhose genommen, so eine, wie die Damen sie in der Kirche tragen, und Sand hineingefüllt. Dann haben sie die Strumpfhose so hinter einer Hecke versteckt, dass ein Bein zu sehen war. Als Charley Narley vorbeikam, verdrehten sie den Strumpf, bis er aussah wie eine Schlange. Charley kreischte los wie ein Mädchen. Und erst letzte Woche haben sie ihn als Zielscheibe benutzt („zehn Punkte, wenn die Coladose seinen rechten Arm trifft!"). Emma und ich versuchten Charley dazu zu bringen, in die andere Richtung zu gehen. Mr. White kam ebenfalls aus seinem Laden und sagte den Jungs, sie sollten verschwinden, aber seitdem nennen sie Charley Narley meinen Liebsten.

„Ach, halt die Klappe", murmle ich. Darryl Becksdale steht ein Stück von mir entfernt, deswegen hoffe ich, dass er mich nicht verstanden hat.

„Was war das?" Oje. Er hat es gehört. „Machst du dich etwa für deine *wahre Liebe* stark?"

„Nein."

„Was dann?"

„Du hältst dich ja für so clever", entgegne ich, ohne zu überlegen. „Dabei weißt du *gar nichts.*"

„Ach ja?“ Er trottet neben mir her auf die Tür zu. „Frag mich was, ich wette, ich weiß die Antwort. Siehst du? Dir fällt nichts ein!“ Er beginnt gekünstelt zu lachen. Ich weiß, dass es gekünstelt ist, weil er lauter lacht als sonst, und außerdem schaut er sich nach seinem Publikum um.

„Okay.“ Ich betrete die Schule, wo es genauso heiß ist wie draußen, aber ich will nicht, dass ich einen Sonnenbrand auf dem Scheitel bekomme. „Hast du schon von der Schachtel gehört?“

Einen Moment lang scheint er verblüfft zu sein, weil er schweigt, doch dann sagt er: „Diese Schachtel gibt es gar nicht wirklich, du Depp.“

„Es gibt sie doch.“

„Hast du sie vielleicht gesehen?“

„Noch nicht.“ Ich lächle, weil ich die Schachtel in genau fünf Stunden und zweiundzwanzig Minuten zu sehen bekommen werde.

„Du lügst“, ruft er, dann wendet er sich ab und geht zu seinen Freunden hinüber, die gerade damit angeben, wie elegant sie Spielkarten mischen können.

„Mr. White?“ Meine Hände sind schweißnass, und das liegt nicht an der Hitze.

„Ja, Caroline?“ Er legt den Bestellblock weg. „Was kann ich für dich tun?“

„Ähm …“ Ich räuspere mich. Vielleicht macht das den Worten ja Platz. „Ich frage mich …“

„Ja?“

„Ähm, ob es in Ordnung wäre, Sir …“ Ich räuspere mich erneut. „Könnten Emma und ich bitte heute Nachmittag frei haben? Wir haben gestern ganz viel gearbeitet, haben die ganzen Flaschen ordentlich ins Regal geräumt, wie Sie es gesagt haben, wir sind sogar schon bei dem Buchstaben *M* angekommen, obwohl Sie meinten, bis *G* würde reichen, also, wir würden es wirklich zu schätzen wissen, wenn Sie heute auf uns verzichten könnten …“

„Ist schon gut“, sagt er, bevor ich den Satz beenden kann. Er nimmt den Bestellblock wieder hoch, als ob das Thema damit erledigt wäre, und ich fange gar nicht gerne wieder davon an. Vor allem ist es mir unangenchm, einen Erwachsenen zu bitten, ein Geheimnis für sich zu behalten, aber das muss ich tun.

„Also …“ Ähem.

„Ja?“ Über die halbe Brille, die auf seiner Nasenspitze sitzt, schaut er mich ganz ernst an.

„Ich würde gerne wissen, ob Sie in der Lage wären, das für sich zu behalten.“

Was habe ich da gerade gesagt? Natürlich ist er in der Lage! Himmelherrgott, er ist doch kein kleines Kind. Ich blöde Kuh.

Ich sehe, dass er darüber nachdenkt, bestimmt bin ich

knallrot, weil ich ihn so beleidigt hab, doch dann sagt er: „Ich schätze, das bekomme ich hin." Uff.

„Vielen, vielen Dank, Sir." Ich bin schon beinahe aus der Tür, als er mich ruft.

„Oh, Caroline ..."

Als ich mich umdrehe, lächelt er wie auf dem Highschoolfoto. „Ja, Sir?"

„Bitte sei vorsichtig", sagt er. „Die Schachtel ist das Unheimlichste auf der Welt."

Er weiß davon! Hat er uns gestern womöglich belauscht? Ich stolpere rückwärts aus der Tür, während ich angestrengt über diese Frage nachdenke und das alte, verrostete Auto, das Miss Mary sich immer für ihre Fahrten ausleiht, entdecke. Die Fenster sind fest verschlossen, um das bisschen kühle Luft aus der einen funktionierenden Lüftung im Innern zu halten. Ich beeile mich, damit ich und nicht Emma auf den Vordersitz sitzen kann und vergesse Mr. White und die Frage, wie er das mit der Schachtel herausgefunden hat.

„Emma, ich bin älter, ich darf vorne sitzen!" Wir erwischen gleichzeitig den Türgriff und versuchen jeweils, die andere aus dem Weg zu schieben. Es ist eine Sache, hinten im Mamas Wagen zu sitzen – das mache ich, weil sie immer so auf Emma herumhackt. Aber das hier ist eine ganz andere Geschichte. Emma bekommt jede Menge Aufmerksamkeit von Miss Mary, deshalb habe ich nun das Recht auf den Vordersitz. Außerdem war ich diejenige, die Mr. White um den freien Tag bitten musste.

„Emma!“ Ich schiebe meine Schulter zwischen ihren Kopf und die Autotür, aber sie ist sehr stark, weil sie so viele Leute nach der Schüle verprügelt, sie will den Türgriff nicht kampflos aufgeben. Miss Mary ruft halb stehend, halb sitzend: „Schnell rein, bevor ich es mir noch anders überlege!“

Daraufhin können wir gar nicht schnell genug ins Auto kommen. Wegen der kühlen Luft bekomme ich eine Gänsehaut, doch die legt sich schnell wieder.

„Na? Bereit für die Schachtel?“ Miss Mary fährt aus dem Parkplatz auf die Hauptstraße, die aus Toast herausführt.

„Ist es lebendig oder tot?“ fragt Emma.

„Fang jetzt nicht an, mir alle möglichen Fragen zu stellen. Das ist doch keine Rateshow.“ Ich kann die obere Hälft ihres Gesichtes in dem zerbrochenen Rückspiegel sehen, sie lächelt und hat ganz viele Fältchen um die Augen. Ich habe mal gehört, dass eine Falte auf der Stirn durch tausend Mal Stirnrunzeln entsteht. Wenn das auch für Lachfalten gilt, muss Miss Mary schon immer ein ziemlich glücklicher Mensch gewesen sein, denn um ihre Augen gibt es Millionen Falten.

„Ach bitte“, sagt Emma. „Lebendig oder tot?“

„Ich weiß es nicht.“ Wir stehen vor dem blinkenden

Warnlicht, das einen davor bewahren soll, von einem Fahrzeug erfasst zu werden, das in unglaublichem Tempo durch Toast rast, auf dem Weg zu einem schöneren Ort. Heute ist da allerdings keines, und Miss Mary fährt vorsichtig auf die Autobahn Richtung Lowgap.

„Ich wette, es ist der Kopf, der jemandem abgeschlagen worden ist“, sagt Emma.

„Ich wette, es ist eine Schweinezunge“, behaupte ich. „Daddy hat immer Zunge gegessen, wusstest du das?“

„Ich wette, es ist Blut.“ Emma beachtet meine Information über Daddy gar nicht. Ihr Pech.

„Das ist doch nicht gruselig. Ich meine, wer hat denn nicht schon mal Blut gesehen? Wegen so was rennt doch keiner schreiend davon.“

„Ich sag dir, es sind Popel.“ Emma verschränkt die Arme vor der Brust und richtet sich auf, um die Straße besser im Blick zu haben. Warum, weiß ich nicht, schließlich gibt es dort überhaupt nichts zu sehen.

„Und wenn Ike uns gar nicht erlaubt, die Schachtel anzuschauen?“ Darüber mache ich mir die meisten Sorgen. „Was, wenn er sagt, wir wären noch zu jung?“

„Er lässt euch schon rein“, sagt Miss Mary.

„Wie groß ist die noch mal?“ fragt Emma.

„Das hat sie uns doch schon gesagt.“ Ich verdrehe die Augen genau so, wie es Mama nicht mag. „ Sie ist so groß wie eine Schuhschachtel. Himmel.“

„Bei dem Gezanke dauert die Fahrt nur umso länger, also Schluss damit.“

Das ergibt natürlich überhaupt keinen Sinn, weil Zanken die Entfernung nicht größer machen kann. Aber das werde ich Miss Mary nicht erklären. Es ist ein Riesenglück, dass ihre Bekannten in der Nähe von Lowgap wohnen.

Bald befinden wir uns auf der Hauptstraße von Lowgap. „Die Stadt des Aufstiegs!“ steht auf einem Schild. Es sieht nicht nach Aufstieg aus, denn die meisten Geschäfte haben geschlossen. Manche Schaufenster sind so staubig, dass es scheint, die Läden hätten schon seit tausend Jahren geschlossen. Miss Mary hält vor einem Fenster mit dem Schild: Dot’s Kountry Kafaye.

„Schätze, wir alle sind hungrig“, sagt sie und fischt ihre Tasche vom Beifahrersitz. Sie zieht einen Lippenstift heraus und reckt sich so, dass sie sich im Rückspiegel schminken kann. Sie hat nicht diese winzigen Raucherfalten um den Mund wie Mama, der Lippenstift bleibt dort, wo er hingehört. Mamas Lippen sehen an Sonntagen aus, als würden sie bluten. Miss Mary setzt sich ihren Hut wieder auf, steckt den Lippenstift zurück in die Tasche und wendet sich uns zu.

„Wir füllen dann mal besser unsere Bäuche, bevor die sich vor lauter Aufregung wegen der Schachtel noch verrückter machen und schließlich noch verknoten.“

Bis zu diesem Moment war ich hungrig, aber nachdem Miss Mary das Wort Schachtel ausgesprochen hat, verliere ich jeglichen Appetit. Selbst gestern Abend konnte ich nichts essen, obwohl Mama Brötchen mit Bratensoße gemacht hat, mein Lieblingsessen.

Dot's Kountry Kafaye sieht genauso aus wie Mickey's Country Kitchen in Toast. Von der Theke aus kann man zuschauen, wie das Essen zubereitet wird, man kann sich aber auch hinsetzen, wenn man sich überraschen lassen will. Mir gefällt es an der Theke immer am besten, und zum Glück gehen wir dort hin. Mit den Sitzen kann man sich komplett einmal um die eigene Achse drehen! Bei Mickey's geht das nur bis zur Hälfte.

Miss Mary sagt, wir können uns was zusammen bestellen und teilen, schließlich bezahlt sie und nicht wir, deswegen einigen wir uns auf einen Hotdog.

„Mit allem?" fragt die Bedienung.

„Ja, bitte", antworte ich. Die Glocke über der Tür klingelt, als Miss Mary sich umdreht und wieder hinausgeht.

„Geht ihr danach rüber zu Ike?" fragt uns die Bedienung, nachdem sie unseren Bestellzettel an einen Metallbaum befestigt hat, der sich zwischen dem Restaurant und der Küche befindet.

„Ja, Ma'am", entgegnen wir gleichzeitig.

„Hab ich mir gedacht." Sie nickt ganz ernsthaft, so wie Mr. White. „Viel Glück", sagt sie, und so, wie sie das sagt, ist mir ganz klar, dass ich kaum etwas von dem Hotdog herunterbekommen werde.

„Wie wär's", fährt sie fort und versucht aufmunternd zu klingen. „Ich spendiere eine Cola und ein paar Erdnüsse."

Wir setzen uns beide aufrecht und drehen uns um uns selbst. Erdnüsse und Cola! Das ist das Leckerste auf der Welt!

„Wetten, ich treffe als Erste!" Emma schreit regelrecht.

„Wollen wir mal sehen", sage ich. Und verliere.

Die erste Erdnuss in der Cola ruft immer die meisten Luftblasen hervor, und das ist jetzt auch nicht anders. Es ist wie ein wissenschaftliches Experiment, der Schaum kommt ganz nah an den Glasrand und fällt dann genauso schnell wieder in sich zusammen. Die restlichen Erdnüsse platschen einfach hinein. Aber durch sie schmeckt die Cola sogar noch besser.

„Bitte schön." Die Bedienung schiebt den wabbligen Hotdog vor uns. Daneben liegt als Zugabe eine Gurke.

Ich esse meinen Teil, aber mein Magen zieht sich zusammen. Ich befürchte, mich übergeben zu müssen und frage, ob ich aufs Klo darf, bevor wir gehen.

„Natürlich, Herzchen", sagt die Kellnerin. „Ich schließ' sie dir auf." Sie langt hinter sich nach so einem Holzklumpen mit einer kleinen Kette mit Schlüssel dran und bedeutet mit einem Nicken, dass ich ihr folgen soll. Wir gehen an der Küche vorbei, bei dem Geruch muss ich schwer schlucken. Du liebe Zeit. Sie schließt die Tür gerade noch rechtzeitig auf, damit ich hineinrennen, mich über die Schüssel beugen und den Hotdog und die Cola erbrechen kann. Ich höre, wie die Tür hinter mir ins Schloss fällt, doch noch bevor ich nach dem Toilettenpapier greifen kann, um mir den Mund abzuwischen, höre ich ein Klopfen an der Tür und Miss Marys Stimme. „Alles in Ordnung, Kindchen?"

Ich kann nicht antworten, weil ich noch immer um Atem ringe, sie wartet meine Antwort aber sowieso nicht ab, kommt herein, streichelt meinen Rücken, und dann spüre ich, wie sie mir mit kühler Hand das Haar aus der Stirn streicht. Das fühlt sich so gut an, dass ich über die Toilette gebeugt bleibe, obwohl ich gar nicht mehr brechen muss.

„Ich hab es übertrieben mit dieser Schachtel", sagt sie. Ihre Stimme ist sanft, als würde sie mit einem Vogelbaby sprechen. „Mach dir bitte keine Gedanken mehr darüber. Wir fahren wieder nach Hause, wenn du magst. Wir halten nur kurz bei meinen Freunden und sagen hallo, und dann kratzen wir die Kurve."

„Nein! Bitte nicht." Ich fahre herum und sehe sie an. Sie tupft mein Kinn mit einem Taschentuch ab, das nach Miss Mary duftet, nach einer Mischung aus Blumen und

Reinigungsmittel. „Mir geht es wieder gut, echt. Bitte! Ich muss die Schachtel sehen. Ich muss einfach."

„Aber dir ist ganz schlecht vor Angst, Kindchen."

„Nein, ich schwör's. Mir geht es gut. Bitte!"

Ich wage nicht zu atmen, bis sie sagt: „Gut." Allerdings runzelt sie dabei die Stirn. „Aber ich halte das für keine gute Idee mehr. Wir machen ganz schnell."

Ohne nachzudenken werfe ich die Arme um sie, so wie ich es immer bei Daddy gemacht habe, wenn er von einer Reise zurückkam. „Danke", flüstere ich an ihrer Hüfte. Ihre Kleider riechen so gut. Ich spüre, wie ihre Hand auf meinem Kopf liegt, und einen Moment glaube ich, dass nie mehr was Schlimmes passieren kann. Nicht solange ich Miss Mary umarmen darf.

Ike's General Store ist nur ein paar Türen weiter, allerdings etwas weiter zurückversetzt. Wahrscheinlich wegen der Veranda, auf der Schaukelstühle und normale Stühle ohne Sitzflächen stehen. Man muss wirklich groß sein, um da nicht durchzufallen. In einem der Schaukelstühle sitzt ein alter Mann und starrt stur vor sich hin, als würde er auf eine Mitfahrgelegenheit warten oder so was, doch als wir näher kommen, wendet er uns das Gesicht zu, und da denke ich, dass er vielleicht mit offenen Augen geschlafen hat. Hinter der Fliegengittertür dreht sich ein kleiner Ventilator, kippt von einer Seite zur anderen, aber nie lang genug, dass es etwas bringt. Direkt neben der Kasse stehen große Gläser mit Zuckerstangen in allen möglichen Farben. In einem Glas sind nur rote (mag ich am liebsten), in einem anderen nur lilafarbene (mag Emma am liebsten). Insgesamt müssen es zehn Gläser sein. Dahinter kann man alle möglichen Fläschchen sehen wie bei White's, ansonsten aber gibt es hier ganz andere Sachen: Getreidefässer, Rechen, Mehlsäcke, die eine undichte Stelle haben müssen, weil der Boden aussieht wie mit Zauberstaub bedeckt. Ich kann nicht sehen, was sich hinten im Laden befindet, weil es zu dunkel ist, aber ich könnte wetten, dass er dort kühler ist als hier vorne, wo die Sonne direkt auf uns durch die Tür knallt.

Als Emma meine Hand packt, tue ich so, als würde ich es nicht bemerken. Sie ist nämlich ziemlich stolz und würde sich sofort losmachen, wenn ich die Angst in ihrem Gesicht sehen würde.

„Nun, was kann ich für Sie heute denn tun?" fragt der Mann hinter der Theke. Er könnte ein Zwillingsbruder von dem alten Mann im Schaukelstuhl sein, nur dass die Träger *seines* Overalls richtig sitzen und sein Hemd sauberer aussieht. Außerdem ist sein Haar gekämmt und nicht ganz so grau.

Miss Mary betrachtet den Tisch mit den Kochbüchern und zuckt zusammen, als sie seine Stimme hört. Sie hat gerade in einem Buch mit dem Titel „Ein Himmel für Naschkatzen“ gelesen.

„Sie wollen liebend gern die Schachtel sehen“. Miss Mary schaut zu Emma und mir und spricht „die Schachtel“ so leise aus, als würde es sich um ein Geheimnis zwischen den beiden handeln.

Der Mann nickt wie der Prediger sonntags in der Kirche, wenn die Leute aufstehen und laut vor allen Leuten ihre Sünden beichten. So ein Nicken, das andeutet, dass er sowieso gewusst hat, dass sie sündigen würden.

„Verstehe. Und wie alt bist du, junge Dame?“ fragt er mich.

„Ich bin acht und meine Schwester ist sechs, aber sie ist mutig, und wir wollen das jetzt sehen.“

Der Mann wirft Miss Mary einen Blick zu, die ihm etwas zuflüstert, was klingt, als ob sie sich für Emma einsetzen würde, die viel jünger als sechs aussieht. Der Mann betrachtet uns von oben bis unten, dann flüstert er etwas zurück, und ich vermute, sie sind sich einig geworden.

„Also wollt ihr zusammen reingehen, ja?“ fragt er, nachdem er sich eine Minute lang gedankenvoll das Kinn gekratzt hatte.

„Ja, Sir“, sagen wir wieder gleichzeitig.

„Nun, ich glaube, das ist erlaubt. Lasst mich kurz nach hinten gehen und Bescheid sagen, dass ihr kommt.“ Er wischt sich die Hände an der Schürze ab, die er um seine dünne Taille gebunden hat. In dem Laden steht eine Kühltruhe, in der Fleisch sein muss, denn die Schürze des Mannes hat rote Flecken. Oder es handelt sich um Blut aus der Schachtel!

„Ich hab' solche Angst“, flüstere ich Emma zu. Sie drückt meine Hand noch fester. „Ich weiß gar nicht, ob ich meine Beine bewegen kann.“

Miss Mary beugt sich nach unten, um uns in die Augen blicken zu können. „Wenn ihr nicht mehr wollt, können wir sofort gehen.“

Ich schüttle nur den Kopf und sehe, wie der Mann uns zu sich winkt, damit er nicht wieder den ganzen Weg zurückkommen muss, um uns zu holen.

„Also gut dann.“ Miss Mary richtet sich auf und tätschelt uns den Kopf. „Viel Glück, Mädchen. Ich werde die ganze Zeit hier sein, versteht ihr?“

Ich weiß nicht, wie es mir gelingt, den ersten Schritt auf dem staubigen Boden zu machen, aber ich laufe auf eine Holztür zu, die sich zwischen den Regalen befindet, die die ganze Rückwand des Ladens einnehmen. Unsere Schritte sind winzig, die Tür bleibt ganz weit entfernt, obwohl wir uns doch darauf zu bewegen.

„Guter Gott“, bete ich laut. „O lieber Gott, gib uns Kraft.“

Emmas Griff wird härter, ich weiß nicht, wer von uns beiden so schwitzt.

Der Mann lächelt jetzt nicht mehr. Er hält uns die Tür auf, damit wir durchgehen können, und er schaut wirklich ernst, als ob wir etwas falsch gemacht hätten. Wie passend, denke ich, schließlich gehen wir auf ihn zu, als ob wir tatsächlich etwas ausgefressen hätten.

Als wir vor der Tür stehen, sagt er: „Nun, Mädchen, seid ihr wirklich bereit für die Schachtel?"

Mein Mund ist ganz trocken, weil er die ganze Zeit offen stand, wie ich jetzt bemerke, deswegen kann ich nur nicken und Emma auch, was ich aus den Augenwinkeln sehe.

Ich blicke von seinem Gesicht in den verdunkelten Raum und entdecke drei Gestalten um einen Tisch mit einer rot-weiß-karierten Tischdecke, die aussieht wie die, die wir mit Daddy immer zum Picknicken mitgenommen haben. Meine Augen haben sich noch nicht an die Dunkelheit gewöhnt, aber ich glaube, einer der Männer ist der alte Mann von der Veranda. Es ist ziemlich verraucht da drinnen, hinten steht ein Kartentisch und eine brennende Zigarette liegt in einem Aschenbecher. Ein anderer Mann trägt eine Brille, die aber nur ein Glas hat.

Und da ist sie. Die Schachtel. Sie steht mitten auf der rot-weiß-karierten Tischdecke, und mir ist klar, dass ich diejenige bin, die sie öffnen muss. Sie ist rechteckig und nicht quadratisch, dunkelgrau mit perfekt sitzendem Deckel. Niemand spricht ein Wort. Die Leute stehen auf einer Seite und warten darauf, dass wir den Deckel heben.

Ein paar winzige Schritte noch und wir stehen direkt vor dem Tisch. Wenn ich mich bei Dot's nicht schon übergeben hätte, würde ich es jetzt tun, wie gut, dass ich es schon hinter mich gebracht habe. Ich lasse Emmas Hand los und wische mir den Schweiß an den Jeans ab. Ich atme ein und atme aus und strecke langsam die Hand aus, bis sie nur noch einen Zentimeter von der Schachtel entfernt ist.

Ich erschrecke, als einer der Männer sagt: „Mach schon, jetzt“. In dem Moment hämmert mein Herz noch heftiger.

Doch dann tue ich es. Ich greife ... nach dem Deckel ... hebe ihn vorsichtig an ... nur ein ganz kleines bisschen, als ein elektrischer Schlag so schnell und schmerzhaft durch meinen Körper fährt, dass ich aufschreie, den Deckel fallen lasse und losrenne, ohne auf Emma zu warten, ich dränge mich an den Männern vorbei zur Tür und fliehe vor dem Gelächter, das in dem verrauchten Raum in den Laden dringt, klammere mich an Miss Marys Taille, wo ich kleben bleibe wie Moos an einem Baum. Emma ist eine Sekunde später auch da und hält sich an Miss Mary fest, die uns beide Richtung Fliegengittertür schiebt. „Danke, Sir“, sagt sie über unsere Köpfe hinweg, und es klingt – kann das wahr sein? – als würde sie lächeln. „Ich schätze, die Schachtel ist ihren Erwartungen gerecht geworden." Der Mann von vorhin hält ihr die Autotür auf. Das weiß ich, denn obwohl ich ihre Taille noch nicht losgelassen habe, kann ich die schmutzigen Stiefel neben Miss Marys Schuhen sehen, die mindestens zwei Größen zu klein für ihre dicken Füße aussehen. Unterdrückt sie etwa ein Lachen?

„Und Sie fahren bitte vorsichtig", sagt er und wirft die Tür hinter uns zu. Wir klammern uns auf der Rückbank aneinander, als ob da immer noch Miss Marys Taille wäre.

Nach alledem kann ich immer noch nicht sagen, was in dieser gefürchteten Schachtel eigentlich ist. Ich weiß nur, dass es das Gruseligste ist, was ich je in meinem ganzen Leben gesehen habe.

5. KAPITEL

Heute ist Umzugstag, und ich gebe zu, Mama hat Recht: Ich bin so aufgeregt wie eine in einem Glas gefangene Biene. Emma hat das meiste gepackt, weil ich mich weigere, auch nur einen Finger für diesen Umzug zu krümmen. Ihr macht es nichts aus. Sie ist für ihr Alter ganz schön ordentlich. Sie bewahrt ihre Bilderbücher und Sticker in einem Stapel neben dem Bett auf, also muss sie diesen Stapel einfach nur in die Kiste packen, die Mama für uns hingestellt hat. Ich bin die Unordentliche von uns. Meine Sachen sind wie Kühe auf einer Wiese, widerspenstig und nicht leicht zusammenzutreiben. Immer wenn Emma gerade glaubt, alles eingepackt zu haben, taucht wieder etwas auf der Treppe auf. Oder auf der Matratze.

Das Briefmarkenalbum wird zuletzt in die Kiste gepackt, weil ich es gerade studiere und versuche, mir die Reihenfolge der Länder zu merken, um mich von dem Umzug abzulenken.

Seit Neuestem nennt Mama diesen Umzug einen idiotischen Fehler. Ich weiß nicht, was sie damit meint. Idiotischer Fehler. Wenn sie das Richard gegenüber sagt, fühlt es sich an, als würde sie plötzlich auf meiner Seite stehen. Aber wenn ich dann frage, was das bedeutet, scheucht sie mich weg. Momentan hat sie kaum noch Zeit für mich und Emma. Ihr Kopf ist ganz voll mit all den Details, die man bedenken muss, wenn eine vierköpfige Familie umzieht. Sie hat gesagt, dass wir nach dem Umzug *nicht* in eine neue Schule gehen werden, und ich weiß überhaupt nicht, was ich davon halten soll. Ich schätze, ich bin froh darüber, dann gibt es keinen Sonny mehr, der mich quält, und keine Mary Sellers, die mich anmeckert, aber ich habe keine Ahnung, wie wir dann Mamas Vorstellung nach etwas lernen sollen. Beim Lesen habe ich echte Fortschritte gemacht. Und Emma, die beginnt jetzt zu addieren und zu subtrahieren. Wenn sie nicht zur Schule geht, wird sie bestimmt schnell vergessen, wie das geht, und dann muss ich immer alles für sie ausrechnen. Mama sagt, ich soll nicht mehr davon anfangen, aber ich bin acht Jahre alt – Achtjährige gehen eben in die Schule, es ist unser *Job,* Himmel noch mal. Außerdem hatte ich mich gerade mit der Idee angefreundet, dass ich in einer neuen Schule vielleicht endlich beliebt sein könnte. Ich habe bereits geübt, wie ich den neuen Klassenkameraden erzähle, dass ich in der dritten Klasse zum beliebtesten Mädchen gewählt worden bin, und dann wollen alle meine Freundinnen sein. Emma scheint es egal zu sein, dass sie nicht mehr in die Schule soll. Sie ist eben cool, wie ich bereits sagte, und coolen Leuten ist es vollkommen schnuppe, was andere von ihnen denken. Deswegen sind sie ja cool.

„Carrie, Emma", ruft Mama von unten. „Kommt runter, hier gibt' s noch einiges zu tun!"

„Okay", antworte ich für uns beide. Emma war in letzter

Zeit ganz schön still, ich glaube, das hat mit Richard zu tun und damit, wie er die Tür hinter sich und ihr geschlossen hat. Als ob sie ein Geheimnis teilen, von dem ich nichts weiß. Er freut sich wie ein Schneekönig über dieses Geheimnis, aber Emma sieht so aus, als ob sie es nicht länger mit ihm teilen will. Sie ist aber total verschwiegen, nicht einmal mir verrät sie etwas, und kein Mensch auf der Welt steht ihr so nahe wie ich. Sie konnte Geheimnisse schon immer gut für sich behalten. Das ist auch ein Grund dafür, warum sie massenhaft Freunde hat.

„Warum dauert das denn so lange?“ Mama klingt verärgert.

„Schon gut, schon gut“, sagt Emma. Wir klettern die Leiter vom Dachboden herunter, gehen dann über die richtige Treppe nach unten in die Küche, die Mamas Hauptquartier ist.

„Wir müssen noch ein paar Kartons besorgen, also zieht eure Flip-Flops an“, sagt sie.

Ich kann mich kaum noch daran erinnern, wie Mama war, bevor Richard sie in lauter kleine Stücke zerbrochen hat. Als ich einmal in einen Laden ging, um ihr eine Schachtel Zigaretten zu holen, bat mich Mr. Appleton persönlich, sie zu grüßen. An sich ist das in dieser Stadt nichts Besonderes, aber wie er es sagte! Er lächelte viel sagend wie über einen Witz, dessen Pointe sie verstehen würde, sobald ich die Grüße ausrichtete. Ich habe oft darüber nachgedacht.

Ich setze mich auf die Rückbank, obwohl Mama sagt, ich sei alt genug, um mit ihr vorne zu sitzen. Ich will aber Emma nicht im Stich lassen, deswegen bleibe ich bei ihr.

„Heute ist Dienstag, ich glaube, bei Harold's haben sie gerade die Ware ausgepackt", erklärt Mama. Harold's ist unser Schreibwarenladen, und immer montags werden neue Kartons mit Papier angeliefert, deswegen fahren wir jetzt dorthin, weil die Kartons immer sauber sind und auch nicht schlecht riechen.

„Volltreffer", ruft Mama, als sie neben einem Stapel zusammengelegter Kartons anhält. Ich bin auch froh. „Also los", sagt sie.

Wir steigen aus und packen die Kartons ein, die immer schwerer sind, als sie aussehen. Ich zähle dreizehn kleine und werde traurig, weil Mama immer sagt, dreizehn wäre Daddys Lieblingszahl gewesen. Seine Glückszahl. Unser Daddy lief nie unter einer Leiter durch und warf Salz über seine Schulter, wenn er etwas verschüttete, also sollte man doch meinen, dass er Angst vor der Dreizehn gehabt hätte, weil die doch Unglück bringen soll und all das, aber Mama sagt, Daddy war immer irgendwie anders, also leuchtet es mir ein.

„Lasst uns gehen." Wir klettern zurück in den Wagen und fahren zum Markt. Das ist überhaupt der schlimmste Ort, den ich mir vorstellen kann, um Kartons zu besorgen. Wer will schon seine Sachen in feuchte, nach Kürbis riechende Kartons packen? Das habe ich Mama mal gefragt, daraufhin nannte sie mich Fräulein Etepetete, und dann mussten *wir* zur Strafe die Kiste tragen, auf der das Wort „Auberginen“ gedruckt war. Deswegen schweige ich genauso wie Emma, an deren Gesichtsausdruck ich ablesen kann, dass auch sie hofft, Mama wird uns einen Karton von Harold's für unsere restlichen Sachen geben.

Mama parkt vor dem Markt. „Bin gleich wieder da.“

Ich und Emma steigen auch aus und betrachten das Durcheinander neben den Müllcontainern. Heute ist kein guter Tag für Kartons. Die meisten sind eingerissen, da würde alles, was man reinpackt, einfach unten wieder herausfallen.

„Ich hasse diese Kartons vom Markt“, sagt Emma. Ich bin etwas überrascht, denn das ist das Erste, was sie heute zu mir sagt.

„Ich auch.“

„Am liebsten würde ich einfach weglaufen.“

Ich hocke gerade bei den Traubenkisten und kippe beinahe um, als sie das sagt. „Warum denn nicht?“ frage ich, total aufgeregt, weil Emma endlich wieder in meiner Mannschaft ist. Endlich habe ich ein Geheimnis mit meiner Schwester! Wie in den guten alten Zeiten.

„Die werden uns finden“, seufzt sie. „*Er* wird uns finden, und dann wird alles nur noch schlimmer, als es sowieso schon ist.“

„Und wenn wir irgendwohin gehen, wo uns niemand finden kann?“ frage ich schnell, damit wir einen Plan schmieden können, bevor Mama zurückkommt. „Wir können doch überall hin. Die wüssten nicht mal, wo sie *anfangen* sollten zu suchen.“

Doch Emma schüttelt den Kopf. Ihr Haar ist jetzt immerzu ganz verfilzt. Mama sagt, da drin wäre wohl ein Vogelnest, aber Emma lässt sich nicht kämmen und sich auch nicht das Haar schneiden, und somit wird es wohl noch eine ganze Weile lang so bleiben. „Doch, wüssten sie. Sie würden uns ganz sicher finden. Andere Erwachsene würden uns bestimmt verraten, und dann kommen sie und holen uns.“

Genau in diesem Moment, bevor ich sie noch überzeugen kann, kommt Mama zurück und sieht direkt an uns vorbei.

„Einsteigen“, sagt sie, obwohl wir noch nicht einen einzigen verrotteten Karton in den Kofferraum geladen haben. Ihre Stimme klingt tief und hart, fast wie die eines Mannes. Sie startet den Wagen und jagt den Motor hoch. Emma und ich sehen uns an und klettern schnell hinein, bevor sie sauer werden kann.

Mama hat das Radio nicht angestellt, das ist ein schlechtes Zeichen. Normalerweise macht sie das immer. Selbst wenn wir irgendwo am Ende der Welt sind und der Empfang ganz schlecht ist, hört sie Radio.

„Was glaubt er eigentlich, was wir essen sollen?" murmelt sie verärgert. „Dieser Mann raubt mir noch den letzten Nerv."

Sie hält vor dem Haus, eine Staubwolke steigt auf. Als wir den Kofferraum öffnen, stürmt Mama bereits ins Haus und schreit: „Richard, Richard? Wo bist du, du Hurenbock?"

Emma und ich räumen die ganzen Kartons aus dem Kofferraum und stapeln sie ordentlich vor der Küchentür, gehen aber nicht rein. Auf gar keinen Fall gehen wir rein.

Emma dreht sich um, läuft zu der Wiese, und ich folge ihr.

„He, warte doch!" Wenn sie es drauf anlegt, kann Emma mich problemlos abhängen. Ich schätze, heute hat sie es drauf angelegt.

Ich bin völlig außer Atem, als ich sie einhole. Wir sind noch am Anfang der Wiese, wo Schilfgras unsere Beine zerkratzt und die Zecken nur darauf warten, einen anzufallen, deswegen laufen wir weiter, bis wir ins niedrigere Gras in der Mitte kommen.

„Wir sollten es einfach tun", sage ich. „Lass es uns tun! Vor dem Umzug. Es gibt hundert Millionen Stellen, wo wir uns verstecken können, und dann müssen sie ohne uns umziehen. Richard fängt am Montag seine neue Arbeit an, und deswegen werden sie aufgeben, nach uns zu suchen."

Emma schaut mich sekundenlang an, dann fährt sie fort, mit ihren schmutzigen Fingern Gras zu pflücken. Ich weiß nicht mal, ob sie mir zuhört.

„Mal ernsthaft, das ist eine gute Idee und das weißt du auch", sage ich. „Wir könnten am Freitag verschwinden, die merken das dann erst am Samstag, am Sonntag suchen sie uns, und dann müssen sie abfahren. Richard interessiert es kein Stück, und Mama wird einfach beschließen, irgendwann später in der Woche zurückzukommen, um nach uns zu sehen, und dann sind wir längst schon über alle Berge."

Emma betrachtet den Baum, der am anderen Ende der Wiese steht. Da klettern wir oft hoch, wir kennen jeden einzelnen Ast. Wir wissen genau, wie wir unsere Füße setzen müssen. Wir schaffen das sogar mit Flip-Flops.

„Nie im Leben!" sagt sie.

„Warum nicht?"

„Weil."

„Weil was?" frage ich.

„Du benimmst dich nicht wie jemand, der zwei Jahre älter ist als ich." Das macht mich ziemlich sauer.

„Was soll das jetzt heißen?"

„Das heißt, dass wir das nicht machen können. Wenn es etwas gibt, was Eltern überhaupt nicht leiden können, dann, dass ihre Kinder weglaufen. Er wird uns umbringen." Sie schaut zu mir rüber. „Er wird uns umbringen."

Sie schaut so ernst wie ein Leichenbestatter, wie Mama immer sagt. Aber ich versteh's nicht. Sie hat doch damit angefangen. Ich werde sie überreden, komme, was da wolle. Und wenn wir allein leben, werde ich als Allererstes ihr Haar kämmen. Das ist nämlich eigentlich so hübsch, ganz seidig und weich, wie die Blätter von gelben Stiefmütterchen. Früher hat sie es gemocht, wenn ich sie kämmte, also wird sie es irgendwann auch wieder mögen …

Während ich sie betrachte, steht sie einfach auf und läuft zurück zum Haus.

„Bleib lieber draußen", rufe ich ihr nach, aber sie läuft weiter und ich folge ihr. Mal wieder.

Wir lauschen an der Küchentür, und als wir nichts hören, öffnen wir sie langsam, damit sie nicht quietscht. Nur so weit, dass wir uns durchquetschen können, dann schlüpfen wir vorsichtig aus unseren Flip-Flops und laufen barfuß über den Küchenboden, als ob er aus Glassplittern wäre. Ich breite die Arme aus, um das Gleichgewicht zu bewahren, aber Emma schafft es auch so. Oben hören wir, wie Mama und Richard sich anbrüllen. Dann ein dumpfer Schlag. Das Geräusch, wie Mama auf den Boden fällt. Es kommt mir so vor, als würde jeder einzelne Schritt eine Ewigkeit dauern, doch schließlich erreichen wir unser Nest.

„Was machst du?" frage ich sie.

„Nach was sieht's denn aus?" gibt sie zurück, als

hätte das Gespräch vorhin auf der Wiese gar nicht stattgefunden.

Sie nimmt ein paar ihrer Sachen aus der Kiste, die sie erst gestern Abend gepackt hat. Sie legt sie sorgsam gestapelt auf die Bettdecke, und nun denke ich, dass mein Wunsch doch noch in Erfüllung geht.

Deswegen nehme ich die Kleider heraus, die ich gerne trage und nicht die Sachen, die Mama mir aus dem Laden namens „White Elephant" besorgt. Alle sagen nur Krankenhausladen dazu, weil das Geld direkt als Spende ans Krankenhaus geht, als ob das ein schöner Ort wäre und kein schäbiges altes Haus, wo man mit Nadeln gestochen wird. Diese Kleider müffeln, aber wenn ich Mama sage, dass ich die müffelnden Kleider aus dem Krankenhausladen nicht mag, nennt sie mich wieder Fräulein Etepetete und zwingt mich, sie sofort anzuziehen. Die lasse ich also in der Kiste, stattdessen lege ich die von Großmama zusammen, die sie mir mal aus einem Laden in Asheville geschickt hat und lege sie neben Emma aufs Bett.

Wir sprechen nicht miteinander. Wir sortieren nur unsere Sachen, legen sie zusammen, und sehr schnell haben wir genug für eine ganze Woche.

„Ich hole den großen Kleidersack von unten", sagt sie. In dem Augenblick fällt mir das Briefmarkenalbum ein, ich hole es und lege es oben auf den Stapel. Ich kann nicht glauben, dass wir es wirklich tun. Klar, dachte ich, dass ich sie irgendwie überreden könnte, doch ich hätte nicht gedacht, dass es so einfach ist.

Als Emma zurückkommt, packen wir unsere Sachen in den Sack. Wenn Mama ihn packt, ist er voller, andererseits sind wir auch nicht so kräftig wie Mama, daher darf er nicht zu schwer werden, wenn wir unser altes Leben hinter uns lassen wollen.

„Na gut." Sie klingt wie Mama, wenn sie am Zahltag aus der Bank kommt und wieder in den Wagen steigt. Mama ist immer am fröhlichsten, wenn sie am Zahltag Richards Scheck eingelöst hat.

„Wann gehen wir?" frage ich meine kleine Schwester, weil sie es bestimmt selbst schon weiß und es keinen Grund gibt, sie herumzukommandieren.

„Heute Nacht", flüstert sie. „Wenn sie schlafen."

Eigentlich sollte ich glücklich sein, aber ganz plötzlich habe ich dasselbe Gefühl, das ich einmal hatte, als Tommy Bucksmith mir den Fußball in den Rücken geschossen hat. Ich bekomme nicht genug Luft. Emma, nun, sie hingegen sieht so gut aus wie schon lange nicht mehr. Ich muss ihr zuliebe mutiger sein, also bin ich es. Zumindest nach außen hin.

„Was wird Mama ohne uns machen?" frage ich.

„Was wird Mama mit uns machen", antwortet sie. Und so einfach ist alles beschlossene Sache. Wir laufen weg, und niemand wird uns davon abhalten.

6. KAPITEL

„Psst“, sage ich zu Emma, weil sie viel zu viel Lärm für ein kleines Mädchen macht, das eigentlich schlafen sollte. Es ist zwei Uhr morgens, und wir sind bereits spät dran, weil wir beide um Mitternacht eingeschlafen und erst vor fünf Minuten wieder aufgewacht sind.

Emma hüpft mit einem Bein in ihre Jeans, während sie auf dem anderen balanciert, damit sie nicht umfällt und noch mehr Lärm macht als sowieso schon. Sich im Dunkeln anzuziehen ist viel schwerer, als wir dachten. Gut, dass wir vorausgeplant und alles bereitgelegt haben, was wir zum Weglaufen brauchen. „Psst“, mache ich noch mal.

Als wir angezogen sind, schleichen wir auf Zehenspitzen zu dem großen Kleidersack, den wir unter einer Decke versteckt haben. Zwar war uns klar, dass Mama nicht hier raufkommen würde, damit hat sie aufgehört, als ich jünger war als Emma heute ist, trotzdem wollten wir auf Nummer sicher gehen, deswegen haben wir die Decke darüber gelegt und das Ganze dann hinter den Kisten in der Ecke versteckt.

„Du nimmst den Griff“, flüstere ich ihr zu.

Das Problem ist, dass der Sack sich jetzt viel schwerer anfühlt als noch vor ein paar Stunden. Ich weiß nicht, woher das kommt, aber es gefällt mir nicht. Wir sprechen es aber nicht laut aus, weil Mama einen leichten Schlaf hat, jedenfalls bete ich innerlich: Bitte, lieber Gott, mach, dass wir den Sack nicht fallen lassen. Dann wären wir erledigt. Bitte, lieber Gott.

Ich schaue zu Emma hinüber. Es ist ziemlich dunkel, aber ein Mondstrahl trifft ihr Gesicht, und ich kann sehen, dass sie auf ein Zeichen wartet. Ich nicke ihr zu, wir bewegen uns auf die Stufen zu, doch auf einmal habe ich das Gefühl, dass sie viel zu steil sind. So, wie wir den Kleidersack halten, schaffen wir es nie nach unten. Außerdem sind meine Hände aus lauter Angst schweißnass, ich kann den Sack nicht länger halten, gehe ein wenig in die Knie und hoffe, dass Emma es bemerkt. Gott sei Dank, sie merkt es, wir setzen ihn leise ab und starren ihn an, als würde er dadurch leichter werden. Das wird nie passieren, deshalb öffne ich ihn auf meiner Seite und beginne, ihn auszuräumen. Ich sehe nicht besonders viel, aber nachdem ich zwei Hände voll Kleider entfernt habe, hebe ich den Sack an, und es ist, als ob jemand einen Zauberstab geschwenkt und unseren Wunsch erfüllt hätte. Dann nicke ich Emma wieder zu, und wir versuchen es erneut.

Vorsichtig bewegen wir uns eine Stufe nach der anderen von unserem Nest weg, ohne auch nur einen Piep von uns zu geben. Nun befinden wir uns direkt in der Gefahrenzone – direkt vor Mamas und Richards Zimmer. Ich horche angestrengt und bilde mir ein, Richard schnarchen zu hören, also nicke ich schon wieder, und diesmal kann Emma es sehen, weil das Fenster im Flur groß ist und viel mehr Mondlicht hereinlässt. Das hier ist der schwierigste Teil, die Stufen sind aus altem Holz und knarren immer dann, wenn man es am wenigsten erwartet – also zumeist, wenn man es gerade gar nicht brauchen kann. Natürlich höre ich schon auf der ersten Stufe dieses gefürchtete *Knaaaarz.* Und zwar so laut wie das Bootshorn, das Richard einmal direkt in mein Ohr geblasen hat, weil er es lustig fand, mich zu erschrecken. Emma bleibt wie angewurzelt stehen, wir warten ab, ob das Schnarchen aufhört. Die Tür bleibt aber geschlossen, und auch wenn ich Richard jetzt nicht hören kann, glaube ich, dass er nach wie vor tief schläft. Heute Abend hat der Mülleimer sieben Mal gequietscht, das ist ein Pluspunkt für uns. Auf den nächsten drei Stufen funktioniert alles wunderbar. Aber dann, auf der fünften Stufe passiert es wieder: *Knaaaarz.* Diesmal ist das Geräusch etwas dunkler und erinnert mich an die Kuh, die ich einmal sah, und die auf der Seite liegend versuchte, ihr Kalb herauszupressen. Wir halten wieder an, ich bete schweigend. Bitte, lieber Gott, lass sie nicht aufwachen.

Dieses Mal nickt Emma mir zu, sie steht weiter oben und hat die Schlafzimmertür im Blick. Ich gehe weiter. Nach drei weiteren geräuschlosen Stufen sind wir unten angekommen und haben es beinahe geschafft. Nur die Haustür bereitet uns noch Sorgen, weil das Fliegengitter, wenn man nicht aufpasst, hinter einem zuknallt. Aber heute Nacht sind wir mehr als vorsichtig, ich schätze, wir sind wieder im Geschäft, wie Mama immer sagt. Ich drehe den Türknauf und ziehe, und nun steht nur noch dieses rostige Metallgitter zwischen uns und der Freiheit. Wie in Zeitlupe schiebe ich es auf. Nein, langsamer als in Zeitlupe. Ich öffne es so langsam, dass man kaum sieht, wie es sich bewegt. So vorsichtig bin ich, und das macht sich bezahlt: Kein Quietschen! Zum Glück.

Nun liegt es an Emma, das Gitter so langsam zu schließen, wie ich es geöffnet habe. Sie scheint meine Gedanken lesen zu können. Es ist wirklich nicht leicht, das hinzubekommen, während man einen schweren Kleidersack trägt, und ich nehme mir vor, später, wenn ich erwachsen bin, niemals so einen Sack zu benutzen. So was ist für meinen Geschmack viel zu unpraktisch.

Als die Gittertür hinter Emma wieder geschlossen ist, betrachten wir die schmutzige Auffahrt, in der Richards Laster nachts schläft, und was nun vor uns liegt, ist der Rest unseres Lebens.

So dunkel wird es auf den Bermudas wahrscheinlich nie. Ganz konzentriert blinzle ich in die Nacht, um zu sehen, wohin wir gehen. Ich habe ganz vergessen, wie müde ich noch vor wenigen Minuten war. Hunger habe ich auch keinen, das ist gut, denn wir haben nichts mitgenommen außer einem halbvollen Glas Erdnussbutter, das ich mir in der letzten Sekunde noch geschnappt habe.

Alles schläft, nicht mal die Blätter der Bäume rascheln, wie sie es tagsüber tun, ich schätze, sie sparen sich ihre Kraft für den Morgen auf. Morgen. Was sollen wir dann tun? Ich habe mit Emma nicht darüber gesprochen, aber um ehrlich zu sein, mache ich mir ganz schön Gedanken darüber, wo wir uns verstecken sollen, wenn die Sonne erst mal aufgegangen ist. Wir kommen ja nicht so schnell voran, wie ich geplant hatte, also glaube ich nicht, dass wir die Haltestelle rechtzeitig erreichen, um den Bus um 5 Uhr 55 nach Raleigh zu erwischen. Dann muss Plan B herhalten. Das Problem ist nur, das ich mir keinen Plan B ausgedacht habe, darum muss ich jetzt wirklich angestrengt nachdenken. Hm.

„Glaubst du, sie werden uns finden?“ fragt Emma.

„Nein“, antworte ich, obwohl ich mir nicht wirklich sicher bin.

„Gut.“ Sie läuft weiter.

„He, Em.“

„Ja?“

„Wieso hast du deine Meinung geändert?“

Schon seit gestern, als wir von der Wiese zurückkamen und sie plötzlich anfing zu packen, will ich ihr diese Frage stellen. Doch ich hatte Angst, sie laut auszusprechen, für den Fall, dass Richard am unteren Ende der Leiter stehen würde.

„Weiß auch nicht", sagt sie, aber ich glaube ihr nicht.

Wir gehen weiter.

Nachdem wir ziemlich lange schweigend marschiert sind, fühlt sich der Kleidersack richtig schwer an.

„Wenn wir die Scheune erreicht haben, setzen wir ihn kurz mal ab", sage ich.

Die Scheune oben auf dem Hügel sieht größer aus als tagsüber. Die Spitze des Daches verschwindet im schwarzen Himmel, das erinnert mich an die Hexenhäuser in den Bilderbüchern, die wir lesen. Vor der Scheunentür mit den gekreuzten weißen Holzbalken lassen wir den Sack auf den Boden fallen, und es macht einen dumpfen Schlag, als wäre eine Leiche darin. Genauso hat es sich auch angefühlt, wie eine Leiche.

„Er ist so schwer." Emma reibt sich die Arme.

Da habe ich eine Idee.

„Du, Em. Wie wäre es, wenn wir den Sack nicht mitnehmen?"

Das ist nur so eine Idee, wir werden die Kleider ja brauchen, und deshalb wird sie das bestimmt nicht gut finden. Zudem haben wir nur vierzehn Dollar und achtunddreißig Cent, damit können wir keine neuen Sachen kaufen, nicht mal im White Elephant. Wo wir sowieso nichts kaufen würden. Bestimmt nicht.

„Wir können doch nicht ohne Kleider weitergehen."
Da hat sie Recht.

„Aber die halten uns auf", sage ich in dem Tonfall, den Mama immer meine nervige Streitstimme nennt. Glaube ich zumindest. O Gott, ich beginne bereits zu vergessen, was Mama so sagt.

„Das weiß ich doch auch." An der Neigung ihres Kopfes kann ich sehen, dass sie versucht, eine Entscheidung zu treffen.

„Ich hab's! Wie wäre es, wenn wir die Kleider rausnehmen, die wir unbedingt brauchen, und einfach übereinander anziehen, dann müssen wir sie nicht herumschleppen", sage ich.

„Ja!"

Und so kommt es, dass wir viele Lagen übereinander anziehen, in denen ich schwitze und Emma richtig dick aussieht.

Das war die beste Entscheidung überhaupt, keine Frage. Es ist toll, nichts mehr außer der Erdnussbutter und dem Briefmarkenalbum tragen zu müssen. Außerdem weiß ich, dass niemand mehr in diese Scheune geht und der große Kleidersack somit nicht gefunden wird. Zumindest nicht in den nächsten Tagen. Und danach sind wir schon längst über alle Berge.

Ich wünschte, ich hätte ein Haarband mitgenommen, mein langes Haar stört mich mächtig. Mein Nacken ist schon ganz verschwitzt, ich überlege, mit was ich die Haare zusammenbinden könnte.

Bingo. Vor mir entdecke ich eine Trauerweide, die langen Zweige reichen auf den Boden, als wollten sie dort Klavier spielen.

„Warte 'ne Sekunde." Ich biege einen ganz dünnen Zweig hin und her, bis er bricht, was gar nicht so leicht ist, aber das ist wiederum gut, denn somit kann ich ihn um meinen Pferdeschwanz binden, ohne dass er reißt. Mir ist bereits ein wenig kühler.

„Hast du Angst?" fragt Emma. Noch bevor ich antworten kann, schlüpft ihre kleine Hand in meine.

„Nein", lüge ich. Ich drücke ihre Hand ein wenig, damit sie weiß, dass ich zur Abwechslung gerne mal die Mutigere von uns bin. Allerdings fühle ich mich nicht besonders mutig. Zumindest nicht in diesem Moment, in der Dunkelheit, meilenweit entfernt von unserem Nest. Ach Gott, was sollen wir jetzt tun?

Während ich auf ein Zeichen von Gott warte, laufen wir weiter. Und laufen. Und laufen.

Emma hat schon lange meine Hand losgelassen und schlurft hinter mir her, sie muss wirklich erschöpft sein. Die Godsey Farm ist noch ungefähr dreimal so weit weg wie ich einen Stein schmeißen kann, und dort werden wir uns verstecken. Einmal, als wir noch viel jünger waren, ist Mama zu Mrs. Godsey gegangen, um mit ihr über etwas zu sprechen, was sie fuchsteufelswild machte, und wir spielten draußen, während die beiden sich drinnen unterhielten. Wir konnten nicht hören, was sie sagten, aber so wie Mama uns gewarnt hatte, ja nicht zu stören, glaube ich, dass es um ein streng geheimes Geldgeschäft ging. So was ist sowieso total langweilig, deswegen war es mir auch völlig schnuppe. Ich fand es toll, als Emma ein Loch unter der Veranda entdeckte, das groß genug war, dass wir uns beide durchquetschen konnten. Ich hoffe, dass inzwischen niemand dieses Loch repariert hat, denn dort wären wir in Sicherheit, sobald die Sonne aufgeht. Da könnten wir sogar ein bisschen schlafen.

„He, Em. Mama hasst die Godseys doch immer noch, stimmt's?"

„Weiß ich nicht", antwortet sie. „Ich glaub schon."

„Perfekt." Mama wird uns hier nicht suchen, und somit haben wir einen ganzen Tag lang Zeit zu überlegen, was als Nächstes geschehen soll.

Wir sind nicht mehr weit von dem Haus entfernt, zum Glück, denn bestimmt kommt gleich die Sonne raus. Außerdem werden die Jungs der Godseys heute bestimmt auf den Feldern arbeiten und sehr früh aufstehen. Die Jungs haben fast immer schwarze, klebrige Hände von all dem Tabak. Als würden sie sich nie waschen oder so.

Wir halten an, versuchen die Stelle zu finden, wo das Loch war.

„Haben die noch immer diesen Hund?“ flüstere ich Emma zu.

„Woher soll ich das wissen“, zischt sie zurück.

„Ich frag ja nur. Wenn die den Hund noch immer haben, dann richte dich darauf ein, sofort wegzulaufen. Sein Gebell wird das ganze Haus aufwecken.“

Emma ist schlecht gelaunt, weil sie wenig geschlafen hat. Ich bin älter, deswegen macht mir das nicht so viel aus.

Kein Anzeichen von dem Hund. Wie hieß der überhaupt noch mal? Ich kann mich nicht erinnern. Irgendein dummer Name, so, wie ein Junge einen Hund eben nennt: Spot, Buddy oder so etwas.

Ich gehe links an der Veranda vorbei, die noch genauso klapprig aussieht wie beim letzten Mal, und klar, das Loch gibt es noch. Nur dass es zum Kuckuck noch mal viel kleiner aussieht.

„Was ist denn mit dem Loch passiert?“ fragt Emma leise.

„Nix ist damit passiert. Wir sind einfach größer geworden, das ist passiert. Aber wir kommen immer noch durch. Pass auf. Ich geh zuerst.“

Nun, das ist wirklich eine große Sache, dass ich zuerst reingehe. Wahrscheinlich verstecken sich eine Million verschiedene Spinnen und Raupen unter dieser Veranda, und ich spreche nicht von den niedlichen, hübschen Raupen, die so haarig und weich sind. Ich spreche von diesen schuppigen, die hundert Beine haben, mit denen sie furchtbar schnell auf einen zurennen. Aber ich muss zuerst reingehen, weil Emma sich komisch benimmt. So kenne ich sie gar nicht, daher reiße ich mich besser zusammen, so wie es Richard immer von uns verlangt.

Ich knie mich hin, jeden Moment wird die Sonne herauskommen, ich stecke den Kopf durch das Loch, und wie nicht anders zu erwarten bleibe ich mit den Schultern hängen. Schade, dass ich nie fluche, sonst würde ich es jetzt tun. Andererseits ist es so besser, denn wenn ich jetzt laut fluche, dann wird mich jemand hören, und wenn mich jemand hört, dann werden sie uns finden, und wenn uns jemand findet, dann müssen wir zurück nach Hause, und wenn wir nach Hause müssen, wird Richard uns umbringen.

Ich drehe mich ein wenig zur Seite und versuche, so hindurch zu kommen, aber es ist, als ob das Holz der Veranda mich absichtlich festhalten würde.

„Lass mich mal“, wispert Emma. Ich ziehe den Kopf wieder heraus und krieche aus dem Weg, damit sie es versuchen kann. Was ist das? Mensch, ich glaube, das ist der Hund.

„Beeil dich“, rufe ich. „Mach schon!“

Sie hört das Geräusch auch, drückt ihre Schultern an dem gezackten Holz vorbei, das aussieht wie Finger. Und dann ist das Geräusch direkt über uns. Ein klackendes Geräusch – Pfoten auf Holz.

„Schnell!“

Sie zerrt die Beine durch, jetzt bin ich dran, und es ist verblüffend, wie schnell man sein kann, wenn man vor etwas Angst hat. Ich stecke erst einen Arm hindurch, als würde ich nach etwas auf einem Regal greifen, dann meinen Kopf – ich spüre, wie das Holz meine Wange zerkratzt – und dann flutscht meine andere Schulter völlig problemlos durch. Was gut ist, da der Hund jetzt wie verrückt zu bellen anfängt und eilige Schritte zu hören sind.

Unter der Veranda taste ich nach Steinen, je größer desto besser. Die häufe ich vor das Loch, damit der Hund, wenn er aus dem Haus kommt, uns nicht verraten kann. Emma zieht ihren Pulli aus, knüllt ihn zusammen und will ihn in das Loch stopfen, aber das ist schlicht und ergreifend blöd.

„Nicht“, sage ich und werfe ihn hinter mich. „Steine“, flüstere ich ihr schnell zu, aber es ist zu spät.

Das Schloss an der Tür schnappt auf, wir erstarren. Wie die Kugel aus einer Pistole schießt der Hund die Treppe hinunter, bellt, als habe er ein Gespenst gesehen. Das ist lustig, denn wenn man genauer darüber nachdenkt, hat er das ja auch irgendwie. Wir müssen in der Dunkelheit auf den Hund ziemlich gespenstisch gewirkt haben, falls er uns durch die Tür beobachtet hat.

Als wir ihn die Stufen herunter rennen hören, verkriechen ich und Emma uns in der hintersten Ecke unter der Veranda. Das ist wie hinter der Couch. Ich kann es kaum erwarten, Emma darauf aufmerksam zu machen. Ich kann nur hoffen, dass ich es nicht vermassle und aus Versehen laut spreche wie in der Schule, denn dann geht's uns an den Kragen.

Wir sitzen ganz still, als hätten wir vergessen, zu atmen. Wie groß ist dieser Hund? Ich versuche, mich zu erinnern. Nachdem wir die Steine aufgestapelt haben, ist das Loch fast dicht. Er bellt wie ein großer Hund, hoffentlich ist es so, dann passt er hier niemals durch. Es klingt, als würde er die Treppe umkreisen, ich klammere mich genauso fest an Emma, wie sie sich an mich. Wir müssen aussehen wie zwei ineinander verwickelte Seesterne. Ich spüre, wie sie zittert. Das Bellen wird leiser, und Emma beugt sich zu meinem Ohr.

„Ich geh nie mehr zurück", sagt sie. „Nie mehr."

Sie sieht mich an, als würde sie mich einfach sitzen lassen, falls ich sie bäte, mit mir nach Hause zu gehen. Nicht, dass ich das tun würde. Aber nur angenommen, ich würde gerne nach Hause gehen. Ich wette, Emma würde nicht mitkommen, nicht mal mit mir. Das ist einfach nicht richtig. Ich meine, in den meisten Familien ist es so, dass die jüngeren Kinder den älteren alles nachmachen. Aber bei uns sagt immer Emma, wo es langgeht. Außer jetzt, hier unter der Veranda. Ich glaube, wir haben beide gleichviel Angst davor, entdeckt zu werden. Wer weiß, was Mrs. Godsey macht, falls der Hund uns aufstöbert.

Apropos Hund, ich kann ihn nicht mehr hören, also ist er entweder weggerannt, um uns woanders zu suchen oder einfach stinkfaul.

„Ich glaube, er ist weg“, flüstere ich Emma direkt ins Ohr.

Kaum eine Minute später höre ich, wie die Tür wieder geöffnet wird und etwas aus Blech auf den Verandaboden knallt. Wenn ich nicht wüsste, dass die Godseys einen Hund haben, würde ich glauben, jemand hätte etwas fallen lassen, aber offenbar hat jemand Hundefutter herausgestellt. Und nicht mal das bringt Buddy oder Spot oder wie auch immer er heißt dazu, zurückzukommen. Das macht mir Sorgen. Wo ist dieser Hund nur?

„Caroline?“ Emmas Flüstern bereitet mir Gänsehaut. Sie nennt mich nie bei meinem vollen Namen. Ich bin sonst immer Carrie.

Ganz langsam, so langsam, dass es fast nicht zu bemerken ist, drehe ich mich zu Emma und sehe, warum der Hund nicht zu seinem Frühstück gerannt ist. Direkt an der anderen Seite der Wand kauert Buddy Spot auf allen Vieren, er sieht aus, als würde er jeden Moment aufspringen, um einen Hasen zu jagen. Er starrt uns an. O Gott, bitte. Bitte, lieber Gott.

Emma und ich hören gleichzeitig auf zu atmen. Wenn wir auch nur einen Muskel bewegen, sind wir geliefert. Aber wie. Es ist noch so früh, dass der Tag sich nicht entscheiden kann, ob er sonnig oder neblig werden soll, fröhlich oder traurig, und deswegen kann ich es auch nicht mit Bestimmtheit sagen, aber ich glaube, aus seiner Nase kommt Qualm. Wie in den Zeichentrickfilmen. Wir starren zurück. Mein Gott, ich glaube, ich muss niesen. Lieber Gott, bitte mach, dass ich nicht niesen muss. Wenn ich niese, war's das. Ich werde einfach die Augen zumachen. Das ist es! Ich kneife sie zu ... und vielleicht muss ich dann nicht mehr so dringend niesen. Ich kneife, kneife ... o Gott ... es ... es funktioniert! Ich glaube, es ist vorbei. Puh!

Und dann reißen wir alle drei gleichzeitig den Kopf hoch, als über uns Schritte über den Boden stampfen. Buddy Spot schaut uns an, dann zur Veranda, als überlegte er, ob er uns verpfeifen soll oder nicht. Ach Gott. Er will bellen. Ich weiß es einfach. Emmas schmutzige Fingernägel krallen sich noch tiefer in meine Schulter, mir wird ganz übel.

Stampf. Lieber Gott. Bitte, Buddy Spot, geh weg. *Stampf.* Guter Buddy Spot. *Stampf.* Lieber Hund.

Und einfach so springt er auf, schüttelt sich den Schmutz aus dem Fell und trottet zu der Treppe, wo er von einer Hand getätschelt wird, die aussieht, als habe sie keinen Besitzer, weil ich den oberen Teil des Körpers nicht sehen kann, der gerade mal eine Haaresbreite von uns entfernt ist. Buddy Spot ist ab sofort mein ganz persönlicher Lieblingshund. Besser sogar als Lassie. Ich kann es kaum erwarten, ihn selbst zu streicheln, um mich bei ihm zu bedanken.

So wie Buddy Spot mit wedelndem Schwanz der Hand folgt und die Stufen hinauf rennt, vermisse ich auf einmal Mama. Ich frage mich, was sie tun wird, wenn sie entdeckt, dass wir weg sind. Und ich frage mich, ob Emma es wirklich ernst meint, dass sie nie mehr zurückgeht. Ich meine, nie ist eine ganz schön lange Zeit. Was ist, wenn sie mal erwachsen ist und selber ein Kind hat, das sie ihrer Mama zeigen will? Wird sie dann trotzdem nie zurückgehen? Oder was, wenn sie festgenommen wird und die Polizei sagt, sie darf nur aus dem Gefängnis, wenn sie nach Hause zu Mama geht? Wird sie dann trotzdem nie zurückgehen? Oder was, wenn sie einen schrecklichen Unfall hat und ihre Arme nicht mehr bewegen kann und jemand sich um sie immerzu kümmern und füttern muss wie ein Baby? Wer außer Mama würde das tun? Nun, ich wohl. Aber was, wenn ich sterbe? Wird sie dann immer noch nie zurückgehen?

Mir tut der Hintern weh, außerdem riecht es hier unten schlecht. Davon abgesehen, dass ich am Verhungern bin. Emma kann es ohne Essen aushalten, aber ich nicht. Ich muss etwas essen. Ich vermisse Mama wirklich. Ich kann verstehen, dass Emma sie nicht so sehr vermisst wie ich, weil Mama nicht so nett zu ihr ist, aber ich jedenfalls vermisse sie bereits.

Es ist Tag geworden. Das ist merkwürdig, nachdem wir nicht so richtig geschlafen haben, habe ich eher das Gefühl, dass Abend sein müsste und nicht Morgen.

Emma lässt meine Schultern los, in meiner Haut entdecke ich vier halbmondförmige Abdrücke, die bezeugen, wie verängstigt meine Schwester gewesen ist. Sie betrachtet die Male auch, dann schaut sie weg, als ob sie mich doch nicht so sehr brauchen würde. Allerdings wissen wir es beide besser.

„Was machen wir jetzt?“ flüstere ich. Ich habe keine Lust mehr, der Anführer zu sein.

Emma rollt mit den Schultern und späht durch die Latten hindurch, als ob dahinter die Antwort läge.

„Oje“, wispert sie, und als ich ihrem Blick folge, sehe ich es auch. Da liegt das Erdnussbutterglas, es ist umgefallen! Wir müssen es verloren haben, als wir den Hund hörten und uns versteckten.

„Wir müssen es holen“, sagt Emma. Ich starre das Glas nur an, als würde ich einen Zaubertrick kennen, um es so zurückzubekommen. „Wenn es jemand sieht, sind wir erledigt.“

Bevor ich noch irgendwas sagen oder tun kann, krabbelt

Emma bereits zu dem Loch und räumt die Steine zur Seite.

„Und wenn der Hund zurückkommt?"

„Wenn du mich fragst, der kommt heute nicht mehr." Sie steckt ihre Schultern durchs Loch und angelt nach der Erdnussbutter.

„Beeil dich", sage ich.

„Geschafft!" Emma kriecht wieder zu mir. Leise öffnet sie den Deckel und hält mir das Glas hin, damit ich den Finger hineintauchen kann. Noch nie hat Erdnussbutter so gut geschmeckt, keine Frage.

Während ich mir die Lippen ablecke, beginnt Emma, an den Fingern abzuzählen.

„Wir sind seit sieben Stunden weg, denke ich. Es müsste sieben Uhr morgens sein, meinst du nicht?" Ich nicke, denn genau das denke ich auch.

„Ich bin am Verhungern", sagt sie. Ich lutsche gerade den dritten Finger voll Erdnussbutter ab und kann nicht antworten, halte ihr stattdessen das Glas hin, doch sie schüttelt nur den Kopf.

„Wieso nicht?" nuschle ich durch die Erdnussbutter hindurch. Ich verstehe das nicht. Wenn Mama uns Sandwichs mit Marshmallowcreme und Erdnussbutter macht, dann nimmt Emma immer die Seite mit der Creme und ich die mit der Erdnussbutter, aber ich hätte nie gedacht, dass sie lieber *verhungern* würde, als Erdnussbutter zu essen.

Und dann macht Emma etwas, was ich in einer Million Jahre niemals für möglich gehalten hätte. Sie robbt wieder zu dem Stapel Steine, räumt ihn weg, quetscht ihre Schultern durch das Loch, zieht die Beine hinterher und verschwindet Richtung Verandatreppe. Einfach so. Ich bleibe mit dem Glas in der Hand sitzen, Erdnussbutter im Mund, und kann nicht mal atmen, so aufgeregt bin ich! Sie bewegt sich wirklich leise, ich kann aber trotzdem hören, wie sie auf Zehenspitzen die Stufen hinaufläuft. Was sie vorhat, ist absolut schockierend. Noch bevor ich selbst zum Loch krabbeln kann, um sie zu retten, ist sie auch schon wieder zurück, und ich kann nicht fassen, was sie in der Hand hat. Den Blechnapf mit Hundefutter! Sie schiebt ihn vorsichtig durch das Loch, schlüpft hinterher und stapelt die Steine wieder ordentlich auf.

„Was zum T-e-u-f-e-l machst du da?" frage ich sie diesmal sehr deutlich, weil die Erdnussbutter, nachdem ich sie nicht runtergeschluckt habe, inzwischen in meinem Mund geschmolzen ist.

„Nach was sieht es denn aus?" fragt sie zurück, genau wie vor ein paar Stunden, als sie in unserem Nest plötzlich anfing, ihre Sachen zu packen. Dann schaufelt sie mit einer Hand das Futter aus dem Napf. Sie riecht nicht mal daran, bevor sie es isst! Isst es einfach, als wäre es Eiscreme an einem heißen Augusttag. Während ich dasitze und sie beobachte, frage ich mich, wie ich mit einem Mädchen verwandt sein kann, das Hundefutter isst. In dem Moment wird eine Tür geöffnet und Flip-Flops klatschen auf den Verandaboden.

Wir erstarren.

Emma hört auf zu schlucken und ich zu atmen.

Erster Schritt – *klatsch.* Zweiter Schritt – *klatsch.* Dritter Schritt – *klatsch.* Ich glaube, ich mache mir gleich in die Hosen. Vierter Schritt – *klatsch.* Ach du lieber Gott. Fünfter Schritt – *klatsch.* Erdboden.

Das ist Mrs. Godsey. Heiliger Strohsack. So wie ihre Füße stehen, will sie wohl vom Haus weggehen, und ich kann nur beten, dass das auch so ist, doch das Ziehen in meinem Bauch sagt etwas anderes. Guter Gott.

„Wo ist dieser verdammte Napf", murmelt sie vor sich hin. Dann drehen sich ihre Füße zu einer Seite der Treppe um. Wir sind so nah, dass ich den abgeblätterten pinkfarbenen Nagellack auf ihren Zehen sehen kann. Dann wenden sich die Füße zur anderen Seite.

Himmel, wir sind erledigt. Da bin ich mir sicher.

Sie geht auf uns zu. *Flip. Flop. Flip. Flop.* „Was zur Hölle …" murmelt sie, während sie sich nach vorne beugt, und dann sehen wir sie nur wenige Zentimeter vor uns auf dem Boden kauern und nach etwas im Staub greifen. Sie trägt so ein Hauskleid wie Mama, nur dass ihres nicht ausgeblichen ist, es sieht sogar funkelnagelneu aus. Die Blumen darauf sind ganz anders als die, die man am Straßenrand sieht. Sie sind lila und gelb und purpurrot. Ich bin ganz sicher, dass sie sich die Haare richten und mit Haarspray einsprühen lässt, und zwar in Luanne's Schönheitssalon, obwohl das nicht wirklich ein Schönheitssalon ist, sondern einfach nur ein Raum neben Luannes's Küche mit einer Trockenhaube und einem Waschbecken. Mama sagt, Mrs. Godsey sei so eitel, dass sie eifersüchtig auf ihr eigenes Spiegelbild wäre. Sie trägt immer Lippenstift, aber weil es noch so früh am Morgen ist, hat sie wahrscheinlich keinen aufgelegt, aber das ist egal, sie ist trotzdem hübsch. Nach was sucht sie nur in dem Staub und warum geht sie nicht endlich wieder?

Ach du lieber Gott. Da ist mein Briefmarkenalbum! Und genau in der Sekunde, in der ich das erkenne, dreht Mrs. Godsey den Kopf und sieht direkt zu uns hinein.

„Was zur Hölle … ?“ Diesmal sagt sie es laut. „Wer ist da?“

Emma sinkt neben mir zusammen, und da wird mir klar, dass wir das nicht im Fernsehen sehen. Das hier geschieht wirklich.

„Wer ist da? Billy, bist du das? Komm sofort raus!“

Emma presst sich noch fester an mich. Mir fällt ein, was sie vorhin erst zu mir gesagt hat: „Ich gehe nie mehr nach Hause.“

„Hörst du mich, Junge? Komm auf der Stelle raus.“ Mrs. Godsey hat sich wieder aufgerichtet – nun sehen wir nur noch ihre Füße und einen Teil der Beine, aber sie ist noch da, und wie es scheint, wird sie auch nicht weggehen.

„Ich zähle bis drei, und wenn du dann nicht draußen bist, werde ich dir den Hintern versohlen, bis er rot ist wie eine Tomate."

„Eins", ruft sie, ihr rechter Fuß – nein, ich sehe das ja falsch herum, es ist ihr linker – klopft auf den Boden. Selbst mit den Flip-Flops macht das ein ziemlich erwachsen klingendes Geräusch.

„Zwei."

Ich robbe etwas nach vorne Richtung Loch, aber Emma klammert sich an meinen Fußknöcheln fest, also komme ich nicht sonderlich weit.

„Drei!" Noch während sie das sagt, ist sie bereits wieder auf den Knien. Diesmal räumt sie die Steine weg, und noch bevor ich zurückweichen kann, packt sie mich am Arm! „Raus hier, und zwar dalli!"

Emma lässt meine Beine los, und ich werde nach vorne gezerrt. Kurz vor dem Loch muss sie mich loslassen, damit ich durchpasse.

Ihr Gesicht kann ich nicht sehen, während ich mich herauswinde, kann mir aber die Überraschung darauf vorstellen. Für jemanden, der Billy erwartet, muss Caroline einfach eine ziemliche Überraschung sein.

„Gütiger Gott im Himmel", ruft sie laut. Als ich zu

ihr hochsehe, hält sie den Kragen ihres Hauskleides umklammert.

„Was um Himmels willen? Ist das etwa Libby Culvers Tochter?“ Sie rümpft die Nase, als ob ich schlecht riechen würde. Dann schaut sie noch einmal unter die Veranda. „Ist da noch jemand?“

Das ist eine heikle Geschichte: Soll ich ja sagen und riskieren, dass Emma auch rausgezogen wird, oder soll ich lügen und behaupten, ich wäre allein? Liebe Güte. Was soll ich tun?

„Antworte, Mädchen!“

„Ähm ...“ Bevor ich etwas sagen kann, schaut Mrs. Godsey schon selbst nach. Ach, Emma.

„Ich bin's bloß!“ Ich versuche es, aber es ist zu spät. Emma streckt bereits ihren Kopf durch das Loch.

Meine Beine sind jetzt so kalt wie Froschschenkel. Mrs. Godsey sagt nicht viel, aber ich weiß genau, dass sie böse und zornig ist, und das ist gar keine gute Mischung bei einer Lady wie Mrs. Godsey.

„Das gibt es ja nicht! Ich weiß nicht, ob ich dir die Ohren lang ziehen oder das besser deiner Mutter überlassen soll“, sagt sie. Ich bringe es nicht über mich, Emma anzusehen, weil sie bestimmt wegrennen will und ich nicht weiß, ob ich dazu jetzt in der Lage bin. Ich bin müde, und diese paar Löffel Erdnussbutter haben meinen Hunger nicht gestillt.

„Rein ins Haus, damit ich Libby Culver anrufen kann“, sagt Mrs. Godsey.

„Ist schon gut, wir gehen einfach wieder nach Hause, Mrs. Godsey“, sagt Emma mit einer Stimme, die ich kaum erkenne.

„Ach, werden wir?“ Sie versucht, genauso hoch zu sprechen wie Emma.

„Ja, Ma’am, wir laufen sofort heim. Wir haben nur Verstecken gespielt.“

„Verstecken?“

Das kauft sie uns niemals ab.

„Ja, Ma’am. Aber wir sind jetzt fertig und gehen nach Hause. Tut uns Leid, dass wir Sie gestört haben.“

„Und wo ist der Hundenapf?“ Mrs. Godsey beugt ihren Körper halb nach unten und versucht, unter die Verandatreppe zu spähen.

„Weiß ich nicht“, lügt Emma. Und dann rennt sie los. Mrs. Godsey starrt ihr hinterher, während ich auch losrase. Wir sind wieder frei.

Ich dachte, ich würde nicht rennen können, aber ich vergesse einfach, wie müde ich bin, und wir laufen, bis die Godsey-Farm nur noch eine vage Erinnerung ist. Irgendwann bleibt Emma stehen, sie schnauft aber so laut, als würde sie noch immer rennen.

„Du liebe Zeit, ich dachte, das wär’s gewesen“, stoße ich zwischen zwei Atemzügen hervor.

„Ich. Auch." Sie atmet so heftig, dass es sich anhört, als hätte sie zwei Sätze gesagt.

„Wohin gehen wir jetzt? Sie wird natürlich Mama und Richard anrufen."

Emma atmet jetzt wieder gleichmäßiger und schaut in die Ferne. Wortlos zeigt sie in eine Richtung, also werden wir wohl auf den Wald zusteuern. Und ich spreche nicht von einem Wald, in dem kleine Rehkitze an Moos knabbern und Hasen mit den Pfötchen auf den Boden klopfen, während sie sich mit Stinktieren unterhalten: Ich spreche von einem Wald, der selbst den sonnigsten Tag schwarz werden lässt und den heißesten Tag kalt. Dieser Wald hält einen an den Schultern fest, reißt einen herum, stößt einen in eine Richtung und lacht, wenn man sich verläuft. Mama hat uns immer davor gewarnt, und wir haben auf sie gehört. Auf solche Bäume kann man sowieso nicht klettern, sie sind sehr hoch und haben dünne Äste mit jeder Menge Nadeln dran.

„Du weißt doch, dass ich nicht mehr nach Hause gehe", sagt Emma.

„Ich weiß, ich weiß. Himmel, ist ja gut. Ich gehe auch nicht zurück, damit das klar ist."

„Du willst aber, das sehe ich."

Nun, darauf kann ich eigentlich nichts sagen, und daher schweigen wir, bis wir den Waldrand erreichen.

„Meinst du, wir sind hier sicher?" Emma wendet den

Blick nicht von der Dunkelheit vor uns ab, als würde sie von irgendetwas magisch angezogen werden.

„Wird schon nichts passieren“, lüge ich.

Sie weiß, dass ich lüge, darum nützt es nicht viel.

„Dann mal los.“

Wenn man tief in einen Wald geht, fällt als Erstes auf, wie weich der Boden ist. Die dicke Schicht aus Kiefernnadeln ist so hoch, dass man glaubt, auf einem Kissen zu laufen.

„Meinst du, so fühlt es sich an, wenn man auf dem Mond herumspaziert?“ fragt Emma.

„Könnte ich wetten.“

„Sag die Wahrheit, glaubst du, sie finden uns?“

Ganz ehrlich, ich weiß keine Antwort darauf, deshalb gebe ich auch keine.

„Carrie?“

„Ja?“

„Glaubst du, sie werden uns finden?“

„Ich weiß es wirklich nicht.“

„Woran denkst du gerade?“ Sie wird etwas langsamer, damit sie mich besser verstehen kann.

„Ich habe gerade an Richards Waffen gedacht, wenn du es genau wissen willst. Ich wette, er sucht mit der Jagdflinte nach uns, die in der Garage steht.“

Nun bleibt Emma ganz stumm.

„Du hast mich gefragt!“

„Ich weiß, ich weiß", murmelt sie finster. „Richard und seine verdammten Gewehre."

„Ich kann nicht fassen, dass du verdammt gesagt hast!" Emma flucht nie. Sie schimpft sogar immer mit mir, wenn ich „Verflixt" sage, weil sie selbst *das* für ein Schimpfwort hält.

„Ist doch egal. Also glaubst du, er kommt mit der Flinte?"

„Ganz bestimmt. Mama ist viel zu sehr damit beschäftigt, uns zu suchen, um das zu bemerken. Und er ist ganz verrückt nach seinen Waffen, soviel steht fest."

Emma balanciert auf einem Baumstamm, der unseren Weg kreuzt. Natürlich ist es kein richtiger Weg, wir laufen einfach nur zwischen den Bäumen durch. Dieser Baumstamm ist bestimmt schon vor sehr langer Zeit umgefallen, er ist mit Moos bewachsen und sieht aus, als ob der Boden ihn halb verschluckt hätte.

„Ich kapiere nicht, warum er sie dauernd putzt, wenn sie doch im Schrank bleiben." Sie hüpft von dem Baumstamm herunter und läuft weiter über die Nadeln.

Ich zucke nur mit den Schultern, weil ich die Antwort genauso wenig kenne wie sie.

„Warum hat Mama ihn überhaupt geheiratet?" Emma bückt sich und zupft an einem kleinen Pilz herum, der aus einem moosbewachsenen Stein schießt. Aber eigentlich redet sie nur so vor sich hin. Sie weiß genau, dass ich nicht die geringste Ahnung habe, was Mama jemals an diesem Mann gefunden hat.

„Ich sag dir was.“ Mama stellte sich vor den Fernseher und blockierte mir die Sicht auf den sonntäglichen Zeichentrickfilm. „Du bist fauler als ’ne lahme Ente.“

Deputy Dawg! Meine Lieblingsserie.

„Caroline! Du machst dich jetzt besser für die Kirche fertig, sonst haut dich dein Daddy zu Brei.“

Aber Daddy sah überhaupt nicht so aus. Er kam gerade lächelnd die Treppe hinunter und putzte seine Brille mit einem Taschentuch.

„Treib mal besser deine Tochter an, wenn du noch einen Platz bekommen willst“, sagte Mama, eilte in die Küche und kramte im Kühlschrank herum.

„Caroline Clementine, hör auf deine Mutter und stell das aus.“ Er kam mit blitzenden Augen zu mir. „Oder du musst Bobby Bolker helfen, die ganzen Kerzen anzuzünden.“

Damit bringt man mich dazu, so ziemlich alles zu tun. Bobby Bolker ist schlimmer als ein verdorrtes Stinktier. Seine Ohren sind mit irgendwelchem weißen Zeugs verkrustet, die fettigen Haare glatt nach unten gekämmt und seine klebrige Haut ist so schmutzig, als hätte er sich, seit er drei war, nicht mehr gewaschen.

„Schon gut, schon gut“, rief ich. Daddy bedrängte

Mama derweil schon längst in der Küche, ihn zu küssen. Sie schlug nach ihm wie nach einer lästigen Fliege.

Ich versuche oft, mich an Daddy zu erinnern. Daran, dass er immer lächelte, wenn er in Mamas Nähe war. Und wie er immer vorgab, mir den Hintern zu versohlen, wenn sie ihn darum bat, dabei schlug er in Wahrheit neben mich auf das Bett, und ich brüllte wie am Spieß. Dann zwinkerte er mir zu und ließ mich allein in meinem Zimmer, damit ich darüber nachdenken konnte, was ich falsch gemacht hatte. Mama wusste nichts davon. Das war unser kleines Geheimnis.

Und er roch gut. Mama erzählt, dass er mich an den Tagen, an denen die Teppiche ausgelegt wurden, mitnahm, weil ich so gerne Purzelbäume in der Mitte machte, bevor die Möbel wieder reingeräumt wurden. Ich glaube, ich kann mich daran erinnern, aber ganz sicher bin ich mir ehrlich gesagt nicht. Jedenfalls finde ich heute noch den Geruch von neuem Teppich ganz toll.

Nachdem Daddy gestorben ist, hat Mama ihr Zimmer sehr lange nicht verlassen. Ich musste einen Stuhl aus dem Wohnzimmer in die Küche stellen, um an die Schränke zu kommen und mir etwas zu Essen zu holen, denn zu dieser Zeit hat sie überhaupt nichts gekocht. Ihre Tür blieb einfach geschlossen wie der Mund von der alten Mrs. Streng früher, wenn ich mir in ihrem Laden ein Bonbon aus dem Glas genommen habe. Jedenfalls war das Essen, an das ich mit dem Stuhl heranreichte, nicht gerade das leckerste. Müsli ohne Milch, Dosen mit gekochten Bohnen, die ich kalt aß. Und Zucker, den ich auf mein trockenes Müsli schüttete und später direkt aus der Tüte aß, als alles andere weg war. Früher habe ich Zucker gemocht, jetzt kann ich ihn nicht mehr leiden.

In ihrem Zimmer roch es nach verschwitzten Socken.

„Mama?“ Ich sprach immerzu mit ihr. Dass sie nichts sagte, bedeutete ja noch lange nicht, dass sie mich nicht hören konnte. „Mama, ich bin’s, Carrie.“

Ihr Körper unter der Bettdecke sah so winzig aus. Nur ein Teil des Kopfes lugte hervor.

„Ich wollte nur hallo sagen und dir den Frosch zeigen, den Emma und ich gefangen haben.“ Ich brachte Buttercup nicht ins Schlafzimmer, weil ich nicht wusste, wie Mama das finden würde, aber wenn sie gesagt hätte, dass sie den Frosch gern sehen wollte, wäre ich in mein Zimmer gerannt und hätte ihn geholt.

Das brauchte ich nicht. Kein Ton kam von dem Bett. Die Vorhänge waren geschlossen, und normalerweise würde ich so was nicht tun, aber in diesem Fall zog ich sie ein Stück auf, damit etwas Licht in dieses Loch fiel. Die Sonne warf einen Strahl ins Zimmer wie von einer Taschenlampe, winzige Staubflocken wirbelten durch die Luft, als müssten sie noch überlegen, wo sie landen wollten. Vielleicht mochte es Mama deshalb lieber dunkler – damit sie den Staub nicht sehen musste, eine Schutzmaßnahme also.

Ich hatte eine Idee! Ich würde Staub wischen. Dann konnten die Vorhänge offen bleiben.

„Warte, bin gleich wieder da, Mama“, sagte ich, obwohl mir klar war, dass sie nicht einfach verschwinden würde.

Mir gefällt unser Staubwedel. Es ist, als hätte man einen Vogel in der Hand, die Federn sind so weich und flauschig. Ich lief nach unten, holte ihn aus dem Küchenschrank und raste wieder die Treppe hinauf, bevor Mama die Vorhänge wieder zuziehen konnte.

„Bin wieder da.“ Ich schloss leise die Tür hinter mir. Denn wahrscheinlich wollte sie keine lauten Geräusche um sich haben, weil sie das vielleicht daran erinnerte, wie Daddy gestorben war. Also drehte ich den Knauf ganz vorsichtig und ließ ihn erst los, als die Tür ganz geschlossen war.

Das Problem war, dass durch den Staubwedel nur noch mehr Schmutz durch die Luft flog, bis ich das Gefühl hatte, ersticken zu müssen.

„Du, wie wäre es, wenn ich eine Weile das Fenster aufmache?“ Ich sprach zu ihr mit derselben einfühlsamen Stimme wie sie früher, wenn ich krank war und sie mir Cola und zerdrückte Bananen brachte, damit mein Magen sich wieder beruhigte.

„Ich mach es nur einen Spalt auf, damit etwas Frühlingsluft reinkommt. Du solltest sehen, wie schön das Wetter ist.“ Der Luftzug half mir, schnell hatte ich den Schreibtisch und die Kommode abgestaubt.

Der Nachttisch befand sich direkt neben ihrem Gesicht, und obwohl ihr Kopf fast ganz zugedeckt war, wollte ich sie nicht wütend machen, indem ich sie weckte. Ich überlegte, ihn ganz auszulassen. Aber andererseits war gerade der Nachttisch wichtig, weil sie den ja am meisten zu sehen bekam. Ich schlich hinüber, leise wie eine Maus. Bevor ich loslegte, beugte ich mich über sie, um sicherzustellen, dass sie fest schlief. Bingo. Also räumte ich die ganzen Pillenschachteln herunter und das Foto von Daddy und mir, auf dem ich noch winziger war als Emma jetzt, und das halb leer getrunkene Glas Wasser. Der Staubwedel besorgte den Rest. Er entfernte auch alle Flecken, schon bald konnte man die echte Farbe des Holzes sehen, als wäre es ganz neu. Ich konnte mein Glück kaum fassen, Mama hatte nicht einen Pieps von sich gegeben. Wie überrascht würde sie sein, wenn sie aufwachte und sah, wie sauber es nun war. Nachdem ich alles wieder auf den Nachttisch gestellt hatte, hob ich die Dosen vom Boden neben dem Bett auf. Unzählige Zigarettenstummel trieben in der restlichen braunen Brühe, ich musste darauf achten, nichts fallen zu lassen. Geschafft!

Auf Zehenspitzen tapste ich aus dem Zimmer, ließ

aber den Vorhang und das Fenster offen, damit es dort nicht länger roch wie auf unserer Schultoilette.

Ich musste zweimal die Treppe hoch und runter laufen, bis alle Dosen im Müll waren.

Als kurz danach Reverend Cleary vorbeikam, machte er große Augen. Er sah mich ganz traurig an, tätschelte mir den Kopf und öffnete Mamas Tür. Ich blickte mich um und verstand nicht, warum er so traurig war, wobei es in der Küche echt schmutzig und unordentlich war, schlimmer noch als in Mamas Zimmer. Das war mir so peinlich, dass ich sofort anfing, dort den Müll einzusammeln, aber die Zeit reichte nicht. Es gab einen Stapel, den ich nicht anzurühren wagte. Das waren alte Pfannen voller Essen, die die Nachbarn vorbeigebracht hatten, aber ich traute mich nicht, das Ungeziefer zu verscheuchen, das darauf herumkrabbelte. Mit Emma wollte ich darüber nicht sprechen, ich versuchte besonders nett zu ihr zu sein, weil sie es war, die gesehen hat, wie Daddy starb.

Sie spricht nicht darüber, aber ich habe gehört, wie Mama es bei der Beerdigung Mrs. Godsey erzählte, und das war echt schlimm. Die Männer waren hinter dem Geld her, sagte sie. Mrs. Godsey sagte, wenn die gewusst hätten, dass wir arm wie Kirchenmäuse wären, würde Daddy heute noch leben. Sie sagte, letztendlich hätte ihn diese Armut das Leben gekostet, weil die Diebe offenbar sauer waren, als sie alles durchsucht und kein Bargeld gefunden hatten. Deswegen haben sie ihn erschossen. Direkt vor Emmas Augen. Sie glaubten, Emma wäre zu jung, um sie zu verraten, und ich schätze, das stimmt. Sie gab keinen Ton von sich, nachdem Daddy tot war. Sie hat zwar auch vorher nicht viel gesprochen, aber sie begann gerade, zu lernen und konnte sogar schon „Ma" sagen. Aber danach hörte man fast nichts mehr von ihr.

Ich war im Hof mit Forsyth. Wir spielten abwechselnd Pferd und Reiter. Forsyth wieherte, ich kämmte ihr Haar wie eine Mähne und hielt ihr ein unsichtbares Stück Zucker hin. Forsyth hörte die Schüsse, sie fragte mich, was das sei, und ich war so dumm zu glauben, das wäre nur ein Auspuff gewesen, weil ich weiterspielen wollte. Aber dann rief Forsyths Mama sie nach Hause. Bei der Beerdigung stand sie zwischen ihren Eltern und sah über mich hinweg in den Himmel, als würden sie die Vögel dort viel mehr interessieren als ich. Ich hatte das Gefühl, dass ich und Forsyth Phillips keine Freundinnen mehr wären. Mama sagte, Mrs. Phillips erlaubte es nicht länger, dass Forsyth zu uns ins Haus kam, aber wir blieben trotzdem Freundinnen, weil wir bei ihr spielen durften.

Der ganze Flur war voller Blut. Ich hab das nicht gesehen, aber auf jeden Fall ist es gut, dass wir keinen Teppichboden hatten, denn den hätten wir nie wieder sauber bekommen. Vor und nach der Beerdigung kamen ganz viele Leute ins Haus, sie räumten auf, brachten Essen vorbei, und alle sahen mich immer ganz traurig an, was mir peinlich war. Deswegen rannte ich immer in unser Zimmer, um Emma ein bisschen aufzuheitern. Ich hörte sie trotzdem, sie flüsterten „arme Caroline“ und wie gut ich mich „unter diesen Umständen“ halten würde. Niemand traute sich, von Emma zu sprechen, bestimmt wussten sie, dass Mama dann nur noch mehr weinen würde. Aber um ehrlich zu sein, ich machte mir um Emma viel mehr Sorgen. Und um Mama.

Mama weinte an den ersten Tagen so heftig, dass die Wand hinter ihrem Bett wackelte. Auch wenn ich einen Stock höher lag, so stand mein Bett doch an derselben Wand. Ich lag also einfach nur da und spürte, wie meine Mama litt. Wieder und wieder. Vor allem morgens. So wie man an Weihnachten aufwacht und weiß, dass etwas Besonderes geschehen wird und erst ein oder zwei Sekunden später wieder weiß, was. Nur andersrum. Ich hörte, wie sie sich im Bett wälzte, als wachte sie auf und versuchte sich zu erinnern, was geschehen war, und dann begann die Wand zu wackeln, als es ihr wieder einfiel. Jeden Tag war das so. Jeden einzelnen Tag. Emma wachte von dem Wackeln der Wand nicht auf so wie ich. Und wenn sie dann endlich wach wurde, schielte sie nur zur Decke. Ich schmiegte mich an sie, damit sie nur zu flüstern brauchte, falls sie doch etwas sagen wollte. Dann würde Mama sie nicht hören und nicht daran denken, wie Daddy gestorben war. Aber es stellte sich heraus, dass das nicht nötig war, denn Emma sprach sehr lange überhaupt nichts.

Ich denke, Mama aß nachts, wenn wir im Bett waren. Manchmal hinterließ sie Spuren wie ein Stück Verpackung oder das braune Papier, in dem vorher rohes Fleisch eingewickelt gewesen war. Und Dosen. Immer wieder Dosen. Sie und Daddy hatten palettenweise Dosen eingekauft, und das war nun ziemlich praktisch, nachdem Mama gar nicht mehr zum Einkaufen ging. Aber ich sah sie nie aus ihrem Zimmer kommen. Nicht ein einziges Mal. Sie kam nicht mal raus, um uns in die Schule zu schicken. Und ich konnte Emma nicht allein lassen – sie war doch nur ein kleines Mädchen! – also schwänzte ich die Schule. Zuerst war das toll. Ich sah auf die Gänseblümchenplastikuhr in der Küche und überlegte, was meine Schulkameraden gerade machten. Wie wunderbar, dass ich keine Hausaufgaben vorzeigen oder die Tafel wischen musste oder so was. Am liebsten mag ich Erdkunde. Die meisten Kinder würden wohl sagen, dass die Pausen das Beste sind, aber ich hasse die Pausen. Immer treffen mich Bälle, als wäre ich ein Magnet und würde sie anziehen. Das weiß auch jeder. Sie zielen nicht mal mehr … sie spielen einfach weiter, wenn ich komme, und es ist nur eine Frage der Zeit, bis der Ball gegen meinen Kopf oder meinen Rücken knallt. Zuerst tat ich so, als ob ich das genauso lustig fände wie sie, aber das funktioniert nicht. Dann tat ich so, als hätte ich den Ball gesehen und würde mich absichtlich treffen lassen, aber das funktionierte ebenfalls nicht. Dann ließ ich es bleiben und erschrak einfach jedes Mal, wenn der Ball nur in meine Nähe kam.

Also, die Pausen fehlen mir nicht. Kein bisschen.

Seit Mama ihr Zimmer nicht mehr verließ, stapelten sich unsere Kleider, wo auch immer Emma und ich sie auszogen. Den Stapel vor der Treppe mochte ich besonders, weil ich von der dritten Stufe aus draufspringen konnte wie auf ein großes Kissen. Emma hat mir das mal nachgemacht und fiel auf den Hintern, aber da waren so viele Klamotten, dass sie sich nicht wehgetan hat. Sie lächelte aber auch nicht. Als sie vergaß, wie man sprach, vergaß sie auch, wie man lächelte.

Eines Tages saß Mama am Küchentisch, als wir nach unten kamen. Einfach so. Als wäre es das Normalste der Welt. Ich roch schon von der Treppe aus den Zigarettenqualm und rannte das letzte Stück, weil ich hoffte, dass es wirklich sie war.

„Mama?“

Sie sah nicht hoch, richtete sich aber ein wenig auf und hob den Kopf, also war sie wach.

Ich umarmte sie, und obwohl sie sich nicht rührte,

wusste ich, dass sie sich freute, mich zu sehen. Zumindest glaubte ich das.

Mamas Augen sahen aus wie Kürbisse an Halloween – ganz leer und hohl und dunkel. Ich zeigte nicht, dass ich mich fürchtete.

„Soll ich dir Frühstück machen?“ Dabei war mir klar, dass sie das, was wir noch hatten, nicht mochte.

Sie fixierte mich mit ihren Kürbisaugen, dann betrachtete sie jeden Zentimeter der Küche, als wäre sie zum ersten Mal hier.

„Ich frage mich, wie du das anstellen willst“, waren ihre ersten Worte nach ich weiß nicht wie langer Zeit. Die Worte kamen sehr langsam, als würde sie gerade sprechen lernen.

„Das kann ich, schau nur zu.“ Vielleicht mochte sie mein Frühstück. Es war leicht. Ich schüttete Mehl in eine Schale, die ich eigentlich schon vor Tagen hätte spülen müssen. Dann hielt ich die Schale unter den Wasserhahn, zählte bis fünf, verrührte das Ganze zu einer Paste. Die Pfanne stand noch von gestern auf dem Herd, ich musste nur ein wenig reintropfen lassen und zuschauen, wie daraus ein großer Pfannkuchen wurde, der unsere Mägen erst mal füllen konnte.

Ich warf Mama heimlich einen Blick zu, nur um zu sehen, dass sie wirklich dasaß, in Fleisch und Blut. Das hätte ich mal besser nicht getan, weil ich es furchtbar finde, sie weinen zu sehen. Sie weinen zu fühlen, ist eine Sache, es wirklich zu sehen, eine ganz andere.

Ich weine nie wegen Daddy. Vielleicht hat Mama für uns alle drei genug geweint.

„Also, wir machen's so." Ich übernehme die Führung, weil wir einen Platz zum Schlafen brauchen. „Wir müssen eine kleine Höhle oder so was finden, damit wir uns verstecken und ein wenig schlafen können."

„Es ist noch nicht mal annähernd dunkel!"

„Ja, aber wenn wir hier tagsüber durch die Gegend laufen, wird man uns finden." Keine Ahnung, wie ich darauf komme, ich schwör's. Aber an Daddy zu denken, hat mich nur noch mehr davon überzeugt, dass wir nie mehr zu Richard zurückkehren dürfen. „Nachts müssen wir weitergehen."

Emma hebt die Schultern und folgt mir. „Erzähl mir noch mehr von Daddy", sagt sie.

„Bist du taub? Wir müssen uns nach einem Versteck umsehen! Das hier ist kein Picknick, Em", sage ich. Mein Herz tut weh wie immer, wenn mich etwas an Daddy erinnert.

Der Picknicktag war Daddys Erfindung. Das war ungefähr genauso schön, als ob der Lehrer sagt, dass der Unterricht draußen unter den Bäumen stattfindet, weil es der erste warme, sonnige Tag nach einem kalten Winter ist. Picknicktag ist so toll wie die Schale eines Apfels in einem einzigen gewellten Stück zu schälen. Mama machte schon am Tag vorher Brathähnchen und packte den Picknickkorb. Genau wie im Märchen hatten wir eine rot-weiß-karierte Tischdecke, die Mama zu einem perfekten Viereck zusammenfaltete und als erstes einpackte. Daddys Kartoffelsalat wurde in die Kühlbox gelegt, während ich schon das Husten übte, damit die Lehrer in der Schule bemerkten, dass ich „etwas ausbrütete." Das war mein Part. Mama und Daddy sagten zwar, ich solle das nicht tun, aber für mich gehörte es dazu.

Das war der einzige Tag im Jahr, an dem ich die Schule schwänzte. Wir fuhren ans Meer und lagen herum und aßen Mamas Hühnchen und Daddys Kartoffelsalat.

Nach Mamas und Richards Hochzeit, setzte Mama sich in den Kopf, diesen Picknicktag fortzuführen. Sie begann, das Hähnchen zu braten und machte sogar Krautsalat (anstelle von Daddys Kartoffelsalat), doch als sie den Korb aus dem Keller holte, fragte ich sie, wozu. Danach versuchte sie es nie mehr. Der Picknicktag starb zusammen mit Daddy.

„Komm her!" Emma beugt sich über etwas und winkt mich herbei, als ob ich taub wäre oder so was.

„Was?" Endlich bin ich bei ihr. Ich laufe viel langsamer als sie.

„Das ist perfekt", sagt sie. „Wir können uns nebeneinander hinlegen und mit Kiefernnadeln zudecken. Dann wird uns niemand sehen."

„Ich weiß nicht, Em." Ich will sie nicht beleidigen, aber ich hatte mir etwas anderes vorgestellt. „Lass uns weitersuchen. Ich wette, wir finden irgendwo da oben eine Höhle."

„Ach, komm." Sie verdreht seufzend die Augen, aber sie folgt mir.

„Ich verhungere", sage ich laut.

„Ich auch."

„Hey, wie konntest du nur dieses Hundefutter essen? Das war eklig."

„Wenn man Hunger hat, hat man eben Hunger."

„Dann iss doch die Erdnussbutter wie jeder normale Mensch auch." Doch in der Sekunde fällt mir ein, dass ich das Glas mit der Erdnussbutter zum letzten Mal unter der Veranda bei den Godseys gesehen habe.

„Ich hab so einen Hunger, ich könnte meinen eigenen Arm abnagen", sagt Emma und beginnt damit unser altes Spiel.

„Ich hab so einen Hunger, ich könnte meine eigenen Zehen abbeißen."

„Ich hab so einen Hunger, ich könnte Hundekacke essen", sagt sie und weiß genau, dass sie gewonnen hat. Es gibt nichts Schlimmeres, als Hundekacke zu essen. Das war heute also ein kurzes Spiel, so hungrig sind wir!

„Lass uns nach den Pilzen suchen, die du vorhin von dem Baumstamm gepflückt hast.“ Wir beginnen beide, den Boden abzusuchen.

Lange sprechen wir kein Wort. Immer wenn wir einen weißen Fleck unter den Nadeln entdecken, hocken wir uns hin und essen abwechselnd. Wilde Pilze schmecken gar nicht so schlecht, wenn man richtig hungrig ist.

„Ich werde davon überhaupt nicht satt.“ Sie spricht aus, was ich denke.

„Ich weiß.“

„Was war das?“ Emma bleibt stehen und wirbelt herum. O Gott.

„Was?“ Ich drehe mich ebenfalls um.

„Psst! Hör doch“, zischt sie mir zu.

Wir stehen wie verhext, ich fürchte mich so sehr, dass ich nicht einmal meinen Arm senken kann, obwohl das ja kein Geräusch machen würde.

„Hörst du das?“ flüstert Emma.

„Nein. Was denn? Washörstdu?“ Ich sage das wirklich, als ob es ein einziges Wort wäre.

„Da kommt jemand.“ Jetzt flüstert sie nicht mehr. Stattdessen schnappt sie sich meine Hand und beginnt loszurennen. „Schnell!“

Und wieder einmal vergesse ich, wie hungrig ich bin. Und wie müde. Ich renne um mein Leben.

„Da!“ Emma lässt meine Hand los und deutet auf einen

alten Baum, der genauso wenig in diesen Kiefernwald passt wie wir. Das ist der perfekte Kletterbaum.

Wir springen auf den Stamm, als hätten wir Saugnäpfe an Händen und Füßen. Wir versuchen einfach, so hoch wie möglich zu klettern. Das ist ziemlich leicht, nachdem wir einmal den ersten Ast erreicht haben. Emma ist schneller als ich, aber ich muss einen Augenblick ausruhen. Ich umarme einen Zweig, der fast genauso dick ist wie ich, ein Bein ist links darum gewickelt, eines rechts.

„Komm runter, du kleiner Affe." Daddy schirmt seine Augen gegen die Sonne ab.

„Schau, wie hoch oben ich bin, Daddy!"

„Ich sehe dich, Äffchen. Das machst du richtig gut. Aber du solltest wirklich besser runterkommen, bevor deine Mutter einen Herzinfarkt bekommt."

„Caroline, du kommst da augenblicklich runter oder du bekommst 'ne Menge Ärger", ruft Mama aus dem Hinterhof, wo sie gerade Eingekochtes in saubere Gläser füllt.

„Komm schon, Äffchen." Daddy lächelt mir zu. „Komm zu Daddy."

„Psst! Kannst du was sehen?"

„Warte kurz." Ich schiebe meinen Hintern näher zum Baumstamm. Mein T-Shirt verfängt sich in der Rinde und wird hochgeschoben, aber darum kann ich mich jetzt nicht kümmern. Durch die Zweige blicke ich nach unten, und obwohl ich mir nicht sicher bin, so glaube ich doch nicht, dass da unten etwas ist. Das sage ich Emma auch.

„Sicher?“ kommt ihre Stimme von oben.

„Ziemlich.“ Dann warte ich einfach. Sie auch, schätze ich, denn jetzt ist es so still wie in einer Kirche am Montag. Doch plötzlich höre ich Geraschel und Gegrunze, woraufhin Emma zu mir nach unten klettert.

„Hallo“, sagt sie von ihrem Ast aus, der nur eine Armeslänge von mir entfernt ist. Wenn ich wollte, könnte ich sie vom Baum schubsen, so nah beieinander sitzen wir. „Ich sag doch, ich habe was gehört. Ich wusste es!“

Ich glaube, sie hat Harz im Haar, das dadurch noch schlimmer aussieht als vorher. Wahrscheinlich wird sie es sich ganz und gar abschneiden müssen.

„Was auch immer das war, jetzt ist es weg“, sage ich nur. Ich lege meine Wange wieder an die kratzige Rinde. Ich wünschte, ich hätte einen Spiegel, dann könnte ich das Muster in meiner Haut sehen, das sie hinterlässt.

„Ich habe was gehört, Carrie“, beteuert sie. „Ich schwör's.“

„Gut, dann hast du eben was gehört. Jetzt ist es weg. Die Luft ist rein, also lass uns runterklettern und weitergehen. Du zuerst.“

„Nein, *du!*“

„Himmel, Em. Ich hab keine Lust, immer alles als Erste zu machen. Warum kannst du nicht *ein einziges Mal* tun, was ich dir sage?“ Aber ich steige schon von dem Ast nach unten. Ich bin jetzt so müde, dass ich fast glaube, mich nicht festhalten zu können. Ich muss wirklich schnell von diesem Baum runter. Sonst wird eine von uns fallen, soviel steht fest.

„Ich zuerst, na gut. Aber du darfst nicht warten, bis ich unten bin. Klettere *jetzt* los, Em.“

Das ist der Moment, der beim Klettern am wenigsten Spaß macht. Wenn man das letzte Stück hinunter springen muss. Ich glaube immer, dass ich mir ein Bein brechen werde oder so. Diesmal bin ich so müde, dass ich nicht springe, sondern mich einfach auf den Boden fallen lasse, das ist gar nicht so schlimm, wie ich gedacht hatte.

„He, Em, lass dich auch einfach fallen. Das ist klasse. Tut nicht weh, der Boden ist ganz weich.“

Nun ist Emma auch unten, und wir laufen weiter.

Währenddessen denke ich darüber nach, wie toll es wäre, wenn man einen Teppich aus weichen Kiefernnadeln zu Hause hätte. Von einer Wand bis zur anderen. Für Leute, die nicht in der Nähe eines Waldes wohnen, es aber gerne würden.

„Ich wusste es doch!“ ruft eine Stimme hinter uns.

Emma und ich beginnen zu schreien und wirbeln herum. Und dort steht, mit einem komischen Grinsen im

Gesicht, als hätte er gerade einen Wettkampf gewonnen, George Godsey, der Jüngste der Familie.

Emma scheint genauso erleichtert zu sein wie ich, weil George Godsey eher nervig als gefährlich ist.

„Geh nach Hause, *George.*“ Sie klingt sehr böse und gibt ihm einen Schubs. Ich muss ein Lachen unterdrücken, weil das Harz auf ihren Händen an seinem T-Shirt klebt und er wie an einem Gummiband zurückgezogen wird.

„Ihr könnt mich nicht zwingen.“ Echt, er klingt wie ein Dreijähriger. „Und überhaupt ist das mein Wald, darum muss ich nichts tun, was ihr sagt.“

„Werd erwachsen, George Godsey“, sage ich.

Emma und ich laufen weiter, aber uns ist klar, dass George uns nicht in Ruhe lassen wird. Seine Brüder drangsalieren ihn ständig, seine Eltern ignorieren ihn völlig, und seine Freunde, nun, die scheinen gar nicht zu bemerken, ob er da ist oder nicht. Deswegen sind zwei Mädchen, die durch „seinen“ Wald spazieren, ein regelrechter Glücksfall für ihn.

„Was macht ihr hier überhaupt?“

George hat die wirklich ärgerliche Angewohnheit, das Wort *überhaupt* in so ziemlich jedem Satz zu benutzen. Das macht mich total verrückt.

„Nix!“ sagen Emma und ich gleichzeitig.

„Und warum seid ihr *überhaupt* so weit von zu Hause weg? Los, sagt's mir!?“

„Geht dich nichts an", meint Emma.

„Wohl!"

„Nein."

„Leise! Wir dürfen nicht so laut reden." Damit meine ich hauptsächlich Emma, aber George sollte auch vorsichtig sein.

„Wohin geht ihr?" flüstert George.

Wenn wir ihn einfach ignorieren, dann wird ihm vielleicht langweilig und er trottet zurück nach Hause. Ich sehe, dass Emma dasselbe denkt.

„Ach, kommt schon", jammert George. „Was ist los? Wenn ihr es mir sagt, verrate ich euch was. Was ganz Geheimes."

Wir halten den Mund und laufen weiter.

„Das ist echt gut. Ihr glaubt gar nicht, wie gut es ist. Kommt schon. Sagt mir, was los ist, warum ihr hier seid. Sagt's mir. Ich geh euch auf die Nerven, bis ihr es mir verratet. Sagtschonsagtschonsagtschon ...."

„Na gut!" Emma dreht sich um und hält ihm den Mund zu. Bevor sie zu reden beginnt, zwinkert sie mir zu. Das Problem ist aber, dass sie gerade erst gelernt hat, zu zwinkern, und daher sieht George, wie sich eine Seite ihres Gesichts zusammenzieht und stöhnt unter ihrer Hand.

„Das habe ich gesehen!" sagt er durch ihre Finger. Vorsichtig nimmt sie ihre Hand weg und kommt mit ihrem Gesicht ganz nah an seines.

„Sei besser still, George Godsey“, erklärt sie sehr langsam und leise. „Also, wenn du *wirklich* wissen willst, was los ist, dann schwöre, dass du uns niemals bis in alle Ewigkeit verrätst …“ George nickt heftig, seine Augen fallen ihm praktisch aus dem Kopf wie in einem Zeichentrickfilm. „Niemals! Verstehst du?“

Ich kenne Emma gut genug, um zu wissen, dass sie ihm nicht verraten wird, was *wirklich* los ist und bin mindestens genauso gespannt darauf, was sie sagen wird wie George.

„Schwörst du?“

„Ich schwöre.“ George hebt seine rechte Hand, als ob dadurch der Schwur offiziell würde oder so.

„Also gut.“ Emma wirft mir einen sanften Erwachsenenblick zu, der George das Gefühl geben soll, dass er jetzt etwas wirklich Wichtiges zu hören bekommt. „Du solltest dich besser setzen.“

George würde jetzt vom höchsten Baum springen, wenn Emma das wollte, so neugierig ist er. Er lässt sich auf den Boden plumpsen und überkreuzt seine milchweißen Beine wie ein Indianer. Er wendet den Blick nicht von Emmas Gesicht.

„Wir haben herausgefunden, dass die Mörder meines Vaters hier im Wald leben, und unsere Mission ist es, sie zu jagen.“ Sie platzt damit heraus, ohne auch nur kurz in meine Richtung zu schauen. Wie ist sie nur *darauf* gekommen? Das nenn ich wirklich Fantasie.

Das übersteigt offenbar Georges wildesten Träume. Er vergisst zu atmen. Nach einer Minute gelingt es ihm, etwas zu sagen.

„In die… diesem Wald?“ stammelt er. „Bist du si-sicher?“

Er kämpft sich etwas mitgenommen auf die Beine. Mir ist klar, dass George uns nun keine Sekunde länger auf die Nerven gehen wird.

„Absolut.“ Emma nickt wie in der Kirche, ganz feierlich. „Die sind hier irgendwo. Wir müssen sie nur finden.“

George verabschiedet sich nicht einmal. Wir betrachten seine spinnendürren weißen Beine, wie sie davonrennen.

„Das hat ihm den Rest gegeben“, meint Emma.

Und schon sind wir wieder auf dem Weg.

„Wieso hast du das von Daddy gesagt?“ flüstere ich, obwohl George schon längst weg ist, aber man kann nie vorsichtig genug sein, wie ich immer sage. Wir haben nie wirklich darüber gesprochen, wie Daddy gestorben ist – ich dachte immer, Emma denkt nicht darüber nach, weil sie so winzig war, als er getötet wurde und so.

„Ich weiß nicht.“

„Seine Mörder leben in diesem Wald und wir jagen sie?“

„Nun …“

„Nun was?“

„Sie könnten ja hier wohnen, wer weiß. Sie wurden

nie gefasst, oder?" Doch das ist eher eine Antwort als eine Frage, deswegen entgegne ich nichts. Sie hat ja Recht.

„Trotzdem." Mehr habe ich nicht zu sagen. Daddy ist mein Territorium, und das weiß sie.

„Was war das?" Sie sieht richtig erschrocken aus. Dieses Mädchen hat Ohren wie ein Luchs.

„Was war was?"

„Psst."

„Wahrscheinlich wieder George Godsey."

„Psst." Dieses Mal zischt sie mich an wie verrückt.

Also bin ich still.

Und jetzt höre ich auch was. Kein Zweifel, das sind Füße, die auf Äste treten. Das Geräusch kommt näher. Wir sehen uns nach einem guten Kletterbaum um, aber es ist keiner in Sicht. Nur Unmengen Kiefern.

„Keine Bewegung oder ich schieß euch den Kopf von euren erbärmlichen Hintern", höre ich eine Stimme, die mich beinahe dazu bringt, mir in die Hose zu machen. Ich bin wie gelähmt, vom Scheitel bis zur Sohle. Das ist noch schlimmer als wir jemals befürchtet haben … schlimmer als alles, was wir ertragen können.

„Soso. Was haben wir denn hier", sagt er. Seine Stimme klingt, als würde er lächeln.

Ich bringe es nicht mal fertig, Emma anzusehen. Ich habe Angst, meinen Kopf auch nur ein winziges bisschen zu bewegen. Fast wünsche ich mir, dass er uns erschießt, weil ich weiß, dass alles andere zehnmal schlimmer werden wird.

„Wegrennen nützt nix.“ Jetzt ist er hinter uns, es ist nur eine Frage von Sekunden, bis er vor uns steht.

Bitte, Gott. Bitte beschütze uns.

Ein erster Tropfen sickert durch mein Höschen, aber dagegen kann ich nun nichts tun.

Und da ist er, er steht direkt vor uns und trägt seine volle Jagdmontur, die grauen und grünen und braunen Flecken sind so hässlich wie sein Gesicht mit all den Kratern und Leberflecken.

Richard.

„Schau sich das einer an, ein Scheißhaufen bist du, von oben bis unten vollgepisst“, sagt er und zeigt mit seinem Gewehr auf meine Beine. „Umdrehen! Bewegt euch!“

Jetzt schaue ich Emma erstmals an, und am liebsten würde ich mich übergeben. Sie sieht aus, als hätte sie jemand gegen eine Wand gedrückt, so gerade ist ihr Rücken. Ihr Kopf erhoben. Ein kleiner Soldat, der in den Krieg marschiert. Ihr Gesicht ist ausdruckslos, wie in Stein gemeißelt.

Richard hat weiter geredet, aber ich habe nicht zugehört. Ich betrachte nur meine Schwester.

„So was gibt's nicht noch mal, sonst werde ich …“, sagt er. „Hundefutter zu essen“, murrt er. „Ihr wollt Hundefutter. Bekommst ihr. Hundefutter werdet ihr bekommen. Jawoll, Sir …“

Er stößt den Gewehrlauf in meinen Rücken, damit ich schneller laufe. Als ich zur Seite blicke, sehe ich, dass er das bei Emma auch macht.

„Ab jetzt gibt's kein selbst gekochtes Essen mehr für euch kleine Hündinnen …“

Emma blendet seine Stimme aus wie beim Radio, ich versuche es ebenfalls. Und so laufen wir aus dem Wald an der Godsey-Farm vorbei, an der roten Scheune vorbei und dann hinein in unseren schmutzigen Vorgarten. Mama steht mit finsterer Miene und verschränkten Armen auf der Veranda.

„Sieh mal, was ich erlegt habe, Lib!“ schreit Richard viel zu laut. Emma und ich erschrecken schon wieder. „Was für's Abendessen!“

Mama sieht uns kopfschüttelnd an, während wir die klapprigen Stufen hinaufklettern.

Richard stößt uns weiterhin mit dem Gewehr in den Rücken, also gehen wir ins Haus, obwohl ich genau das gar nicht will.

„Mama …“ Ich strecke meine Arme nach ihr aus, aber sie weicht zurück, als ob ich Läuse hätte. Ich merke, wie heiße Tränen über meine Wangen laufen.

„Na, na, na“, sagt Richard in diesem Singsang, den Erwachsene benutzen, während sie einem mit dem Finger drohen. „Kein Wort will ich hören!“ schreit er. „Kapiert? Halt deinen schmutzigen kleinen Mund.“

Mama verschwindet, und ein ungutes Gefühl wühlt in meinem leeren Magen. Das Gefühl, dass ich sie niemals wieder sehen werde.

„Nicht stehen bleiben! Schön reingehen“, sagt er, aber diesmal schreit er wenigstens nicht. „Dieser ganze Kram hier wartet darauf, eingepackt zu werden, seht ihr?“ Jetzt schreit er doch wieder. „Und weil ich *euch* suchen musste, ist alles liegen geblieben. Jetzt werde ich die ganze Nacht diesen Scheiß machen, der schon längst erledigt wäre, wenn es *euch* nicht gäbe, kleine Miss Caroline und kleine Miss Emma oder wer auch immer zum Teufel ihr seid. *Ich kenne euch nicht mal!* Ihr seid nicht mein eigenes Fleisch und Blut. Sondern nichts als ein Haufen Scheiße. Was mich betrifft, so *existiert ihr überhaupt nicht.* Los!“ Er schiebt uns mit dem Gewehr nach vorne. „Und jetzt hinten raus. Da wartet eine Überraschung.“

Wo ist Mama?

Hinter dem Haus befindet sich der Schuppen, der seit ich weiß nicht wann verrammelt ist, und die Wäscheleine, die zum ersten Mal seit Jahren leer ist, vermutlich, weil alle Kleider bereits weggepackt sind. Und genau dort, zwischen Wäscheleine und Schuppen, ragt ein Pfahl aus dem Schmutz, wie man ihn benutzen würde, um Dracula zu töten. Und daran ist eine dicke Kette befestigt.

„Rüber da und hinsetzen.“ Er stößt uns ein letztes Mal, diesmal zu dem Ende der Kette. „Du Stück Scheiße.“ Sein Stiefel saust schnell und hart nach vorne. Ich brauche ziemlich lange, bis ich wieder Luft bekomme. Und dann kniet er über uns, als wolle er uns häuten und ausnehmen. Stattdessen macht die Kette ein klickendes Geräusch, ich zucke zusammen, als das kalte Metall meinen Hals berührt. Ich schaue nach rechts, was nicht leicht ist mit diesem dicken Halsring. Er befestigt die gleiche Vorrichtung um Emmas Hals. *Klick.* Jetzt ist auch sie angekettet. Aber da gibt es trotzdem einen großen Unterschied. Die schwere Kette drückt meinen Oberkörper hinunter auf meine gekreuzten Beine, doch Emma, obwohl sie schmächtiger ist, sitzt aufrecht und benimmt sich, als hätte ihr jemand eine Diamantenkrone aufgesetzt, als wäre sie stolz darauf, angekettet zu werden. Weil ich so vorgebeugt sitze, steigt mir der säuerliche Geruch aus meiner Hose in die Nase. Meine Jeans ist ganz schmutzig, und ich zittere, obwohl es in der prallen Sonne brütend heiß ist.

So sitzen wir für ich weiß nicht wie lange. Ich nach vorne gebeugt, Emma aufrecht wie ein Pfeil. Gelegentlich höre ich, wie im Haus eine Tür geöffnet und geschlossen wird, ab und zu ein dumpfer Schlag wie von Kisten, die auf den Boden knallen. Die Sonne, die uns brät, bewegt sich seitwärts und verschwindet – endlich! – hinter dem

Schuppen, also ist es schon ziemlich spät, soviel weiß ich. Emma und ich schweigen. Was gibt es auch zu sagen?

„Wo ist mein Mädchen?"

„Ich bin hier oben, Daddy!"

„Komm schon runter und gib deinem alten Pa einen Kuss – heute Abend wird gefeiert."

Daddy konnte mich von jeder Treppenstufe aus auffangen – selbst von der siebten in der Mitte der Treppe. Und danach grummelte er: „Was haste diesem Kind nur zu essen gegeben, Lib? Willste sie für den Jahrmarkt mästen?" Aber dabei lachte er und umarmte mich richtig fest, ich schnupperte nach dem Teppichgeruch in seinem Hemd.

„Da haben wir ja einen richtigen Bluthund", sagte er. „Was habe ich heute ausgelegt, meine Süße?"

Ich atmete den Geruch noch einmal tief ein, nur um sicherzugehen.

„Industrie!" verkündete ich, und Daddy setzte diesen überraschten Gesichtsausdruck auf.

„Ich fass' es nicht! Du hast schon wieder hundertprozentig Recht! Hast du das gehört, Lib? Unser Mädchen hat's schon wieder gewusst!"

Und dann drückte er mich ganz fest und setzte mich vorsichtig ab wie auf einen Boden aus Watte.

Wenn Daddy dermaßen gute Laune hatte, dann wirbelte er Mama durch den Raum, als wären sie in einem Tanzlokal. Sie sah so hübsch in Daddys Armen aus, wie sie sich drehte und ihr Kleid sich bauschte.

Und dann wirbelte er mich herum und ich fühlte mich wie eine Ballerina, elastisch und zart, groß und anmutig.

„Du bist meine kleine Prinzessin“, sagte er. „Daddys kleine Prinzessin.“

Inzwischen ist es dunkel, ich liege flach auf dem Rücken im Schmutz und starre hinauf in die Sterne. Derselbe Schmutz, der vorhin noch von der Sonne gebacken wurde, ist nun eiskalt. Im Haus ist es still, aber die Lichter sind noch an.

„Psst“, zische ich Emma zu.

„Was?“ wispert sie zurück.

„Was glaubst du, was jetzt passiert?“

„Woher soll ich das wissen?“

„Glaubst du, Mama kommt zu uns raus?“

„Nein.“

„Nein?“ Ich wäre nie auf die Idee gekommen, dass Mama nicht nach uns sehen könnte. Um ehrlich zu sein, setze ich meine ganze Hoffnung in sie. „Wieso nicht?“

„Wenn sie zulässt, dass er uns ankettet, dann lässt sie so ziemlich alles zu.“

Da hat sie nicht Unrecht.

„Was ist mit Essen?“ frage ich. Wie schon gesagt, hin

und wieder ist Emma wie eine ältere Schwester, weil sie manches besser kennt als ich. Und Richard kennt sie.

„Ich würde nicht damit rechnen."

„Die lassen uns also *verhungern?*"

„Alles ist möglich."

„Wir brauchen einen Plan", flüstere ich nach ungefähr drei Sternschnuppen erneut. „Irgendwie müssen wir hier wegkommen."

Emma antwortet nicht.

„Emma! Hör doch zu. Gemeinsam kommen wir hier weg."

Stille.

„Worüber denkst du nach?" frage ich etwas später.

Wieder keine Antwort.

„Em?"

„Warum hältst du nicht einfach den Mund." Ich muss gestehen, das klingt überhaupt nicht freundlich.

„Denkst du über einen Plan nach?"

„Nein, tue ich nicht! Wegen einem *Plan* sitzen wir überhaupt erst in der Klemme. Wegen einem *Plan* ist jetzt alles vorbei. Du und deine tollen Ideen. *Lass uns weglaufen. Wir können es schaffen. Er wird uns niemals finden.* Hätte ich bloß nie auf dich gehört. Das ist es, was ich denke, wenn du die Wahrheit wissen willst."

„Du hast doch als Erste angefangen zu packen!"

„Aber nur, weil du weglaufen wolltest."

„Niemand hat dich gezwungen, mitzukommen. Außerdem hab ich das nur für dich getan."

„Nun, und ich hab es für *dich* getan", sagt sie unter Tränen.

„Für dich wär's ja in Ordnung gewesen, bei Mama und Richard zu bleiben. Wo ihr immer eure Geheimnisse hinter der verschlossenen Tür habt. Ich hätte wissen müssen, dass du auf *seiner* Seite bist ..."

Ich habe noch nicht zu Ende gesprochen, als sie sich auf mich wirft, an meinen Haaren zerrt und mir ins Gesicht schlägt. Ich schlage zurück, will sie rücklings auf den Boden drücken, aber die Kette hat sich so verdreht, dass wir beide gewürgt werden. Wir husten, ich zerre an der Kette, um etwas Luft zu bekommen, als ein großes Dreieck aus Licht auf uns fällt.

„Was zur Hölle ist da los?"

Ich spüre, wie ich mir schon wieder in die Hose mache, aber wenigstens wärmt mich das. Emma und ich sind ganz still, damit er wieder weggeht.

„Du musst ganz still liegen, wenn du willst, dass sie kommt. Wenn du dich hin- und her wirfst, verschreckst du sie."

„Aber woher weiß sie, dass ich ihn verloren habe?"

„Die Zahnfee weiß immer, wann kleine Kinder einen Zahn verlieren." Daddy zwinkerte mir lächelnd zu. „Das steht im Handbuch der Zahnfee."

„Ganz ehrlich?“

„Ganz ehrlich.“ Er steckte die Bettdecke direkt unter meinem Kinn fest, so, wie ich es mochte.

„Also, lieg still und schlaf sofort ein, und wenn du aufwachst wird eine glänzende Münze unter deinem Kopfkissen liegen, wo jetzt dein Zahn ist. Gute Nacht, Prinzessin.“

„Nacht, Daddy.“

Das kalte Wasser lässt uns nach Luft schnappen. Es dringt durch unsere Kleider wie Daddys Blut in den Boden sickerte, wo er starb.

„Vielleicht gebt ihr jetzt Ruhe“, sagt Richard, der jetzt leere Topf fällt scheppernd auf die Zementstufen vor der Küche. „Nächstes Mal sorge ich mit meiner Faust für Ruhe.“

Ich beginne schon zu zittern, bevor die Küchentür zuknallt, und das hört ziemlich lange nicht auf. Am Klirren der Kette erkenne ich, dass Emma auch zittert.

Richard tauchte auf, als Mamas Tränen gerade getrocknet waren. Er kam von „irgendwoher“ in die Stadt. Man sollte denken, dass das ein besonders toller Ort ist, nachdem Richard jedem, der ihn fragte, diese Antwort gab. Mama fiel ihm sofort auf, so wie die Biene von einer Blüte angelockt wird, und er ließ sie nicht mehr aus den Augen.

Jeden Tag kam er vorbei, brachte Blumen, die er am Straßenrand gepflückt hatte, eine Dose mit Nägeln, ein halbvolles Glas Marmelade (er behauptete, er hätte sie zuerst probieren wollen, ob sie auch gut genug für Mama war), und einmal ein Gefäß voller Löffel, etwas woraus wir alle nicht schlau wurden. Mama nahm all seine Geschenke mit einem Lächeln an, aber ihre Augen blieben kalt und traurig. Richard wusste allerdings nicht, wie Mamas Augen aussahen, wenn sie auch lächelten. Wenn sie das Zimmer verließ, um die Blumen ins Wasser zu stellen oder die Marmelade in den Kühlschrank, fixierte Richard uns mit einem bösen Starren, das sofort verschwand, wenn Mama zurückkam.

„Deine Mama wird diesen Penner heiraten“, rief mir Mary Sellers eines Tages in der Pause zu. Ich konnte mir nicht mal eine Antwort überlegen, da schoss Emma schon an mir vorbei, zerrte sie am Haar und boxte ihr in den Magen, bis sie heulend zu Mrs. Stanley lief, die an diesem Tag die Pausenaufsicht hatte.

Es war mir nicht in den Sinn gekommen, dass Mama wieder heiraten könnte, doch nachdem Mary es einmal ausgesprochen hatte, passte plötzlich alles zusammen. Die Wäscheberge, die sich im Haus aufgehäuft hatten, wurden langsam wieder kleiner. Der Müll wurde rausgetragen. Das Geschirr so geschrubbt, dass es glänzte wie neu. Als wollte Mama beweisen, dass sie den Haushalt im Griff hatte.

„So können wir nicht weitermachen“, sagte sie eines Tages wie aus dem Nichts. „Es ist kein Geld mehr da, und ich habe keine Ausbildung, um irgendwas Anständiges zu arbeiten. Ich kann ja nicht mal rechnen. Und bei einem Schreibwettbewerb hätte ich auch keine guten Chancen, das kannst du mir glauben.“

Das stimmt – Mama liest nie. Weder allein, noch hat sie uns je abends was vorgelesen. Und als Daddy gestorben war, kündigte sie sofort die Tageszeitung.

„Wir haben keine Wahl“, sagte sie. Und das war’s dann.

Zwei Tage später heirateten sie im Rathaus, sie trug das Kleid, in dem sie Daddy beerdigt hatte.

Danach konnte ich Mary Sellers eine Woche lang nicht mehr in die Augen sehen.

„Guten Morgen, erwache und lache!“ Richard schiebt mit der Schuhspitze die Blechdose weg. Vor uns im Schmutz liegt ein Haufen braunes Hundefutter, noch immer wie die Dose geformt.

Ich blinzle. Emma sieht noch schlimmer aus als ich, da bin ich sicher. Ihr Gesicht ist schmutzig, Zweige stecken in ihrem wirren Haar.

Emma blinzelt zurück und kriecht, die Kette hinter sich herziehend, zu der Dose. Dann formt sie ihre Hände zu einem Kelch, als wollte sie aus einem kristallklaren Bach trinken, nimmt von dem Brei und isst.

Ich weiß nicht, ob ich hungrig genug bin, um das auch zu tun. Andererseits bin ich zu hungrig, um es nicht zu tun.

„Er muss extra für uns Hundefutter gekauft haben, nur um uns zu quälen“, sage ich mehr zu mir selbst als zu Emma, während ich all meinen Mut zusammennehme, um zu essen. Es nur zu berühren, dreht mir schon den Magen um.

„Was glaubst du, wo Mama ist?“ Doch Emma ist zu sehr mit dem Essen beschäftigt, um zu antworten.

Kauend schaut sie mich an, dann streckt sie ganz vorsichtig ihre schmutzige, mit Hundefutter gefüllte Hand aus, damit ich daran riechen kann, und dann esse ich, mit geschlossenen Augen und ohne durch die Nase zu atmen. Ich schlucke ohne zu kauen. Es berührt kaum meine Zunge. Ich schlucke, einfach und schnappe dann nach Luft, um den Geschmack schnell loszuwerden. Sie nimmt noch eine Handvoll und füttert mich wieder. Und wieder. Nachdem ich fertig bin, leckt sie die Dose aus.

Ich muss in der Sonne eingenickt sein, denn ich schrecke hoch, als ich einen Schatten über mir spüre. Es ist Mama.

Merkwürdig, dass ihr rechtes Auge blau und geschwollen ist, denn Richard ist Rechtshänder und trifft meistens das linke. Ihre Oberlippe ist doppelt so dick wie sonst. Jetzt weiß ich also, womit sie letzte Nacht so beschäftigt war.

„Warum tut ihr das?“ Ihre Arme hängen nutzlos an ihr herab. Sie sieht aus, als hätte auch sie eine Kette um den Hals. „Ihr seid selbst daran schuld, ist euch das klar?“ Sie beugt sich über mich und ich glaube, dass sie mir übers Gesicht streicheln will, aber stattdessen packt sie die Kette um meinen Hals. Sie zuckt von dem heißen Metall zurück, das meine Haut verbrennt.

„Wehr dich nicht“, flüstert sie und steckt einen Finger zwischen Kette und Hals. „Warum müsst ihr ihn immer ärgern? Warum seid ihr so frech?“ Sie flüstert noch immer, und ich weiß, dass sie keine Antwort erwartet. „Ihr seid nur ein weiterer Nagel in meinem Sarg.“ Sie richtet sich wieder auf und blickt hinüber zu Emma, die noch immer schläft. „Ich bin gleich wieder da“, sagt sie.

Mein Kopf ist zu schwer, um ihn oben zu halten, deswegen lege ich mich wieder hin und warte auf sie. Was dann geschehen wird, weiß ich nicht, aber ich kann sowieso nichts anderes tun, also schließe ich die Augen wegen der Sonne, die auf uns niederbrennt. Dann rasselt die Kette, ich drehe den Kopf, sehe wie Mama im Schmutz kauert und einen Schlüssel in das Vorhängeschloss steckt. Selbst ohne Kette ist mein Kopf zu schwer, um ihn zu heben, ich kann meine Augen nicht richtig öffnen, obwohl ich nicht mehr blinzle. Ich glaube, sie sind geschwollen.

„Aufstehen“, sagt sie ruhig. „Und widersprecht ihm heute kein einziges Mal.“ Sie geht zurück ins Haus und lässt uns allein.

„Em? Stehst du schon?“

„Ja“, flüstert sie zurück. „Hier.“ Sie streckt mir die Hand hin, um mir aufzuhelfen. Mir tut alles weh.

„Wo sollen wir hingehen?“ fragt sie. „Wir können nicht rein. Wahrscheinlich weiß er gar nicht, dass wir nicht mehr angekettet sind.“

Ich würde mich am liebsten in den Schatten der Bäume verziehen, aber Emma hat Recht. Wir sollten uns heute besser rar machen.

„Was ist mit Miss Mary?“

Emma nickt.

„Ich schreibe eine Nachricht, damit sie nicht glauben, wir wären wieder weggelaufen.“ Ich krieche zur Küchentür, lausche nach einem Lebenszeichen, und als ich das Ticken der Uhr höre, die noch immer an der leeren Wand hängt, schlüpfe ich hinein. Ich brauche eine Minute, um einen Stift zu finden, dann schreibe ich auf einen der Umzugskartons: „Sind bei White’s. Kommen bald wieder. C. und E.“ Dann schleiche ich wieder nach draußen.

Ganz langsam laufen wir dieselbe schmutzige Straße entlang, die gestern Nacht noch so lang und verzaubert gewirkt hat. Sonnenflecken sprenkeln die beiden Fahrbahnen, die uns von dem Haus in der Murray Mill Road wegführen.

Ein paar Häuser vor White's treffen wir auf Charley Narley, doch als er uns erblickt, dreht er sich einfach weg. Er folgt uns nicht und beschreibt nicht, was wir tun. Er dreht sich nur weg und blickt in die Ferne, keine Ahnung, wohin.

„Ach, du guter Gott im Himmel", ruft Miss Mary, als sie uns sieht. Ich habe bis jetzt noch nicht in den Spiegel gesehen, aber ich vermute, wir sehen so ausgewrungen aus wie die Abwaschlappen, die Mama auf der Wäscheleine trocknen lässt. „Was ist denn um Himmels willen passiert? Mr. White. Sie sollten besser mal kommen." Sie zieht ein erschreckend böses Gesicht. Statt wie sonst auf ihren Schoß zu klopfen, kniet sie sich auf den Boden und berührt mein Gesicht so vorsichtig, als wäre es aus Glas.

„Ach, Liebling, was hat er dir angetan?" Ich schaue in ihre Augen, die sich mit Tränen füllen.

„Ist okay", sage ich. „Ich mache mir nur Sorgen um Emma, das ist alles." Emmas Hals ist ganz verbrannt, außerdem ist ihr Gesicht mit getrocknetem Hundefutter verschmiert, weil sie die Dose ausgeleckt hat, deshalb sieht sie bestimmt viel schlimmer aus, als sie sich fühlt. Allerdings schwankt sie wie eine große Sonnenblume am Straßenrand, wenn ein großer Laster vorbeirast.

„Du liebe Zeit." Mr. White kniet sich jetzt auch vor uns. Dann steht er auf und sagt: „Ich hole Handtücher und Heilsalbe, Mary. Holst du was zum Säubern?"

Und dann sind sie ganz geschäftig. Miss Mary greift nach einer Schachtel mit Pflastern, obwohl Mr. White sie gar nicht darum gebeten hat, führt uns hinter der Theke vorbei in das Hinterzimmer, wo es dunkler und kühler ist, weil die Klimaanlage auf vollen Touren läuft. Sanft tupft Mr. White mein Gesicht und die Stirn ab, schraubt dann eine Tube auf und drückt eine durchsichtige, kühle Salbe heraus. Das fühlt sich so gut auf der gereizten Haut an, dass ich ihm am liebsten die Arme um den Hals werfen würde.

„Wein doch nicht, mein Zuckerpüppchen", sagt er. Ich glaube, ich bin einfach so froh über die Salbe. „Wenn du weinst, dann verschmiert wieder alles." Er lächelt mir zu, als wolle er meinen Mund davon überzeugen, dasselbe zu tun, und tatsächlich funktioniert das auch.

„Können Sie Emma denn genauso helfen wie mir?" frage ich.

„Aber natürlich, Schätzchen, natürlich. Aber ich möchte, dass du dich ein wenig hinlegst, während ich mich um sie kümmere. Sieht so aus, als hättest du in letzter Zeit nicht viel geschlafen. Komm in mein Büro, da mache ich dir ein hübsches Plätzchen zurecht. Wenn ich mit Emma fertig bin, bringe ich sie herein."

Ich folge ihm ins Büro, in dem ich bisher nie war, aber ich bin zu müde, um mich umzusehen, krabble nur auf die Decke, die er für mich auf dem Boden hinter seinem Schreibtisch ausgebreitet hat. Ich höre nicht mal mehr die Tür ins Schloss fallen, als er geht.

Ich wache kurz auf, als Emma sich ein paar Minuten später (glaube ich) an meinen Rücken schmiegt, dann schlafe ich weiter.

Obwohl es noch dunkel in Mr. Whites Büro ist, habe ich das Gefühl, dass wir recht lange geschlafen haben, denn als ich die Augen öffne, fühle ich mich schon viel besser. Ich glaube, es war Mamas Stimme, die mich geweckt hat. Ich schüttle Emma, damit sie bereit ist, denn natürlich ist Mama gekommen, um uns zu holen.

Ein Lichtstrahl fällt in das Zimmer, als die Tür geöffnet wird, und Mama steht genau in der Mitte, golden umrahmt.

„Los, wir gehen“, sagt sie und tastet an der Wand nach dem Lichtschalter und knipst ihn an. Schon an diesen drei Worten kann ich erkennen, wie die Heimfahrt verlaufen wird, wir sollten uns also besser sputen. Ich strecke mich nicht mal, als ich aufstehe, obwohl ich es gern getan hätte. Emma tut es und es sieht aus, als würde es ihr danach besser gehen.

„Libby, bist du sicher? Uns macht das überhaupt keine Umstände“, sagt Mr. White. „Ich habe viel Platz in diesem alten Haus. Viel. Und morgen früh kann ich sie als erstes zu euch fahren ..."

Dann fällt mein Blick auf Mamas Mund, ihre Lippen sind fest zusammengepresst. Wenn sie so eine dünne Linie bilden, dann kann ich wenigstens sicher sein, dass sie mich nicht anschreien werden. Sie winkt uns zu sich und macht einen Schritt zur Seite, damit wir durch die Tür gehen können.

„Wir brauchen keine Almosen, Dan", sagt sie über ihre Schulter, während sie uns die Haustür aufhält, was bedeuten soll, dass wir direkt in den Wagen steigen sollen, der mit laufendem Motor davor geparkt ist.

„Natürlich nicht. Es ist nur ..." Aber Mr. Whites Worte werden von der Türglocke verschluckt, als Mama die Tür zufallen lässt. Ich wünschte, ich hätte gewusst, dass ich Mr. White oder Miss Mary nie mehr wieder sehen würde.

Kaum ist die Autotür geschlossen, als sie den Rückwärtsgang einlegt und auf die Front Street fährt. An der ersten Ampel schüttelt sie eine Zigarette aus der Schachtel und drückt den Anzünder. Sie wartet einen Moment, dann hält sie die rot glühende Spirale an die Zigarette und inhaliert erst mal, bevor sie Gas gibt – es scheint sie nicht zu interessieren, dass Mr. Jackson hinter uns wartet und die Ampel schon längst grün ist.

„Tut mir Leid, Mama", sage ich von der Rückbank aus.

Wenn ich Emma nicht überredet hätte wegzulaufen, wäre nichts von alldem geschehen. Mama schaut nicht in den Rückspiegel, sie starrt nur auf die Straße vor sich.

„Tut mir echt Leid“, sagt Emma.

Es ist egal, dass wir keine Antwort bekommen. Im Stillen verspreche ich, dass ich nie mehr Ärger machen werde. Ich werde auch Emma davon abhalten, Ärger zu machen. Sie weiß zwar noch nichts davon, aber ich will ihr auch das ganze Geld geben, das ich bei Mr. White verdient habe. Dann kann sie sich mal was richtig Hübsches kaufen. Ich habe zwölf Dollar und siebenundfünfzig Cent gespart. Ich wünschte, ich hätte mir nicht diese Stickers gekauft, dann könnte ich ihr noch mehr geben. Aber mit zwölf Dollar und siebenundfünfzig Cent kann man wenigsten *irgendwas* kaufen. Sie wird schon sehen. Sie wird sich so freuen.

7. KAPITEL

Richards Lastwagen ist voll gepackt. Mama ruft, ich werfe noch einen letzten Blick auf unser Nest. Emma ist bereits unten, ich habe behauptet, ich hätte noch etwas vergessen, damit ich mich verabschieden kann. Wiedersehen Ventilator. Wiedersehen schiefe Wand.

Als ich vorhin weinen musste, hat Mama mich finster angeblickt, deshalb schlucke ich zweimal, das hilft.

„Caroline, du bist so langsam wie 'ne lahme Ente!" ruft sie. „Beweg dich hier runter, wir müssen los!"

Mama denkt nicht allzu gerne nach. Ich wünschte, ich wäre auch so. Aber ich denke ständig über alle möglichen Dinge nach, bis sich alles in meinem Kopf dreht.

„Ich komme, Mama", antworte ich.

Wiedersehen Nest.

Richard fährt den Lastwagen, Mama und wir nehmen das Auto. Der Tag sieht viel versprechend aus. Als wir an der Scheune vorbeikommen, stellt Mama das Radio an. Emma schaut aus dem einen Fenster, ich aus dem anderen und versuche mir einzuprägen, wie es hier war. Ich glaube, die nächste Familie, die einzieht, wird ihre Freude an den Blumen in Richards Stiefel haben, aber das ist auch so ziemlich das einzige, was ich wirklich gerne hinter mir lasse.

Richards Arm hängt aus dem Fenster, er zeigt in die

Richtung, in die er abbiegen will, weil sein Blinker kaputt ist. Mamas übrigens auch, aber sie macht sich nicht die Mühe.

„Mama?“

„Hm?“ Sie blickt mich im Rückspiegel an.

„Warum bist du mit Daddy nie aus Toast weggegangen?“

Sie stellt das Radio etwas leiser und denkt über meine Frage nach. „Wir mussten nicht“, sagt sie dann mit gepresster Stimme.

„Und warum müssen wir jetzt?“ fragt Emma.

„Was sollen die Fragen jetzt plötzlich? Ist doch klar, warum wir umziehen. Richard hat einen guten Job in einem Holzlager bei Murchison bekommen, deswegen müssen wir gehen. Also bitte, jetzt bloß nicht Trübsal blasen. So was kann ich nicht ausstehen. Man muss immer nach vorne schauen, nicht zurück.“ Aber sie merkt gar nicht, dass sie von links nach rechts schaut, während wir durch den Ort fahren, als ob auch sie sich alles noch einmal einprägen wollte.

„Das ist so“, fährt sie fort. „Ich habe im Leben viele Zitronen bekommen, aber ich habe auch gelernt, wie man daraus Limonade macht.“ Sie bremst ein wenig, als wir bei White's vorbeikommen. „Allerdings hat mir nie jemand gesagt, dass man Zucker reintun muss, aber so ist das Leben eben. Es ist nicht süß.“

Das ist wohl der Grund, warum Mama immer so aussieht, als ob sie in eine saure Zitrone gebissen hätte.

„Wir wurden nicht gerade auf Rosen gebettet, deswegen müssen wir jetzt dahin, wo man Geld verdienen kann."

„Und das Geld ist in Murchington?" fragt Emma.

„Es heißt Mur-chi-son, und sei nicht auch noch frech nach allem, was du mir in den letzten vierundzwanzig Stunden angetan hast."

Das Radio wird wieder lauter gestellt. Ich werfe Emma einen bösen Blick zu. Immer muss sie Mama die Laune verderben.

Aus Tag wird Nacht, und kurz bevor es wieder Tag wird, entdecken wir ein Schild, auf dem steht: „Willkommen in Murchison!"

Die Gegend ist ganz hügelig, und ich warte darauf, dass wir irgendwann durch den Ort fahren, aber seit dem Schild ist keine Menschenseele zu sehen.

Wie aus dem Nichts taucht plötzlich eine gelb blinkende Ampel auf, Richards Lastwagen hält, wir auch. Er steigt aus und läuft an Mamas Fenster. Es ist komisch, so mitten auf der Straße zu halten, aber es ist sowieso niemand da, den das stören könnte.

„Weit kann's nicht mehr sein", sagt er und zieht an seiner Zigarette. „Es hieß, ich soll an der Ampel rechts fahren, aber da kann man nicht rechts fahren."

Mit einem Arm stützt er sich auf dem Wagendach ab. Mama schaut auf die Straßenkarte.

„Keine Ahnung, was du auf der Karte finden willst, Lib." Also faltet sie die Karte wieder zusammen und stellt das Radio aus. Zu hören war da sowieso nichts mehr, außer Störgeräusche.

„Wir fahren einfach weiter, und wenn du was siehst, dann hupe", ruft er über seine Schulter, denn er läuft bereits wieder zu seinem Lastwagen.

„Was suchen wir noch mal?" frage ich Mama.

„Die Turn River Road." Sie fährt an. „Halt die Augen offen."

Ein paar Minuten später lichten sich die Bäume am Straßenrand, und wir entdecken eine alte Tankstelle mit einem Kiosk. Der ist zwar verrammelt, aber zumindest ist es ein erstes Lebenszeichen. Noch etwas weiter und endlich gibt es Straßennamen: Gumberry Road, Sunnyside Road, Downtown Road. Lottie's Supermarkt befindet sich genau an der Ecke Downtown Road und … mal sehen … das Schild ist handgeschrieben und nicht so leicht zu entziffern … Turn River Road!

„Da ist es!" rufe ich genau in der Sekunde, in der Mama zweimal hupt. Ich könnte wetten, dass es dort kein Nest gibt, ich mache mir keine Hoffnungen.

Mein Magen verkrampft sich. Mama wappnet sich für alles, was da kommen mag, denn sie sitzt jetzt ganz aufrecht in ihrem Sitz. Richard fährt langsamer, wir kriechen an Häusern vorbei, die immer kleiner und kleiner werden und immer weiter voneinander entfernt liegen. Bald sieht man nur noch auf Felsen oder Holzbretter aufgemalte Nummern vor schmutzigen Wegen, auf die kaum ein Auto passt. Schließlich halten wir vor einem Stück Holz mit der Nummer zweiundzwanzig. Emma wirft sich auf meine Seite, damit sie einen guten Ausblick hat.

„Da sind wir." Mama lächelt fast. „Home sweet home."

Dichtes Gestrüpp peitscht gegen das Auto. Alles, was ich bisher sagen kann, ist, dass es hier wirklich sehr grün ist. Wir trauen uns nicht, die Köpfe aus dem Fenster zu strecken, damit uns nicht die Augen ausgestochen werden. Die Bäume haben dicke Stämme wie die, von denen in Grimms Märchen immer erzählt wird. Um die Elfen ihren Reigen tanzen. Und dann sind da so viele Büsche und Äste, dass wir nicht mehr weiterfahren können – ein ganzer Baum liegt quer über dem Weg, als ob ein Riese ihn für einen Grashalm gehalten hätte – und so halten wir genau dort an. Es ist so eng, dass wir nur mit Mühe die Türen öffnen und aussteigen können. Als ich hoch schaue, kann ich den Himmel kaum erkennen, weil die Äste eine Art Dach bilden. Der Boden besteht aus Sand und Moos und Kiefernnadeln, es fühlt sich an, als würde man auf einem Trampolin stehen.

„Dann mal los." Richard läuft um seinen Lastwagen.

„Dann machen wir's zu Fuß. Der Mensch sollte sowieso nie weiter verreisen, als er zu Fuß gehen kann."

Emma nimmt einen Stapel Decken aus dem Wagen, ich schnappe mir einen Karton, und schon balancieren wir über Steine und Wurzeln und Nadeln zur Nummer zweiundzwanzig in der Turn River Road.

„Hört ihr das?" Richard bleibt stehen. „Wenn das mal kein Falke ist. Hört ihr das, Mädels?"

Ich höre überhaupt nichts außer dem Knacken der Äste unter unseren Schuhen, aber ich sage trotzdem ja. Emma auch.

Gerade als meine Arme vor Anstrengung zu zittern beginnen, höre ich direkt über meinem Kopf ein Pfeifen. Richard hat das Haus gefunden.

„Wow!" schreit er.

Die Bäume und Büsche machen dem Haus kaum Platz. Sie sehen aus, als würden sie nur darauf warten, dass es zusammenfällt, damit sie zurück auf ihre Plätze können. Meiner Einschätzung nach werden sie nicht lange warten müssen: Das Haus sieht aus, als würde es jeden Moment aufgeben. Das Dach hängt auf der einen Seite. Zu beiden Seiten der Tür gibt es jeweils ein Fenster, die allerdings aussehen wie aus Holz, so schmutzig sind sie. So wie ich meine Mama kenne, wird das ganz sicher unsere erste Aufgabe sein. „Putzt die Fenster, putzt die Fenster", bekommen wir ständig zu hören.

Das durchgebogene Teil des Daches scheint auch nicht ganz dicht zu sein, das wird uns Richard eine Weile vom Halse halten. Die Tür schabt über den Boden, als Mama versucht, sie aufzustoßen. Schließlich muss sie sich mit einer Schulter dagegen lehnen, um sie weit genug zu öffnen, damit wir die Kisten hineintragen können. Richard lässt seine Sachen fallen und eilt zurück zu seinem Pick-up. Ich fürchte, uns wird letztlich auch nichts anderes übrig bleiben, aber ich kann es nicht erwarten, zu sehen, wo Emma und ich unser neues Nest bauen werden. Und falls es in dem Zimmer einen schöneren und einen hässlicheren Teil gibt, dann will ich den schöneren besetzen, bevor sie das tun kann. Ich bin ja nicht blöd.

Nachdem sich meine Augen an das trübe Licht gewöhnt haben, kann ich den Schmutz überall sehen – auf einem alten Holztisch mitten in dem Zimmer, in das wir als erstes kommen. Ich vermute, es ist das Wohnzimmer. Schmutz, an den Wänden und vor allem auf dem Boden. Überall auf dem Boden. Hier ist es schmutziger als vor dem Haus, Herrgott noch mal! Darunter gemischt sind Blätter und Kiefernnadeln, und ich frage mich schon, wie die hier reingekommen sind, bis ich nach oben sehe und ein großes Loch in der Decke entdecke, mehrere Vogelnester und einen abgebrochenen Ast, der offenbar für dieses Loch verantwortlich ist.

Mama ist ganz still. Sie hält ihren Karton umklammert,

als wollte sie ihn nicht auf den schmutzigen Boden stellen. Keine Ahnung, was sie von unserem neuen Haus hält, das ja nun so neu nicht ist.

„Es ist hübsch hier“, sage ich. „Ich mach hier schön sauber Mama, warte nur ab.“

„Ja, dann sieht es aus wie neu“, fügt Emma hinzu.

Mama blinzelt nicht mal.

„Gib mir deinen Karton und schau dich oben um“, sage ich, nachdem ich meinen eigenen abgestellt habe. Doch als ich ihn ihr aus der Hand nehmen will, schaut sie noch immer ganz teilnahmslos, krallt sich aber in den Karton wie an einen Rettungsring.

„Na gut.“ Ich nehme Emmas Hand, damit sie weiß, dass wir Mama jetzt besser aus dem Weg gehen sollten. „Sind gleich zurück.“

Auch die Stufen haben Löcher, es ist gar nicht leicht, nach oben zu kommen. Wir laufen an der äußersten Seite und stützen uns an der Wand ab. Ich drehe meinen Kopf weg, damit keine Spinnenweben oder Schlimmeres in meine Nase kommen, in meinen Mund, während ich mich an der Wand festhalte. Wegen der schmutzigen Fenster ist das Licht nicht gut, und es ist wirklich nicht leicht, ohne Treppengeländer in den zweiten Stock zu kommen. Oben angekommen entdecke ich zwei Öffnungen, die so aussehen, als ob es dort einmal Türen gegeben hätte. Als ich näher komme, kann ich auch genau sehen, wo die Türen aus den Scharnieren gebrochen worden sind. Das rechte Zimmer ist groß und quadratisch mit einem Fenster, vor dem ein Fetzen Stoff hängt. Das linke Zimmer ist winzig wie ein Nähzimmer, und sofort weiß ich, dass das unser neues Nest wird. Emma auch, denn sie läuft schnurstracks hinein und breitet die Arme aus, um Maß zu nehmen. Wenn wir Glück haben, passt unsere alte Matratze hier rein. Das wird gemütlich. Es gibt ein klitzekleines Fenster über unseren Köpfen – sobald das erst mal geputzt ist, haben wir auch Licht, kein Problem.

Ins andere Zimmer werden Mama und Richard ziehen, mehr gibt es nicht, und so gehen wir wieder nach unten.

Mama steht noch immer im Wohnzimmer, wir gehen um sie herum nach draußen zum Auto, um weitere Sachen zu holen. Richards Stapel wächst bereits, wir sollten uns also besser beeilen.

Bei jedem Weg hin und zurück registriere ich etwas Neues, das mir vorher nicht aufgefallen ist. Dass beispielsweise an den Wänden im Wohnzimmer (in dem Mama Wurzeln geschlagen hat) noch immer Reste einer ausgeblichenen Rosentapete kleben. Und dass der zurückgelassene Tisch vermutlich zurückgelassen wurde, weil er nicht durch die Eingangstür passt. Richard meint, der wäre wahrscheinlich im Haus selbst geschreinert worden. An der gegenüberliegenden Wand im Wohnzimmer gibt es einen Kamin aus glatten Steinen, die laut Richard aus dem Fluss stammen – das Wasser hat sie poliert. Die Steine sind so groß, dass der Fluss für seine Arbeit Jahre gebraucht haben muss. Sie passen perfekt über- und nebeneinander. „Bewegst du nun deinen Arsch oder muss ich das für dich tun?“ Richard spuckt auf den Boden und kneift Mama fest in den Hintern.

Mama bleibt auch den Rest des Tages schweigsam. Sie hat einfach ihren Karton dort abgestellt, wo sie stand, und begonnen, zu putzen. Ich habe es doch gewusst. Sie reicht mir und Emma einen Eimer und sagt, wir sollen uns auf die Suche nach Wasser machen. Wir fragen erst gar nicht, wo, sie weiß es ja auch nicht.

„Wie wäre es dort?“ Emma zeigt links um das Haus herum.

An dem herabhängenden Dach vorbei führt ein Trampelpfad, also sind wir nicht die Ersten, die diesen Weg nehmen, und irgendwie geht es mir bei der Vorstellung gleich besser.

„Was meinst du, wer hier vorher gewohnt und das Haus so hat zerfallen lassen?“ fragt Emma.

„Woher soll ich das wissen?“

„Ich frage ja nur.“

„Wahrscheinlich alte Leute, die die Arbeit einfach nicht mehr machen konnten.“

Wir laufen hintereinander, weil der Weg nicht breit genug ist, um Seite an Seite zu gehen. Emma schiebt

Zweige und Blätter aus dem Weg. Wir schauen nicht nach vorne, weil wir den Boden ja noch nicht kennen, jederzeit könnten wir über eine Wurzel oder einen Stein stolpern. Also setzen wir sehr vorsichtig einen Fuß vor den anderen und sind langsamer als eine Schnecke.

„Meinst du, wir bekommen einen Hund?“ Emma hüpft über einen mit Moos bewachsenen Ast.

„Das wäre toll.“ Die Steine sind groß genug, dass man sich den Knöchel verstauchen kann.

Das Geräusch von Wasser wird lauter und lauter. Es dauert nicht mehr lang, bis die Steine feucht glänzen.

„Wir haben unseren eigenen Fluss!“ ruft Emma. „Sieh nur!“

Damit hat sie Recht – es gibt niemanden außer uns, der darauf Anspruch erheben könnte. „Wir sollten ihm gleich einen Namen geben“, erkläre ich.

„Ich hab ihn zuerst gesehen, also heißt er Emma.“

„Wir können ihn nicht Emma nennen, das ist doch doof.“

„Ich nenne ihn so.“

„Ich nicht.“

In der folgenden Stille denkt sie offenbar darüber nach, was ein Name wert ist, den außer ihr niemand benutzt. Ich habe Zeit.

„Wie wäre es mit Toast?“ fragt sie. Darüber muss ich mal eben nachdenken. Es ist ja auch kein richtiger Fluss, eher ein Bach, in dem das Wasser tröpfelt wie aus einem Wasserhahn.

Er ist nur so breit wie fünf dicke Bücher nebeneinander gelegt. Den Eimer kann man nur halb hineintauchen, dann stößt er schon auf Grund, aber er füllt sich schnell mit Wasser, also wird Mama sich freuen.

„Ich habe schon Blöderes gehört", verkünde ich. „Aber wie wäre es mit Funkelnder Fluss?"

Während ich den Eimer fülle, klettert Emma auf den rutschigen Steinen einen Hügel hinauf. Wie auf dem Zaun breitet sie nicht mal die Arme aus, sie hält einfach so ihr Gleichgewicht.

„Du siehst aus wie eine Märchenfee." Das stimmt wirklich. Diese Feen leben in Wäldern und krabbeln aus ihrem moosigen Feenreich hervor und tanzen in glitzernden Kleidern im Mondlicht. Gut, Emma trägt kein glitzerndes Kleid. Ihre Hose ist an einer Seite aufgerissen, seit sie damals bei Forsyth aufs Dach geklettert ist. Sie wollte beweisen, dass sie wie eine Katze runterspringen kann, als sie ausrutschte und zur Kante schlitterte, wo sie hing, bis Mr. Phillips seine Leiter holte. Ihr T-Shirt hat Flecken von Tomatensoße oder Sirup oder Beeren oder sonst was. Und ihr Haar ist hinten noch immer ganz verfilzt, wie eigentlich immer.

„Oder Diamantenfluss", ruft sie mir zu. „Das ist es! Diamantenfluss. Das ist sein Name."

„Wir müssen zurück, beeil dich", sage ich, als der Eimer voll ist.

Sie springt von dem höchsten Felsen und läuft hinter mir her, der Weg scheint jetzt viel kürzer als vorhin.

„Eure Mama sucht euch", knurrt Richard, als er uns zwischen den Bäumen auftauchen sieht. Wie Hunde schauen wir ihm nicht in die Augen. Ich und Emma, wir haben nicht darüber gesprochen, was im Hinterhof unseres alten Hauses passiert ist, aber wir wissen genau, wenn wir ihn ansehen, wird er womöglich wieder auf uns losgehen. Das ist Grund genug, ihm aus dem Weg zu gehen. Ich wünschte, ich könnte es irgendwie wieder gutmachen, so wie bei Mama, aber ich weiß nicht, über was Richard sich freuen würde. Heute war es der Ruf eines Falken, und ich glaube nicht, dass wir da noch einen draufsetzen können. Emma scheint sich darüber keine Gedanken zu machen, weil es ihr bisher sowieso nie genutzt hat, brav zu sein, aber ich weiß noch aus der Zeit, als Daddy lebte, dass es funktionieren kann.

„Caroline Louise Parker, komm sofort her", rief Mama wütend. Ich folgte dem Klang ihrer Stimme und landete in der Mitte der Küche direkt vor Mama und Daddy.

„Ja, Ma'am?" Ich musste sie nur ansehen, und schon brannten Tränen in meinen Augen.

„Gibt es vielleicht etwas, das du uns gern sagen möchtest,

Caroline?“ fragte Daddy mit einer Stimme, die er sonst nie benutzte.

„Was denn, Daddy?“ Ich versuchte, Zeit zu gewinnen. Ich begann zu weinen, in Mamas Gesicht rührte sich nichts, aber Daddy schmolz dahin.

„Deine Lehrerin hat angerufen“, sagte Mama. „Sie hat uns erzählt, was heute im Gemeinschaftskundeunterricht passiert ist …“

Mamas Stimme wurde härter und lauter, doch Daddy unterbrach sie. „Was ist passiert, Spätzchen? Warum hast du das gemacht?“

Die Wahrheit ist, ich weiß es nicht. Ich hatte die Erlaubnis, zur Toilette zu gehen. Wir malten gerade Bilder von den Indianern, die hier vor uns gelebt haben. Ich war die Einzige auf der Toilette, und plötzlich hatte ich es an der Hand.

„Das ist ekelhaft, abscheulich ist das“, sagte Mama. „Ich kann nicht glauben, dass ich ein Kind geboren habe, das so etwas tut. Ich weiß nicht, wie ich im Ort jemals wieder mein Gesicht zeigen kann, ohne rot vor Scham zu werden.“

Daddys Augen sahen genauso traurig aus wie meine, nur ohne die heißen Tränen.

„Ist das einfach irgendwie an deine Hand gekommen? Gab’s denn kein Toilettenpapier in der Nähe?“ Daddy fragte, als ob er mich wirklich gerne verstehen würde.

Ich schüttelte den Kopf, doch schon in derselben Sekunde wünschte ich, ich hätte seiner Version der Geschichte zugestimmt. Die hätte zumindest irgendeinen Sinn ergeben. Ich hätte mein großes Geschäft gemacht und dann meine Hände an der Wand abgewischt, weil kein Toilettenpapier da war. Aber so war es nicht gewesen.

„Du steckst ganz schön tief in der Tinte, junge Dame", sagte Mama. „Bis zum Hals steckst du da drin."

„Hör auf deine Mutter." Daddy gab es auf, auf eine Erklärung von mir zu warten.

Er ging aus dem Zimmer, ich lauschte dem Plan meiner Mutter, wie ich es wieder gutmachen konnte, der Schule gegenüber, ihr und Miss Hall gegenüber, aber mein Herz hatte mit Daddy den Raum verlassen.

Nie mehr habe ich so etwas getan, ich habe es aber auch nie vergessen.

Von diesem Augenblick an habe ich versucht, das liebste kleine Mädchen zu sein, das Mama jemals unter die grasgrünen Augen getreten ist. Ich putzte die Küche, wenn sie einmal die Woche backte, achtete darauf, auch den letzten Rest Mehlstaub rauszukehren. Ich habe die schwarzen Eisenplatten vom Herd genommen, die zusammenpassen wie Puzzleteile und polierte jede einzelne. Ich schlug die Teppiche aus dem Wohnzimmer über dem Verandageländer aus, so, wie Mama es gerne hatte, sah, wie Haare und Staubfusel und Blätter vom Wind erfasst wurden und in die Sonnenstrahlen schwebten. Ich versuchte, alles richtig zu machen, damit Mama mich kurz bevor ich ins Bett ging, auf die Stirn küssen würde wie früher.

Es dauerte eine Zeit, bis ich Daddy wieder in die Augen sehen konnte, aber bald schon nannte er mich wieder Prinzessin und klopfte auf seinen Schoß, damit ich raufkletterte.

Es funktioniert also, wenn man Fehler wieder gutmacht. Doch vielleicht nicht bei Richard.

Ich habe mich wirklich bemüht, damit nicht zu viel Wasser aus dem Eimer spritzt, aber ich stolperte über eine Wurzel, deswegen habe ich auf dem Rückweg doch einiges verschüttet. Es ist aber noch genug zum Putzen da, denke ich. Meine Finger, mit denen ich den Holzgriff umklammere, haben erst richtig wehgetan, jetzt spüre ich sie gar nicht mehr. Als ich den Eimer vor der Tür absetze, kann ich die Hand nur einen winzigen Spalt öffnen, nur so weit, dass der Griff herausrutscht. Dann biege ich jeden einzelnen Finger auf, es ist, als ob man alte Türen öffnet, die quietschen und knarren.

„Wo wart ihr?" Mama stürzt durch den Rahmen einer Fliegengittertür (das Gitter selbst ist nicht mehr da, nur noch das Holz, das es eigentlich halten soll). Sie wartet gar keine Antwort ab, schnappt sich nur den Eimer, und plötzlich sieht es so aus, als ob er gar nicht schwer wäre. Sie trägt ihn ins Haus, das noch genauso aussieht wie vorhin, bloß blinzle ich diesmal, weil ich weiß, dass es drinnen dunkel sein wird.

„Nachdem ihr von eurem kleinen Ausflug zurückgekehrt seid, könnt ihr jetzt die Fenster putzen", sagt sie und eine Bürste platscht in den Eimer. „Erst die Scheiben nass machen, dann mit der Seife und Lappen einreiben. Danach den ganzen Dreck mit der Bürste abwaschen. Und bloß nicht die Spalten vergessen."

„Was für Spalten?" flüstert Emma.

„Ist mir zu hoch", antworte ich. „Wir sollten einfach gleich den Rahmen putzen, wenn wir schon mal dabei sind. Dann sind wir auf der sicheren Seite."

Ab und zu fegt Mama durchs Zimmer. Sie beginnt, die Kisten auszuräumen, verschwindet kurz wieder, taucht dann durch die Küche wieder auf und wischt sich mit einem Mop den Weg bis zum Wohnzimmer, wo wir gerade an dem letzten Fenster arbeiten. Richard trampelt nach oben, wo er vermutlich alles auspackt. Er hat eine Bierdose mitgenommen und ist bisher nicht zurückgekommen, um eine zweite zu holen. Das ist wohl ein gutes Zeichen.

Ich denke über die neue Schule nach und wie Emma und ich hier in der Provinz von einem Ort zum anderen kommen sollen, als es mir wieder einfällt. Mama sagte doch, dass wir uns keine Gedanken über die Schule zu machen bräuchten, deshalb fange ich damit an. Mit dem Sorgen machen.

„Mama? Wie wird das mit der Schule?“ frage ich über meine Schulter.

„Denk nicht an die Schule. Da oben in der rechten Ecke sehe ich noch einen Streifen.“

Ich weiche etwas zurück, um hochzusehen und entdecke ihn. Mit dem Lappen entferne ich ihn wie einen Moskito, der getötet werden muss.

„Aber wo werden wir zur Schule gehen?“ fragt Emma.

„Fang nicht damit an.“ Und weg ist sie wieder.

An manchen Tagen kann man mit Mama reden, an anderen nicht.

„Lass sie einfach, Kind“, sagte Oma. „Lass sie einfach.“

Daddy war unterwegs, um seine Teppiche zu verkaufen, und Mamas Tür war fest verschlossen. Meine Großmutter wohnte eine Zeitlang bei uns.

Mit Tränen kann sie nicht gut umgehen. Das hat Daddy mir gesagt, bevor er die Stadt verließ. („Sei brav, Schätzelchen.“ Er ging in die Knie, damit er mir direkt in die Augen sehen konnte. „Und denk immer dran, deine Oma kann mit Tränen nicht gut umgehen, deswegen hör jetzt auf zu weinen und gehorche deiner Mama, ja?“) Daddy konnte eigentlich gut mit Tränen umgehen, aber dieses Mal hatten sie ihn nicht davon abgehalten, zu gehen. Und Mamas Tür war schon kurz bevor er ging verschlossen.

„Ich will meine Mama." Ich musste husten, weil ich mit aller Kraft versuchte, die Tränen zurückzuhalten und ein paar davon in meine Nase liefen und nicht aus den Augen, wie sie eigentlich sollten. „Mama? Mama, kann ich reinkommen? Mama?"

„Ich sagte, lass sie in Ruhe." Omas Hände lagen auf meinem Rücken. Wenn ich nicht von dieser Tür verschwand, würde ihr Druck noch einiges fester werden, das wusste ich. „Geh raus spielen."

„Mama!" Ich versuchte es ein letztes Mal, aber Mamas Tür bewegte sich nicht und die Hände an meinem Rücken zeigten mir, wo ich hinzugehen hatte.

So habe ich herausgefunden, dass es Tage gibt, an denen man mit Mama nicht reden kann.

Als wir die Fenster im Erdgeschoss geputzt haben, halten Emma und ich uns wieder an der Wand fest und klettern die kaputte Treppe zu unserem Nest hinauf.

„Hey! Die Matratze passt rein!" Emma kommt die Treppe viel schneller hinauf als ich, weil sie so gut balancieren kann.

Die Matratze wartet tatsächlich schon in dem kleinen Zimmer, sie fügt sich perfekt zwischen die beiden Wände.

Ich habe auf meiner Seite des Bettes sogar noch Platz für das Briefmarkenalbum, damit ich es anschauen kann, wann immer ich will. Am Fußende liegt Bettzeug. Ich falte es auseinander, krabble ans Kopfende und stopfe das Laken fest. Emma macht dasselbe am anderen Ende, und schon haben wir einen Schlafplatz!

„Lass es uns mal ausprobieren."

„Die Decke ist viel höher als die vorher", sage ich. Unser Zimmer ist kuschelig. Ich betrachte die Figuren, die die abblätternde Deckenfarbe formt. „Du, kneif mal die Augen fast ganz zusammen und schau zur Decke – sieht das nicht wie eine Wolke aus?"

„Ja."

Die Laken unter uns sind kühl. Es gibt an einem heißen Tag nichts besseres als kühle Laken, sagt Mama immer. Und sie hat Recht.

„Warum lässt du sie nicht in Ruhe?" Mamas Stimme vor der Tür klingt leise, und es ist auch weniger eine Frage als eine Aussage.

„Was hast du da eben gesagt?" Seine Stimme ist nicht annähernd so leise. Durch unser winziges Fenster dringt kaum Licht ins Zimmer – ich weiß nicht, wie lange wir geschlafen haben.

„Siehst du nicht, wie müde sie ist?" fragt Mama zurück. Ich drehe den Kopf ein wenig, um meine kleine

Schwester zu betrachten, die gerade zum ersten Mal, seit ich denken kann, von Mama in Schutz genommen wird. Dann entfernen sich ihre Stimmen, die Worte werden wütender. Ein paar erreichen unsere Ohren, und da weiß ich sofort, dass wir unser stickiges Zimmer besser nicht verlassen sollten. Die Hitze hat sich gestaut, wir haben unsere Arme und Beine so weit wie möglich abgespreizt, ohne uns zu berühren, damit die wenige Luft sich um uns herum bewegen kann. Meine Nase ist verstopft, obwohl das noch längst nicht die Jahreszeit dafür ist. Mein Mund steht offen, und als ich es bemerke, beginne ich zu hecheln wie ein Hund.

„Emma? Bist du wach?" Es ist kaum ein Flüstern, für den Fall, dass sie noch schläft.

„Ja."

„Was sollen wir wegen der Schule machen? Es ist doch komisch, dass Mama nicht sagt, in welche wir gehen werden."

Ich knabbere mal wieder an den Fingernägeln. Schlechte Angewohnheit. Das muss mir Mama gar nicht erst sagen. Ich kaue die Fingernägel ab, bis sie so kurz sind, dass meine Zähne nicht mehr rankommen, dann nehme ich mir die Haut drumherum vor. Immer wenn Mama das sieht, sagt sie „Lass das". Wenn ich dann nicht sofort die Hand von meinem Mund nehme, zerrt sie daran, deswegen höre ich normalerweise sofort auf, wenn sie das sagt. Selbst Emma hat genug davon. Sie liegt auf dem schweißnassen Laken und zischt mir zu, dass ich das lassen soll. Also lasse ich es. Für einen Moment.

„Ich will sowieso in keine neue Schule“, sagt sie. „Ich find’s gut, wenn wir einfach hier bleiben.“

„Ja, wahrscheinlich.“ Aber eigentlich finde ich das nicht. Wic gesagt, ich hatte gehofft, in der nächsten Schule beliebt zu sein. Außerdem, mit wem sollen wir spielen, wenn wir hier so weitab vom Schuss wohnen?

Doch dann schlafen wir einfach wieder ein. Es ist ein fiebriger Schlaf, in dem man sich immer hin und herwälzt und sich eine Sekunde lang besser fühlt, bis man merkt, dass man jetzt eben auf der anderen Seite schwitzt. Keine Position ist für längere Zeit irgendwie angenehm. So zu schlafen füllt einfach die Zeit aus, bis der Tag vorbei ist.

„He du“, ruft die Frau. Sie hat etwas Quadratisches in der Hand, über das ein Handtuch gelegt ist. „Orla Mae, hör auf zu schlurfen. Die ganzen Steine, die du aufwirbelst, hauen mir Löcher in die Beine, ich schwör’s.“ Und dann an mich gerichtet: „Is’ deine Mama da?“

„Ja, Ma’am“, antworten wir gleichzeitig, und natürlich drückt sich Emma an mir vorbei, um Mama zu holen, und ruft mir dabei „Pech gehabt!“ zu. Ich renne ihr hinterher. Ich will selbst sehen, wie Mama diese nette Lady und deren Tochter findet.

„Gleich zurück“, sage ich noch zu den beiden, die vor der Eingangstreppe stehen und versuchen, nicht zu neugierig auszusehen.

„Mama!“ schreit Emma. „Wir haben Besuch!“

Mama kommt aus einer Tür, die mir gestern gar nicht aufgefallen ist. Sie wischt sich die Hände an der Schürze ab und schiebt sich eine Haarsträhne hinter die Ohren. „Schon gut, schon gut. Komme ja. Rauf ins Zimmer und umziehen!“

Richard hat Bretter für die Stufen zugeschnitten und festgenagelt, daher ist es jetzt ganz leicht, nach oben zu kommen.

„Beeilung.“ Emma schlüpft aus einem Bein der Hose, die sie noch von gestern trägt und durchwühlt den Haufen Klamotten am Fußende unseres Bettes. „Mach schon, schneller.“

„Nicht! Das ist meins.“ Ich schnappe mir ihre Hand gerade noch rechtzeitig – sie wollte mir die gelbe Bluse wegnehmen. „Die trage ich.“

„Mann. Ist ja gut.“

Wir rasen wieder die Stufen hinunter, um einen ausführlichen Blick auf diese Orla Mae zu werfen, die beim Gehen Steine in die Luft kickt. Die beiden sind mit Mama draußen auf der Veranda.

„Das ist die Straße runter, nicht weiter als ’ne Meile …“, sagt die Lady gerade. Mama hält jetzt die viereckige, mit dem Handtuch bedeckte Pfanne. „Da braucht er vielleicht zehn Minuten zu Fuß jeden Tag."

„Kommen Sie doch rein", sagt Mama, als wir die Fliegengittertür öffnen. An ihrem Tonfall kann ich erkennen, dass sie lieber nicht beim Wort genommen werden möchte.

„Ach nein", sagt die Lady. „Wir kamen nur zufällig vorbei. Orla Mae wollte unbedingt wissen, wer hier eingezogen ist. Wir haben gestern gesehen, wie Sie durch den Ort gefahren sind, und jetzt will jeder wissen, wer Sie sind." Sie schaut uns an und schiebt ihre Tochter in unsere Richtung. „Das ist Orla Mae."

„Hi", sage ich. Emma hebt ihre Hand zu einer Art Winken. Manchmal ist sie Fremden gegenüber ziemlich schüchtern.

So wie Orla Mae uns von oben bis unten betrachtet, wird mir auf einmal deutlich, dass nicht jeder seine Hosen trägt, bis der Stoff ganz dünn und die Hosenbeine viel zu kurz sind. Und ihretwegen finde ich es auch unangenehm, dass meine großen Zehen aus den Schuhen hervorlugen.

„Willst du unseren Fluss sehen?" frage ich Orla Mae. Sie nickt und folgt uns die Stufen hinunter zu dem Trampelpfad neben dem Haus.

„Nun, dann kommen Sie wohl doch besser mal rein, die beiden scheinen sich ja schon blendend zu verstehen", sagt Mama zu Orla Maes Mama.

„Wie alt bist du?“ fragt Emma, als wir über den weichen Boden zum Diamantenfluss hüpfen.

„Sieben.“

„Und wie ist dein Nachname?“ frage ich.

„Bickett.“

„Gehst du zur Schule?“

„Natürlich gehe ich zur Schule. In Donford. Da gehen alle von hier hin. Wie alt bist du?“

„Ich bin acht, meine Schwester Emma ist sechs“, erkläre ich.

„Ich habe auch eine kleine Schwester. Und vier ältere Brüder. Die arbeiten in dem Holzlager, wo auch dein Daddy arbeiten wird. Ich seh’ sie aber nie. Die sind viel älter. Meine Schwester ist zwei Jahre alt. Ist nicht lustig mir ihr, die heult die ganze Zeit. Ich hab’ bei der Geburt geholfen.“

„Erstens ist das nicht unser Daddy, er ist unser *Stief*vater, unser Daddy ist tot, und zweitens, was heißt das, du hast bei der Geburt geholfen?“ fragt Emma ohne einmal Luft zu holen.

„Na, ich stand unten am Bett mit der Frau, die Mama geholfen hat. Ich hab’ sie rausgezogen.“

„Hast du nicht“, sage ich.

„Hab ich doch.“ So, wie sie es sagt, glaube ich ihr fast.

„Hier ist unser Fluss“, ruft Emma und breitet die Arme aus.

„Was soll denn das heißen, *euer* Fluss?“ Beim Sprechen kräuselt sie ihre Oberlippe wie ein schnüffelnder Hund.

„Das ist der Diamantenfluss“, antwortet Emma sofort, offenbar ohne zu bemerken, dass Orla Mae die Arme vor der Brust verschränkt hat, als wollte sie uns das Gegenteil beweisen. „Der befindet sich auf unserem Grundstück, also gehört er uns, und dagegen kann niemand was sagen.“

„Mein Daddy sagt, euer Daddy wird in der Qualm-Schicht arbeiten“, sagt Orla Mae.

„*Stief*vater“, korrigiert Emma erneut.

„Was ist die Qualm-Schicht?“

„Das ist die schlimmste. Die müssen aufpassen, dass die Sägespäne über Nacht nicht Feuer fangen. Euer Stiefvater muss ständig in dem Haufen rühren und rühren, damit es nicht brennt.“

„In den Sägespänen rühren?“ Das klingt irgendwie komisch.

„Ja. Wirst du mit den Kanistern arbeiten?“

„Wie?“

„Die mit dem Terpentin“, sagt sie mit einer Stimme, als ob ich doof wäre. „Du arbeitest mit den Kanistern, könnt’ ich wetten. Ich jedenfalls mach das. Im Sommer, wenn am meisten los ist, es aber auch am schlimmsten stinkt. Ich habe da so ein Stück Stoff aus einem alten Hemd von

Daddy. Das binde ich mir um den Mund, damit ich nicht zu viel husten muss."

„Orla Mae Bickett! Orla Mae!" hören wir ihre Mutter durch die Bäume. „Wir müssen los, Mädchen. Jetzt komm schon."

„Tschüss." Sie fliegt davon wie eine Biene, die Honig riecht.

„Terpentin", sage ich zu Emma.

Emma zieht die Schultern hoch und springt von dem Felsen, auf dem sie gesessen hat.

„Woher sollen wir wissen, was wir tun müssen?" Ich erwarte natürlich keine Antwort, weil mir klar ist, dass sie keine hat.

Wir lassen uns Zeit, und als wir wieder beim Haus ankommen, sind die Bicketts bereits weg, und Mama ist nirgends zu sehen.

„Lass uns hinters Haus gehen", schlägt Emma vor.

Wir sind wohl schon eine ganze Weile weg, mein Magen knurrt nämlich laut.

„Lass uns lieber reingehen. Ich habe Hunger."

„Na gut."

„Mama?" rufe ich, als wir die Küche betreten.

„Was?" brüllt sie zurück.

„Wir haben Hunger", sagt Emma.

Die Küche ist viel kleiner als unsere alte und nicht halb so hell wegen der Bäume vor dem Fenster. In einem

Karton auf dem Boden entdecke ich Brot und ein Glas Honig, damit könnten wir anfangen und dann weitersehen. Das Problem ist nur, dass ich kein Messer finden kann, um den Honig aufs Brot zu streichen. Ich hoffe, Mama kommt jetzt nicht rein – sie nennt uns immer „Wilde“, sogar wenn wir Messer und Gabel benutzen, wer weiß, was sie sagen würde, wenn sie sieht, wie wir das Brot auseinander reißen, zwischen den Händen zu Kugeln formen und direkt in das Glas tunken. Ein langer goldener Honigfaden zieht sich vom Glas bis zu meinem Mund, Honig tropft auf mein Kinn und auf die schmutzige Küchentheke. Emma macht es mir lachend nach, wir erfinden ein Spiel – welcher Honigfaden ist der längste, ohne zu reißen. Ich mache einen Schritt zurück, der Faden hält. Einen … weiteren … Schritt …

„Was zum Teufel tust du da?“ Bei Mamas Stimme erschrecke ich mich fast zu Tode, der Faden reißt ab, fällt sanft auf die Theke in die sich bereits gebildete Honigpfütze.

„Hm?“ frage ich mit vollem Mund. Ich drehe mich um, Emma hat sich bereits in Sicherheit gebracht. Keine Ahnung wohin.

„Sag nicht ‚hm‘.“ Mama haut mir zur Bekräftigung auf den Hintern. Darauf war ich leider nicht vorbereitet, deswegen stolpere ich gegen die Küchentheke, das Honigglas knallt auf den Boden, rollt ein paar Zentimeter, und der goldene Honig läuft über, bevor ich mich wieder aufrichten und es verhindern kann.

„Nachdem ich den ganzen Tag geputzt habe, soll ich jetzt auch noch wie eine verdammte Haushälterin hinter dir herwischen?“ So laut habe ich Mamas Stimme schon eine Weile lang nicht mehr gehört.

„Tut mir Leid, Mama.“ Ich schlucke den Rest der Honigkugel hinunter, die mir im Hals stecken geblieben war. „Ich …“

„Tut mir Leid, Mama.“ Sie äfft mich schrill nach. „Tut mir Leid, Mama.“ Und dann haut sie mir noch eine runter, für den Fall, dass ich es beim ersten Mal nicht kapiert habe. Nur dieses Mal war ich *noch weniger* darauf vorbereitet, und deswegen knallt mein Kopf gegen die Theke, und diesmal fällt es mir noch schwerer, nicht zu weinen. Tue ich aber nicht. Weinen. Das würde bei Mama das Fass zum Überlaufen bringen.

„Steh auf“, kreischt sie mich an. „Steh auf!“

Ich tue, was sie sagt.

„Und jetzt beweg deinen traurigen Hintern nach draußen und hol den Wischmop. Du wirst diesen Boden putzen, bis er blitzt und blinkt, verstanden?“

Ich renne zur Tür, stolpere aber wieder. Ich finde das Gleichgewicht nicht so schnell, nachdem ich eben so hart zu Boden gegangen bin. Ich lecke Blut von meiner Lippe, schlucke, und jetzt ist die Honigkugel endlich weg.

„Ich hasse dich, du kleine Wilde“, brüllt sie mir nach. „Hörst du mich? Ich hasse dich. Ich hasse es, wie du aussiehst, ich hasse es, wie du läufst, ich hasse alles an dir …“ Den Rest verstehe ich nicht, weil ich mich beeile, den Wischmop zu finden.

Ich weiß, dass Mama es nicht so meint. Sie ist nur wütend, und wenn sie wütend wird, hat sie Schwierigkeiten mit ihrem Mund – der hört einfach nicht auf, sich zu bewegen, das ist das Problem. Deswegen haut Emma immer ab, wenn wir von Mama bei irgendetwas erwischt werden. Emma tut immer so cool und erwachsen, aber wenn Mama ihr sagt, was sie alles an ihr hasst, dann geht sie innerlich zu Grunde. Das sehe ich. Emma ist noch nicht alt genug, um zu wissen, dass Mama es nicht so meint.

Der Schrubber ist da, wo Mama gesagt hat, er lehnt am Verandageländer mit der nassen Seite nach oben, damit sie trocknen kann. Aber als ich ihn so ins Haus trage, knallt der Stiel laut gegen die Wand, was Mama wieder in Wut versetzten wird. Also kippe ich ihn etwas und schleiche auf Zehenspitzen zurück in die Küche, um den Honig aufzuwischen.

Mama ist weg, ich höre Schritte über meinem Kopf, also kümmert sie sich wohl wieder um die oberen Schlafzimmer, schrubbt die Wände und Böden. Emma späht in die Küche.

„Die Luft ist rein“, wispere ich. Ganz vorsichtig öffnet sie die Gittertür und schließt sie ebenso vorsichtig hinter sich.

Ohne ein Wort zu wechseln, beginnen wir, sauberzumachen. Emma hebt das Glas auf und kippt es, damit der Honig wieder zurücklaufen kann, während ich den Rest auf dem Boden wegwische. Wenn man einen Schrubber in den Eimer taucht, muss man das langsam tun, um rechtzeitig aufzuhören, bevor das Wasser überläuft. Das vergesse ich beim ersten Mal, das Wasser spritzt auf den Boden, bevor ich es verhindern kann. Ist aber nicht schlimm, der Boden klebt ja vor Honig und es bedarf einiges Wasser, um ihn wieder zu säubern.

„Ihr glaubt, ihr könnt hier einfach reinkommen und euch alles nehmen, was euer kleines Herz sich wünscht.“ Bei Mamas Worten erschrecke ich schon wieder. „Ein bisschen Honig auf Toast, bitte“, sagt sie mit höherer Stimme. „Oh, danke, sehr nett von Ihnen.“ Sie lehnt am Türrahmen, raucht eine Zigarette und sieht uns beim Putzen zu. Ich vermeide es, ihr in die Augen zu sehen. Sie soll nicht denken, dass ich aufmüpfig bin.

Sie beginnt, auf und ab zu gehen, da, wo der Boden bereits sauber ist, klatschen ihre nackten Füße auf das Wasser. „Kommen und gehen, wie es euch passt.“ Sie läuft auf. „Keine Sorgen.“ Und ab. „Keine Nöte.“

Emma hält den Kopf ebenfalls gesenkt und konzentriert sich auf die Küchentheke, obwohl die gar nicht viel Konzentration benötigt.

„Raus hier!" schreit Mama.

Diesmal sehe ich in ihre Richtung, aber noch immer nicht in ihre Augen. Ich will nur sicher sein, dass sie uns meint, und das muss sie wohl, nachdem Richard nirgends zu sehen ist.

„Mama?"

„Ich sagte, raus." Sie bleibt stehen. „Taub oder was? Sofort raus hier! Ich will niemanden mehr hier sehen! Raus!"

Ich lasse den Schrubber los, er fällt laut zu Boden. Emma lässt den Lappen liegen, mit dem sie geputzt hatte. Wir flitzen aus der Küche und durch die Hintertür aus dem Haus.

„Raus hier!" brüllt Mama von drinnen. Als wir in Sicherheit sind, bleiben wir gleichzeitig stehen und lauschen, ob sie sonst noch was schreit. Aber ich kann sie nur weinen hören.

„Komm, wir suchen Orla Mae", sagt Emma einen Moment später.

„Woher sollen wir wissen, wo sie wohnt?"

„Weiß nicht, aber wir können es ja versuchen."

Wir laufen um das Haus herum, in dem Mama weint, den Weg entlang zur Hauptstraße, von wo wir die Bickets hierher haben fahren sehen. Am Straßenrand mischen sich Sand und Erde. Dann beginnt die große, schwarze Straße, hübsch und weich, wie frisch geteert. Saubere gelbe Linien in der Mitte.

„Rechts oder links?“ frage ich Emma, schließlich war es ihre Idee.

„Lass uns knobeln.“

„Papier, Schere, Stein“, sage ich, dann öffne ich meine Faust und mache das Zeichen für Papier.

„Schere!“ ruft sie und fährt mit zwei gespreizten Fingern in meine Hand. „Wir gehen links, wo wir da noch nicht waren.“

„Das heißt nicht wo, sondern weil“, korrigiere ich sie.

„Häh?“

„Weil wir da noch nicht waren.“

„Hab ich doch gesagt.“

„Du hast wo gesagt.“

„Nein, hab ich nicht.“

„Hast du wohl.“

„Hab ich nicht.“

„Em-ma!“

„Car-rie!“ quengelt sie zurück, stur wie ein Esel.

„Ach, was soll's.“ Ich seufze. „Dann lass uns links gehen.“

Es dauert nicht lang, und am Waldrand zeigt sich wieder eine Lichtung, die groß genug ist, dass ein Auto durchfahren könnte, aber sie gibt keinen Aufschluss darüber, ob es sich um Orla Maes Straße handelt. Uns fehlt einfach ein Anhaltspunkt.

„Von hier aus kann man nichts sehen." Emma stellt sich auf die Zehenspitzen. „Am besten gehen wir da rein und schauen mal."

Nur drei Schritte und sofort beginnt Gebell.

„Hund!" hören wir eine weit entfernte Stimme. „Brownie! Fass!"

Ich drehe mich schon um, aber Emma ruft: „Entschuldigung!"

„Wer da?" Die Stimme kommt jetzt näher. „Brownie! Bei Fuß. Brownie!"

„Wir sind es nur", sagt Emma. Ich verdrehe die Augen. Als ob er wissen könnte, wer wir sind.

Dann steht er da. Direkt vor uns. Trägt ein Gewehr, das beinahe genauso lang ist wie er groß. Er ist irgendwie alt, aber man kann nicht schätzen, wie alt. Er könnte eine Million Jahre alt sein. Sein Haar ist mit Haaröl nach hinten gekämmt, es ist ganz grau und glänzend, und er hat mehr Falten im Gesicht als es Grashalme auf der ganzen Welt gibt. Falls er einen Gürtel trägt, kann man ihn nicht sehen, weil sein Bauch so dick ist. Er sieht Furcht erregend aus, vor allem, weil er uns so finster anstarrt, seine Augenbrauen treffen sich beinahe über seiner Nase, die übrigens einen Großteil seines Gesichts einnimmt. Es ist die dickste Nase, die ich je gesehen habe, und sie hat ganz viele Beulen.

„Brownie! Aus!“ Und einfach so hält der Hund die Klappe. „Wer bist du? Was willste hier?“ Er schaut noch immer böse, aber seine Augenbrauen wandern langsam dahin zurück, wo sie hingehören.

„Ich bin Carrie, und das da drüben, hinter dem Baum, ist meine Schwester Emma. Wir sind einfach ein Stück den Weg reingelaufen.“

Er schweigt und rührt sich nicht. Er schaut uns einfach nur abwartend an. „Zu wem gehörst du?“

„Unsere Mama ist Libby Parker und unser Stiefvater ist Richard Parker.“

„Die Parkers aus Rutherfordton? Wie hieß der Alte noch mal? Sam, glaube ich.“

„Weiß nicht genau, Sir.“

„Was soll das heißen? Kennst du deine Familie nicht?“

„Das ist es nicht“, erkläre ich. „Wir wissen einfach nicht, wo mein Stiefvater herkommt. Mein Daddy hieß Culver. Aus Toast. Sein Daddy, mein Großvater, verkaufte dort Geräte für die Farmen. Wir hießen auch so, bis er starb und meine Mama wieder geheiratet hat, und dann mussten wir einen neuen Namen annehmen.“

„Culver.“ Er denkt über den Namen nach. „Culver. Aus der Nähe von Yadkin?“

„Ja, Sir.“

„Ich habe deinen Opa gekannt – er hat ganz gut Banjo gespielt, das kann man wohl sagen.“

„Ich kann mich erinnern, dass Daddy davon erzählt hat. Er hat das Banjo behalten, als Opa gestorben ist."

„Na klar! Und sein Vorname war Jordan?"

„Ja, Sir, das ist richtig."

„Und dieser Parker-Typ, da weißt du nichts über die Familie? Wo er herkommt?"

„Nein, Sir."

„Verstehe."

„Nummer zweiundzwanzig. Da wohnen wir. Nummer zweiundzwanzig."

„Das alte Farleyhaus." Er nickt, er scheint es zu kennen. „Was willste hier?"

„Nun, ähm, wir schauen uns nur etwas um, Sir", stottere ich.

„Wir suchen die Bicketts", ruft Emma hinter dem Baum hervor.

„Sie wohnen weiter die Straße runter." Ich sehe, dass er noch immer misstrauisch ist. Er betrachtet uns, als wären wir Gespenster.

„Okay, dann gehen wir mal", sage ich. Der Hund Brownie ist wieder da und schnüffelt an meiner Hand. Es ist eine Hündin. Ich schaue nicht zu ihr hinunter, weil ich den Blick nicht von dem alten Mann nehmen will, für den Fall, dass er seine Meinung ändert und doch das Gewehr auf uns richtet. Doch er sieht Brownie an, sein Gesicht wird weicher, die Falten glätten sich ein wenig, also schaue ich jetzt auch hinunter und stelle etwas Merkwürdiges fest.

„Was ist mit ihrem Bein passiert?" frage ich. Brownies Vorderbeine sind ganz normal. Auch eines der Hinterbeine. Aber über ihren Rücken ist ein Gurt gespannt, an dem ein Holzbein befestigt ist.

„Ist in eine Falle geraten. Vor vielen Jahren. Musste es absägen."

Ich knie mich auf den Boden, um sie zu streicheln. Sie will offenbar Freundschaft schließen. Emma ist nun an meiner Seite und streichelt sie auch. Sie gurrt ununterbrochen ihren Namen, was der Hündin zu gefallen scheint.

„Hab nie gesehen, dass sie so freundlich zu Fremden ist", sagt der alte Mann. Er hält das Gewehr auf den Boden gerichtet. „Sag mal, haste vielleicht Schweinefett in deiner Tasche oder was?" Und dann lächelt er. Und genauso wie ich an ihm den finstersten Blick meines Lebens gesehen habe, sehe ich jetzt das netteste Lächeln, das von all den Falten um seinen Mund noch betont wird.

„Ist wie ein Mensch, dieser Hund. Hab sonst niemanden mehr, es gibt nur sie und mich, und ich will verflucht sein, wenn sie nicht der beste Freund ist, den ich je hatte. Ich hab' ihr das Holzbein geschnitzt, nach dem Unfall. Konnte nicht mit ansehen, wie sie vor dem Haus immer umgefallen ist. Ich hab auch eins." Er zieht sein

Hosenbein nach oben, damit wir sein Holzbein sehen können.

„Sind Sie ein Pirat?“ fragt Emma. Darüber bin ich ganz froh, ich habe mich nämlich dasselbe gefragt. Andererseits weiß ich nicht, ob es Piraten in Wirklichkeit überhaupt gibt.

Der alte Mann lächelt wieder. „Nee. Hab nur mein Bein verloren, das is' alles. Heiße übrigens Wilson.“

„Schön Sie kennen zu lernen, Mr. Wilson.“ Mama wäre stolz auf meine guten Manieren.

„Kannst jederzeit Brownie besuchen kommen, die scheint dich ja richtig zu mögen, wie's aussieht. Na gut, Hund. Lass sie nun gehen, ja?“ Er klopft sich gegen sein gesundes Bein, damit die Hündin zu ihm kommt. Das tut sie auch, aber erst, nachdem sie noch ein paar Streicheleinheiten von uns bekommen hat.

„In welche Richtung wohnen die Bicketts?“ fragt Emma.

„Da vorne geht's links, dann noch drei Einfahrten, die vierte isses. Is' nicht zu verpassen.“

„Wiedersehen!“ rufen wir.

Er antwortet nicht, dreht sich nur um und geht wieder zurück, aber Brownie bleibt sitzen und sieht uns nach, ihr Schwanz zieht einen halben Kreis im Schmutz. Wenn ein Hund lächeln könnte, würde sie das jetzt tun. Und ich habe keine Ahnung, warum es mich so wütend macht, dass ein gewöhnlicher Hund so glücklich sein kann. Aber es ist nun mal so.

„Lass uns morgen zu Orla Mae gehen“, sage ich zu Emma, als wir wieder auf der Straße sind. „Ich hab plötzlich gar keine Lust mehr.“

„Was willst du dann machen?“

„Wir gehen besser zurück und schauen, was los ist.“

„Ach Mensch“, jammert sie, wirft den Kopf in den Nacken, schaut in den Himmel, ihre Arme hängen leblos herunter. „Aber ich will nicht.“

„Ich weiß. Ich auch nicht, aber wir müssen.“

„Glaubst du, wir kriegen ein richtiges Abendessen?“ fragt sie. „Nach der Sache mit dem Honig?“

„Woher soll ich das wissen?“

Wir laufen eine Weile über den Asphalt. Dann sagt sie laut: „Du, Carrie? Glaubst du, Mama wird mich irgendwann so mögen wie dich?“ Ihre Stimme klingt alt, während sie mich das fragt.

Ich glaube es nicht, aber das kann ich ja schlecht sagen. Ich meine, es ist eine Sache, selbst ganz genau zu wissen, dass Mama einen nicht sonderlich mag, aber eine ganz andere, wenn die Schwester das auch noch bestätigt.

„Klar“, antworte ich und wünschte, es wäre wahr.

„Was glaubst du, was passieren müsste?“

„Hm?“

„Damit sie mich mag.“

Mir fällt nichts ein, deswegen halte ich einfach den Mund, so wie Oma es mir immer gesagt hat, wenn sowieso nichts Gutes rauskommen kann. Nach ein paar Schritten schaue ich über die Schulter zurück zu ihr.

Sie wischt sich gerade die letzte Träne von der Wange.

8. KAPITEL

„Still!“ Mama zischt mich über den Küchentisch an. „Du weckst Richard mit deinem Geplapper auf. Also, schau dir an, was ich geschrieben habe. Zweihundertfünfzig minus siebenundneunzig. Wie bekommen wir das raus?“

„Mama“, jammere ich. „Das ist so *einfach!* Zieh sieben von zehn ab, macht drei, nimm eins rüber, dann fünfzehn minus zehn, das ist fünf, wieder eins rüber, zieh eins von zwei ab und die Antwort ist hundertdreiundfünfzig. Siehst du? Einfach.“

Mama stützt die Stirn in die Hände und schweigt. Doch dann sagt sie mit gesenktem Kopf: „Miss Caroline Parker, ich habe kaum noch Nerven übrig und die strapazierst du auch noch.“

Ihr Kopf hebt sich aus der betenden Position. An ihrem Ausdruck erkenne ich, dass sie mich gerade wieder vergisst, dass sie wieder in die Welt in ihrem Kopf zurückkriecht. Ich rede ganz schnell, solange noch die Möglichkeit besteht, dass sie mich hört.

„Du brauchst bloß dieses Papier zu unterschreiben, auf dem steht, dass ich getan habe, was ich tun sollte“, sage ich. Also wirklich, Emma hat es besser, sie muss als Hausaufgabe nur ein Bild von unserem Haus mit uns vieren davor malen. Und sie soll zählen, wie viele Stuhlbeine es im ganzen Haus gibt. Das ist so leicht.

Mama greift nach dem Papier des Lehrers. „Her damit.“ Sie unterschreibt, und somit bin ich für heute Abend fertig.

Die Donford-Grundschule ist nur halb so groß wie unsere alte Schule, es gibt auch nur halb so viele Schüler. Seit vor vier Wochen der Unterricht begonnen hat, laufen wir jeden Morgen zu der großen Straße, biegen nach links und warten vor Mr. Wilsons Haus auf den Bus. Brownie wartet jeden Tag mit uns, bei Regen oder Sonnenschein. Dann beobachte ich durch das Fenster in der zweiten Sitzreihe wie sie abdreht, zurückwatschelt wie eine alte Lady und mit ihrem Holzbein an ihren Platz vor Mr. Wilsons Treppe humpelt, bis wir wiederkommen. Mr. Wilson sagt, sie hört den Bus und läuft uns entgegen.

„Carrie Parker? Nun pass endlich auf. Ich habe den Zettel gesehen, den du weitergegeben hast. Ich werde dich nicht blamieren, indem du ihn laut vorlesen musst, aber das nächste Mal bin ich nicht so nett“, sagt Miss Ricky.

Ich habe Folgendes geschrieben: *Orla Mae, magst du Johnny oder was? Er schaut dich die ganze Zeit an, um das rauszufinden. Kreuze ja oder nein an.* Und dann habe ich zwei Kästchen gemalt, über dem einen malte ich ein „Ja“, über dem anderen ein „Nein“. Doch jetzt muss ich bis nach der Mathestunde warten, um eine Antwort zu bekommen, weil ich es nicht riskieren will, dass Miss Ricky meine Notiz laut vorliest.

Orla Mae schaut mich an und verdreht die Augen, ich weiß aber nicht, ob das Ja oder Nein bedeutet. Ich hoffe auf ein Nein, weil ich Johnny mag, aber sie kennt ihn länger, wenn sie ihn also auch mag, dann hat sie das Vorrecht.

„So dividieren wir also mehrere Zahlen“, sagt Miss Ricky und schlägt das Mathebuch zu. „Als Hausaufgaben löst bitte die Übungen vierzehn und fünfzehn *vollständig*. Wenn nicht, ziehe ich euch das von eurer Note ab, verstanden?“

„Ja, Miss Ricky“, antworten wir.

Die Klingel ertönt, wir sind entlassen.

„Also? Magst du ihn?“ frage ich Orla Mae, während ich meine Bücher nach ihrer Größe aufeinander staple – das größte nach unten, das kleinste obendrauf.

„Und wenn?“

„Das heißt also, du magst ihn. Ich *wusste* es!“

„Das habe ich nicht gesagt“, zischelt sie, damit Johnny uns nicht verstehen kann. „Ich glaube, *du* magst ihn.“

„Tu ich nicht!“

„Tust du wohl.“

„Was?“ Emma rennt neben uns durch den Haupteingang nach draußen. Immer holt sie uns genau dann ein, wenn wir mitten in einem Gespräch sind.

„Nichts“, murre ich und hoffe, dass sie wieder abhaut. Jetzt, wo ich beliebt bin, ist es nicht so witzig, wenn die kleine Schwester einem dauernd hinterher rennt.

Im Bus sitzen Orla Mae und ich nebeneinander, Emma klettert immer hinter uns auf einen Sitz, damit sie alles mitbekommt, was wir tun und sagen. Sie sitzt allein, weil außer uns nur noch drei Schüler in dem ganzen Bus sind. Da gibt es noch Starlie Tilford, die ziemlich nah bei der Schule wohnt, aber nicht nah genug, um zu laufen. Und Will Lawson, dessen Vater der oberste Chef vom Holzlager ist. Und zu guter Letzt Oren Weaver, der schlecht riecht und einmal zum Direktor musste, weil er in der Pause mit einem Stuhl geworfen und beinahe Coralie Coman am Kopf getroffen hätte.

Orla Maes Daddy ist auch ein Chef im Holzlager, weil schon sein Vater ein Leben lang dort gearbeitet hat. Wie sich herausgestellt hat, hatte sie Recht, als sie sagte, Richard hätte dort eine der schlimmsten Schichten.

Richard geht jeden Abend nach dem Essen zur Arbeit. Wir achten darauf, beim Essen kein Wort zu sagen, weil man inzwischen nicht mehr weiß, welches Wort Richard noch wütender macht, als er sowieso schon ist. Mama sitzt nicht bei uns. Sie steht an der Spüle oder wischt die Küchentheke sauber oder schiebt ihm das Gemüse hin, das Emma oder ich nicht gegessen haben. Er schaufelt es in sich hinein. Und dann packt sie ihm etwas Essen für später im Holzlager ein.

„Pack bloß nicht diesen Dreck hier ein“, sagt er, als sie

die Erbsen einwickeln will. „Du weißt, dass ich Erbsen hasse. Nimm das Gemüse von gestern Abend."

Mama dreht sich nicht um. „Kein Gemüse mehr da. Ich hole was aus dem Kühlschrank." Sie ist auch sehr still. Ihr Auge ist wieder abgeschwollen, aber ihrem Arm geht es noch nicht besser. Mir kommt es vor, als wäre es schon einen Monat her, wahrscheinlich aber erst eine Woche. Eines Morgens kamen wir zum Frühstück hinunter, und da stand sie, ihr rechtes Auge war zugeschwollen, ihr linker Arm schwarz und blau mit einem tiefen Schnitt in der Mitte. („Oh, Mama", sagte ich. „Hör auf mit diesem ‚oh, Mama'. Mir geht's gut. Bin bloß von einer Biene gestochen worden, das ist alles. Iss dein Müsli.") Ich wünschte, der Arm würde endlich heilen, weil Richard immer ganz aufgebracht ist, wenn sie sich irgendwo stößt und zusammenzuckt oder wenn sie etwas mit beiden Händen hochnehmen muss.

Richard schnappt sich noch ein Stück Hühnchen von der Platte und lässt es auf seinen Teller fallen.

„Was glotzt du so?" fragt er mich.

Ohne es zu merken, habe ich die Regel, ihn während des Essens nicht anzusehen, gebrochen. „Nichts", murmle ich Richtung Teller.

„Du wolltest doch nicht das letzte Stückchen Huhn, wie?" fragt er mit vollem Mund. „Junge, Junge, das ist vielleicht lecker."

Ich wollte es tatsächlich, aber das werde ich ihm keinesfalls verraten.

„Noch hungrig?“ fragt er.

„Nein“, lüge ich. Mein Magen knurrt noch, weil Richard mir nur ein Hühnerbein abgegeben hat, und dieses Hühnchen war ziemlich mager.

„Nein was?“

„Nein, Sir.“

„Schon besser. Etwas öfter Sir und Ma'am würden diesem Haus nicht schaden.“

Nachdem er das ganze Fleisch von dem letzten Knochen genagt hat, schiebt er den Stuhl vom Tisch zurück.

„Wo ist die Tüte?“ fragt er Mama über die Schulter. Er schüttet den letzten Schluck Bier hinunter, wirft die Dose auf den Boden und tritt sie platt. Emma und ich fahren bei dem Geräusch zusammen. Er findet es jedes Mal witzig, wenn er uns damit erschrecken kann.

„Ah“. Er rülpst ziemlich laut. „Also dann.“ Er nimmt die Papiertüte aus Mamas gesunder Hand entgegen und geht.

Natürlich hat Richard uns nichts über seinen Job erzählt. Wir haben von Orla Maes Daddy etwas darüber erfahren, als wir bei ihr zu Hause waren. Für jeweils zehn Steine, die wir aus seinem Garten entfernen, zahlt er uns einen Penny.

„Er macht seinen Job ganz gut“, sagt Mr. Bickett. Wir

kauern auf dem Boden neben unseren drei Stapeln und zählen die Steine. Ich muss aufpassen, dass Emma nicht ein oder zwei (oder mehr) von meinem Stapel klaut, aber ich will wissen, ob Orla Mae geschwindelt hat, als sie sagte, dass die Sägespäne Feuer fangen können, deswegen schaue ich ihn an. Nicht direkt in die Augen allerdings, für den Fall, dass er so launisch wie Richard ist.

„Fängt das wirklich Feuer, wenn man es nicht bewegt?" frage ich und sehe an ihm vorbei in den Wald.

„Klar." Er nickt, spuckt braune Tabakbrühe in eine Tasse, die er an den Mund hält. „Aus dem Grund hab' ich den letzten Kerl auch rausgeschmissen. Der ist einfach so eingeschlafen mit dem Eisenstab in der Hand. Der Haufen Sägespäne war so groß, dass man aufrecht stehen musste, um ihn umzurühren. Hätte gar nicht erst so groß werden dürfen. Das weiß ich jetzt auch. Und trotzdem hat Chancey Dewalls geschlafen wie ein Baby, während die Flammen die Späne schneller verschlungen haben als ein Huhn Korn picken kann."

„Und was ist dann passiert?" fragt Emma. Sie kauert ebenfalls neben ihrem Stapel – als ob ich ihr was klauen würde!

„Dann rannte Chancey Dewalls schreiend aus der Fabrik, sein halber Körper war schon ganz knusprig gebraten." Er spuckt wieder in die Tasse. „Wir brauchten 'ne ganze Truppe, um das Feuer zu löschen. Haben 'ne Menge verloren in dieser Nacht, mmm-hmm. Vier Schränke für Asheville und dreizehn Stühle für eine Familie drüben in Raleigh. Also, warum man dreizehn Stühle will und nicht zwölf oder vierzehn ist mir ein Rätsel, das kann ich dir sagen, jedenfalls waren dreizehn hin. Einfach so. Hat gedauert, bis wir wieder jemanden gefunden haben, der den Haufen bewacht. So sind wir auf deinen Daddy gekommen."

„Stiefvater", korrigiert Orla Mae ihren Vater. „Ihr Daddy ist gestorben, als Carrie noch ganz klein war."

„Schönes Pech." Mr. Bickett tätschelt meinen Kopf mit einer Hand und greift mit der anderen Hand in seine Tasche. „Tut mir Leid, das zu hören, Kind. Nun, hier ist die Bezahlung. Gute Arbeit, Mädchen. Gute Arbeit."

Vier Pennys für mich. Ich finde es toll, sie in das Porzellanschwein zu werfen, das Oma mir damals in Asheville gekauft hat. Der Plastikstöpsel, der dafür sorgt, dass das Geld nicht rausfällt, fehlt schon seit Langem. Das Loch haben wir mit Klebeband verschlossen, aber die Münzen scheppern, wenn man sie reinwirft.

Wenn Richard den Weg zu unserem Haus mit dem Loch im Dach entlang stolpert, sind seine Haare weiß wie Schnee, so viele Sägespäne sind darin. Wir machen uns zu dieser Zeit gerade für die Schule fertig, daher ist es etwas laut, weil Mama uns ständig zuruft, wir sollen uns noch mehr beeilen, als wir es sowieso schon tun.

„Euer Gebrüll hört man bis über den Hügel“, sagt Richard und lässt sich in den Stuhl im Wohnzimmer fallen. Mama holt ihm ein Bier aus dem Kühlschrank, während ich meine Bücher für die Schule einpacke. Das Gemeindekundebuch ist das schwerste, deswegen kommt es ganz nach unten und der Rest obendrauf.

„Schnell raus hier“, flüstert Mama. „Bis später.“

„Wiedersehen, Mama“, sagen wir nacheinander und nehmen unsere Pausenbrote. Dann rasen wir zu der Fliegengittertür, in der noch immer kein Gitter ist.

„Himmel, sieh dich an.“ Ich höre, wie Richard beginnt, auf Mama herumzuhacken, aber dagegen können wir nun nichts mehr tun. Brownie wartet, und das ist das Wichtigste, ich habe nämlich ein paar große, saftige Fleischreste aus dem Kühlschrank genommen, um sie zu verwöhnen. Ich stibitze immer was, wenn Mama gerade nicht hinsieht.

Mr. Wilson wartet schon mit Brownie.

„Wie wär's, wenn wir nach der Schule Scharfschießen üben?“ fragt er uns, als wir uns über Brownie beugen.

„Scharfschießen?“ fragt Emma.

„Auf Dosen und so was. Hat dein Daddy dir das etwa nie beigebracht? Pah!“ Er blickt über die Straße. „Nach Schulschluss kümmern wir uns mal darum.“

„Aber ich habe noch nie eine Waffe in der Hand gehabt“, sagt Emma. Ich streichle Brownie noch immer, aber sie hat in dem Moment damit aufgehört, als Mr. Wilson zu sprechen angefangen hat.

„Macht nix. Ich bring' dir alles bei, was du wissen musst. Du machst einfach, was ich dir sage."

„Ich weiß nicht." Sie wühlt mit dem Schuh im Dreck. „Mama erwartet uns gleich nach der Schule. Wir müssen Hausaufgaben machen."

„Aber Zeit für 'ne kleine Lektion bleibt da noch, dauert ja nicht lange."

Der Bus kommt, ich nehme meine Bücher vom Boden, wische das unterste ab, damit mein Ärmel nicht schmutzig wird.

„Bis dann", rufe ich ihm zu, nachdem Emma die erste Stufe raufgeklettert ist. „Wiedersehen."

Er nickt nur und Brownie wedelt mit dem Schwanz. Wie immer.

„Mein Daddy sagt, ihr seid nur Abschaum, kommt hierher und glaubt, ihr seid was besseres." Nachdem Fred Sprague das laut genug gesagt hat, dass Emma stehen bleibt, spuckt er ihr vor die Füße.

Seine Freunde lachen, was ihn noch mutiger macht.

„Dabei habt ihr ja nicht mal zwei Pennies, die ihr aneinander reiben könntet, um ein Feuer zu machen."

„Dafür kann ihr Daddy sorgen, da wird's einen Brand im Holzlager geben, der schlimmer ist als damals bei

Chancey Dewall, so betrunken, wie der die ganze Zeit ist!"

„Das nimmst du zurück, wenn du weißt, was gut für dich ist", zischt Emma durch zusammengebissene Zähne. Sie spuckt nicht aus, aber so, wie sie das sagt, ist das auch gar nicht nötig.

„Ach, ansonsten was?" zieht Fred sie auf.

„Ich mach' mir wirklich gleich in die Hose vor Angst", sagt Lex.

„Nimm das zurück", rufe ich. Die haben ja keine Ahnung, mit wem sie es zu tun haben.

Noch bevor irgendjemand etwas sagen oder tun kann, wirft Emma sich auf sie und hämmert mit ihren Fäusten sowohl auf Fred wie auch auf Lex ein. Fred geht zu Boden, Emma hängt an seinem Hals. Lex ist so überrascht, dass er eine Weile braucht, um zu begreifen, dass er Emma von seinem Freund wegziehen sollte. Doch als er nach ihr greift, beißt sie zu. Fest.

„Au!" Er schüttelt seine Hand. „Sie hat mich gebissen."

„Hilf mir!" ruft Fred, der gleichzeitig versucht, sie abzuwehren und sein Gesicht in Sicherheit zu bringen. Emma holt noch immer aus. Ich zerre Lex weg, damit er nicht an sie rankommt. Das geht allerdings nach hinten los, denn er wirbelt herum und schlägt mir so fest in den Bauch, dass ich ihn loslasse. Ich knicke in der Mitte zusammen, hechle nach Luft wie ein Hund. Ich sehe, dass

Emmas Hand blutet. Komisch ist, dass Emma zwar mit rechts malt, aber mit links zuschlägt. Und genau diese Hand ist ganz rot.

„Na also.“ Sie drückt sich hoch und wischt sich den Schmutz von ihrem T-Shirt. „Jetzt hast du's zurückgenommen.“ Dann spaziert sie einfach davon, ohne sich um ihre verletzte Hand zu kümmern. Fred starrt ihr mit seinem einen nicht geschwollenen Auge hinterher. Ich wünschte, ich könnte die Schmerzen im Magen auch einfach ignorieren, aber es tut weh, sobald ich Luft hole.

Ich renne wie ein Krüppel, aber schließlich hole ich sie doch ein. „Das gibt Ärger.“

„Ist mir egal“, schnieft sie. „Außerdem hast du mit gemacht, also bekommst *du* Ärger.“

„Warum machst du dich für Richard stark? Wen interessiert es, was sie über ihn sagen?“

„Die haben doch nicht von *ihm* gesprochen. Sondern von *uns.*“

„Bekommst trotzdem Ärger.“

Sie zuckt bloß mit den Schultern und läuft weiter. „Du auch.“

Als der Bus vor Mr. Wilsons Einfahrt hält, ist ihre eine Hand bereits doppelt so dick wie die andere.

Wir betrachten sie beide.

„Schätze, du hast nach diesem Vorfall keine Lust auf Scharfschießen“, sage ich.

„Doch. Ich schieße sowieso mit der anderen Hand …"

„Ich weiß nicht. Sagen wir ihm doch einfach, dass wir nach Hause müssen. Das macht ihm bestimmt nichts aus." Wenn ich ehrlich bin, habe ich keine Lust mehr, zu schießen.

„Bitte", jammert sie, als wäre ich ihre Mama und nicht ihre Schwester.

Emma hüpft die letzte Stufe hinunter, streichelt Brownie mit ihrer unverletzten Hand, die andere versteckt sie hinter dem Rücken, für den Fall, dass Mr. Wilson uns entgegenkommt.

„Lass uns nach Hause gehen", sage ich. „Er ist ja gar nicht da."

Also laufen wir die Straße entlang, bis wir den Weg erreichen, der zur Hausnummer zweiundzwanzig führt. Emma holt einmal tief Luft, dann folgt sie mir. Vor dem Haus steht ein Pick-up, den wir noch nie zuvor gesehen haben.

„Wer ist das?"

Emma schüttelt sich seufzend das Haar aus dem Gesicht. „Das ist Mrs. Sprague."

„Woher weißt du das?"

„Das muss sie sein." Sie seufzt erneut.

„Sollen wir doch zu Mr. Wilson gehen? Wir können dort warten und uns ins Haus schleichen, wenn der Pick-up wieder weg ist. Komm."

„Muss das erst hinter mich bringen." Sie läuft auf das Haus mit dem Loch im Dach zu. „Wir treffen uns hinterher hier draußen. Dann können wir Mr. Wilson besuchen."

„Sicher?" Ich kann nicht fassen, dass sie nach der Abreibung, die ihr bevorsteht, noch immer zum Schießen gehen will. Aber ich werde auf jeden Fall auf sie warten.

„Soso", sagt Mama, als wir die Verandatreppe hinaufsteigen. „Was hast du zu deiner Verteidigung zu sagen, bevor du dir deine Tracht Prügel abholst?"

Ich verstehe nicht, was Emma sagt, Mamas Worte aber kann ich glasklar hören.

„Du wirst dich jetzt *verdammt noch mal* entschuldigen, oder du bekommst zehn Extrahiebe!"

Das reicht. „Entschuldigung", sage ich so laut ich kann. Emmas Stimme ist viel zu leise, doch es dauert nicht lange, bis Mrs. Sprague und Fred wieder in den Pick-up klettern und wegfahren.

Mama und Emma sind verschwunden. „Komm schon her", ruft Mama mir aus dem Haus zu. „Warum musst du immer Ärger machen, sobald ich dir den Rücken zudrehe? Na?" Das Geräusch, das ein Riemen macht, der durch die Luft saust, ist wohl das Schlimmste auf der Welt. Ich schätze, heute Nacht werden wir auf dem Bauch schlafen müssen. Nach mir ist Emma dran, es dauert eine Weile, aber dann kommt sie aus dem Haus, sie geht ganz vorsichtig. Und dann laufen wir die Straße entlang zu Mr. Wilson.

„Da scheint mit euch Kindern heutzutage was nich' in Ordnung zu sein, wenn ihr nie gelernt habt, zu schießen", sagt er.

„Ich bin erst acht", antworte ich. „Meine Schwester ist sechs. Wir sind noch nicht erwachsen."

Er schüttelt nur den Kopf und läuft hinüber zu dem Zaun, auf den er nebeneinander drei Dosen stellt. Emma sieht uns aus einiger Entfernung zu, ihr Hintern ist wahrscheinlich ganz wund. Meiner auch, aber ich bin älter. Ich habe damit schon viel mehr Erfahrung.

„Also." Er spuckt aus und nimmt das Gewehr hoch. „Ich zeig dir jetzt, wovon ich rede. Und dann wirst du das Gewehr mal genauer kennen lernen."

Er legt an und *Peng!* Er feuert den ersten Schuss ab, ohne mich vorzuwarnen. Der Knall ist so laut, dass er meinen Kopf spaltet.

„Geh mal rüber und sieh nach, ob ich getroffen habe." Er spricht ein wenig laut, wahrscheinlich klingelt es in seinen Ohren genauso wie in meinen.

Zwei Dosen stehen noch stolz und aufrecht auf dem Zaun, aber die dritte ist heruntergefallen, ich muss mich durch die Latten quetschen, um sie aufzuheben.

„Getroffen!" schreie ich. Genau in der Mitte der Dose

ist ein großes Loch. Ich schaue hindurch wie durch ein Teleskop. Brownie scheint zu wissen, dass er getroffen hat, denn sie wedelt mit dem Schwanz.

„Komm wieder her, dann mach' ich's noch mal." Ich schlängle mich durch den Lattenzaun und renne schnell zu ihm, bevor er von Neuem schießen kann. Diesmal lasse ich es nicht drauf ankommen und halte mir rechtzeitig die Ohren zu.

Peng! Peng!

Ich haste wieder zurück und hebe die beiden Dosen auf: Tatsächlich, beide haben ein Loch.

„Wow", sage ich, als ich wieder zurück bin. „Darf ich mal? Darf ich mal?"

„Na klar. Aber zuerst musst du lernen, Respekt vor dem Gewehr zu haben. Und dazu musst du es richtig gut kennen lernen. Mein Papa hat mir das beigebracht, so, wie ich es dir jetzt beibringe. Es ist nicht schwer, aber du musst das Gewehr ganz genau kennen, verstehst du, Mädchen?"

„Ja, Sir."

„Das hier ist die Kammer." Er hat sich das Gewehr wie ein Handtuch über den Arm gelegt. „Da sind jetzt gerade keine Kugeln mehr drin, deswegen kannst du es mal in die Hand nehmen. So ist es richtig, sei ganz vorsichtig. Mit Respekt. Und ziele niemals auf einen Menschen so wie jetzt. Das ist schlecht. Ziel auf den Zaun, während ich mit dir spreche, sonst ist diese Übungsstunde ganz schnell vorbei. Nun, das hier – leg deinen Finger da drauf – gut. Das ist die Sicherung. Die muss man lösen, wenn's ernst wird. Wenn das Gewehr entsichert ist, weiß die Kugel, dass sie jederzeit abgefeuert werden kann. Das hier – nein, fass genau dort hin. Das ist das gefährlichste Teil überhaupt, der Abzug. Du hast also die Sicherung und den Abzug. Steck mal deinen Finger durch und spüre, wie sich das anfühlt. So ist's recht. Du hast ein echtes Talent. Das ist gut. Das kann man in der Schule nicht lernen. Man hat's oder man hat's nicht. Jetzt mach's so wie ich und leg an, nein andersrum ... ja, so. Ganz schön schwer, was? Das ist eines der schwersten Gewehre, die es gibt. So, jetzt wieder runter damit und gib es mir. Denke, du bist nun bereit für eine Kugel. Ich öffne die Kammer und stecke eine Kugel rein – siehst du, wie perfekt sie passt? Einfach so. Hier. Dann wieder schließen und alles ist klar. Jetzt wieder anlegen ..."

„Soll ich jetzt schießen?" Mir ist ganz schlecht. Mit der Kugel fühlt sich das Gewehr noch viel schwerer an, obwohl die Kugel ja nicht mehr wiegt als eine Nadel.

„Jawohl. Schieß auf den Zaun. Aber erst gibst du mir das Gewehr noch mal, und ich werde die Dosen für dich aufstellen."

Ich tue, was er sagt. Er läuft zum Zaun, schwingt sein Holzbein bei jedem Schritt vor sein gesundes Bein.

Wieder zurück, stellt er sich hinter mich und reicht mir das Gewehr.

„Nun. Vergiss nicht, was ich dir beigebracht habe, Mädchen. Schau durch das Fadenkreuz, bis die Dose genau in der Mitte ist. Wenn es soweit ist, musst du entsichern, den Finger durch den Abzug stecken …

„Ich hab' Angst …“

„Solltest du auch haben. Sonst hätte ich nämlich welche. Is' normal, Angst zu haben. Furcht und Respekt. Das muss man haben, wenn man ein Gewehr in der Hand hält. Jetzt ist es so weit. Zieh den Abzug, wenn du die Dose in der Mitte der beiden Linien siehst …“

Peng!

Der Rückstoß ist so heftig, dass ich aufschreie und das Gewehr einfach vor mir in den Schmutz fallen lasse. Brownie wirft einen Blick darauf und schaut dann ihr Herrchen an.

Er spuckt einmal aus, und nach einer Sekunde oder so stellt er sein Holzbein etwas aus, damit er sich bücken und das Gewehr wieder aufheben kann.

„Tut mir Leid.“ Ich weiche einen Schritt von ihm zurück. Mache mich für alle Fälle bereit, wegzurennen. „Tut mir Leid, Sir. Ich wollte es nicht fallen lassen. Aber meine Schulter hat so wehgetan, ich konnte nicht anders. Ich wollte nicht …“

„Still, Mädchen.“ Er tätschelt mir den Kopf. „Du machst

ja mehr Rabatz als meine alte Hündin zur Essenszeit. Is' in Ordnung, dass du's fallen gelassen hast. Hab' ganz vergessen, dich vor dem Schmerz zu warnen. Schätze, dass ich den nicht mehr spüre. Hast du gut gemacht. Nun hör auf zu heulen wie eine Memme. Ich will meine Zeit nicht mit 'ner kleinen Memme verschwenden. Hör auf zu heulen. Ich sag doch, es ist alles in Ordnung."

Schniefend wische ich mir die Tränen weg, meine Hände riechen nach Metall und Rauch.

„So, jetzt nimm das Gewehr wieder hoch." Doch ich schüttle den Kopf. Ich will es nicht mehr.

„Was? Noch mal? Aber ich hab's doch fallen lassen. Ich hab's überhaupt nicht respektiert." Außerdem pocht meine Schulter heftig. Er soll aber nicht denken, dass ich eine Memme bin, darum sage ich es ihm nicht.

„Nimm das Gewehr." Seine Stimme ist ruppig. „Du lernst nie aus deinen Fehlern, wenn du sie nicht überwindest. Davon abgesehen fehlt da 'ne Dose auf dem Zaun, und ich schätze, wir beide wissen, was das bedeutet."

Ich flitze zum Zaun, und er hat Recht! Ich habe die Dose getroffen!

„Ruhig, Mädchen", sagt er zu mir, aber Brownie denkt, er meint sie und wedelt schon wieder mit dem Schwanz. „Denk dran, es wird wieder einen ziemlichen Rückstoß geben, und du musst das Gewehr festhalten, egal, was passiert. Entspann dich, dann tut es nur ein kleines bisschen weh. Jetzt weißt du es ja vorher. Such jetzt die Dose im Fadenkreuz, siehst du sie? Gut. Jetzt kannst du abziehen, wann immer du magst."

Peng!

Der Schmerz fährt mir diesmal scharf in den Nacken, aber als ich meine Augen öffne, sehe ich, dass ich das Gewehr immer noch fest in den Händen halte. Mr. Wilson pfeift leise durch die Zähne, Brownie springt auf und humpelt zum Zaun, als wüsste sie, dass das mein letzter Schuss war – *und das war er auch.* Wenn ich noch mal schieße, dann reißt es mir wahrscheinlich den Kopf ab, so weh, wie das tut.

„Da brat mir einer 'nen Storch", ruft er vom Zaun aus zu mir herüber. „Komm her, Mädchen. Sieh dir an, was du gemacht hast."

Nur noch eine Dose ist übrig. Die anderen beiden liegen auf dem Boden, direkt unter seinen Einschusslöchern befinden sich zwei weitere.

„Sieht so aus, als hätte ich da ein echtes Schießtalent entdeckt, was, Brownie?" Er streichelt ihren Kopf, als ob sie die Dose weggeschossen hätte. Er pfeift wieder durch die Zähne.

„Ich habe *beide* getroffen?" Ich kann es nicht glauben.

„Beide, du kleine Memme."

„Nennen Sie mich nicht so."

Sein Lachen klingt wie ein Hühnergackern. Er spuckt aus. „Schätze, ab sofort willst du Annie Oakley genannt werden! Los, komm mit zum Haus, Händewaschen, sonst bekomm ich's mit deiner Mutter zu tun, und ich hab keine Lust mit der Mama einer kleinen Memme zu streiten."

Die Tatsache, dass ich gleich zweimal getroffen habe, lässt den Schmerz in meiner Schulter fast vollständig verschwinden.

„Kann ich morgen wieder schießen?"

„Mal sehen." Er gackert wieder. „Mal sehen."

„Bitte, bitte! Ich möchte morgen wieder. Bitte, Mr. Wilson."

„Mal sehen, hab ich gesagt. Und jetzt rein."

Ich drücke die Fliegengittertür auf, als ob es meine wäre. Bis zur Küche zu kommen ist gar nicht so einfach, weil die Zimmer mit Papierstapeln voll gestopft sind. Ein schmaler Gang führt zwischen diesen Stapeln hindurch, man muss also über nichts drübersteigen. Aber trotzdem ist es nicht leicht, den Weg zu finden, weil kein Licht in die Zimmer kommt. Ich glaube, ich weiß jetzt, warum Mr. Wilson immer auf seiner Veranda sitzt … hier gibt es nämlich keine Stühle, keine Möbel. Nur diese Stöße aus Zeitungen und Zeitschriften und voll geschriebenem Papier. Ich frage mich, was er im Winter tut, wenn es zu kalt ist, um auf der Veranda zu sitzen.

„Direkt neben dem Wasserhahn liegt die Seife", ruft er mir hinterher. „Und wisch dir das Blut ab, wenn du schon mal dabei bist."

Ich schaue an mir herab, tatsächlich ist Blut an meiner Hand und auf meinem Arm. Ich drehe meinen Kopf und sehe, dass ich zwischen Hals und Schulter einen kleinen Schnitt habe. Mama bringt mich um. Immer ist sie hinter Richard her und schreit, er soll „dieses Ding rausschaffen", wenn er sein Gewehr rausholt. Emma und ich dürfen nicht mal in seine Nähe kommen, auch nicht, wenn er es auseinander nimmt und reinigt. Es quietscht und quietscht, als ich den Wasserhahn aufdrehe. Ich muss lange drehen, bevor ein wenig Wasser heraustropft. Es ist rostfarben. Nach etwa einer Minute warte ich nicht länger darauf, dass es klar wird. Die Seife, von der Mr. Wilson sprach, ist braun. Keine Ahnung, ob sie schmutzig ist oder eben einfach nur braun. Jedenfalls benutze ich sie. Nachdem ich sie ein paar Mal zwischen meinen Händen gedreht habe, ist genug Schaum entstanden, dass ich mir auch die Arme abwaschen kann. Neben dem Waschbecken hängt nur ein Lappen, also trockne ich mich mit ihm ab, ganz sorgfältig, bis kein Blut mehr zu sehen ist, damit Mama keinen Anfall bekommt. Manchmal sagt sie nichts, wenn ich mit Verletzungen nach Hause komme – das war in der alten Schule oft der Fall, wo ich gerne mal verprügelt wurde – aber ich weiß, dass sie sich innerlich furchtbar aufregt. Sie dreht sich dann ganz langsam weg und presst die Lippen zusammen. Das ist ihre Art, einen Wutanfall zu unterdrücken.

„Sag mir, wer das war. Ich kümmere mich darum." Daddy stemmte genau über dem Gürtel die Hände in die Hüften. „Los jetzt. Erzähl's deinem Daddy."

„Ich ... kann's ... dir ... nicht ... sagen", schluchzte ich. „Ich ... darf ... nicht."

„Das sind Feiglinge, deswegen haben Sie es dir verboten. Also, leg dir jetzt die gefrorenen Erbsen auf die Augen und erzähl mir genau, was passiert ist."

Die kalte Tüte fühlte sich gut an.

„Lass sie in Ruhe", rief Mama aus der Küche. „Sie wird schon wieder. Wie soll sie jemals stark werden, wenn du sie immer so verhätschelst?"

„Still jetzt, Lib. Unser Mädchen hat ein blaues Auge und ich werde mir den Burschen vornehmen, der dafür verantwortlich ist. Also jetzt, mein Zuckerpüppchen. Sag schon."

Er strich mir das tränennasse Haar aus dem Gesicht. Als ich nach Hause gekommen war, klebten so viele Haarsträhnen an meiner Wange, dass es sich anfühlte wie ein Netz. Daddy strich es genau so hinter meine Ohren, wie ich es am liebsten mochte.

„Es fing damit an, dass sie mir hinterher riefen, ich

wäre die verrückte Scary Carrie". Ich nahm die Erbsentüte immer mal wieder von meinen Augen, weil die Kälte auf Dauer auch wehtat. „Dann sagten sie, nach der Schule würden sie etwas Verstand in mich reinprügeln. Und als ich aus der Schule kam, haben sie schon auf mich gewartet."

„Wer?" Daddy gurrte wie eine Turteltaube. „Wer hat auf dich gewartet?"

„Tommy Bucksmith. Und Floyd Cunningham. Wer noch hab ich nicht gesehen."

„Wer hat dich gehauen?"

„Weiß ich nicht." Ich sagte die Wahrheit, denn ich schaute gerade auf meine Bücher am Boden, als der erste Schlag kam.

„Warum lässt du's nicht einfach?" Mama stand in der Tür, die Lippen fest zusammengepresst.

„Ich gehe jetzt zu den Cunninghams und dann zu den Bucksmiths, dann komme ich wieder zurück." Daddy stand auf und strich sich die Hose glatt. „Schau mich nicht so an, Libby Culver. Nur ein Feigling schlägt ein kleines Mädchen."

Nachdem Daddy gegangen war, blieb ich ganz still, das einzige Geräusch, das zu hören war, war das Gerassel der gefrorenen Erbsen, wenn ich die Tüte hin und her schob.

Mama blieb in der Küche und ich blieb im Wohnzimmer auf der Couch neben dem Abdruck, den Daddy in dem Kissen hinterlassen hatte.

Abends drang mir der Geruch nach Teppich in die Nase, ich spürte, wie Daddy mich auf die Stirn küsste.

„Alles ist gut, Zuckerpüppchen“, flüsterte er und strich mir wieder übers Haar wie vorher. „Und glaub nicht, dass deine Mama nicht auch besorgt ist. Sie hat nur eine andere Art, es zu zeigen.“

„Wo warst du die ganze Zeit?“ Mama zieht an ihrer Zigarette und bläst mir den Rauch direkt ins Gesicht. „Das hier is’ kein Restaurant, in das man kommen und gehen kann, wann man will und was zu essen bestellt, wenn’s einem gerade passt. Bild’ dir nicht ein, dass ich hier Gewehr bei Fuß stehe und mit dem Essen auf dich warte. Such dir irgendwas, damit du was im Magen hast, bevor du Hausaufgaben machst. Das Abendessen ist vorbei. Hast es verpasst, also mach dir selbst was. Wirklich, Carrie Parker, du raubst mir noch den letzten Nerv.“ Der Rauch kräuselt sich in die Höhe. Zwei Rauchsäulen bleiben direkt über ihrem Kopf und für eine Sekunde lang sieht es aus, als hätte Mama Hörner. Emma geht in unser Zimmer und ich weiß auch, wieso: Manchmal, auch wenn die Tracht Prügel, die sie einem verpasst hat, schon eine Weile her ist, braucht sie einen nur anzusehen. Dann fällt ihr sofort wieder ein, warum sie so wütend war und alles fängt von vorne an. Das will Emma nicht riskieren, was ich ihr nicht verübeln kann.

Mir gefällt die Farbe des Getränks, an dem Mama nippt, es ist quietschorange. Wenn sie trinkt, sollte man auf jeden Fall tun, was sie sagt.

„Los jetzt, rein." Sie deutet mit dem Kinn ins Haus.

„Mama?"

„Hm?"

„Gefällt es dir hier?"

Sie nimmt noch einen Schluck, zieht an der Zigarette, wartet eine Sekunde, bevor sie inhaliert. Sie schaut noch immer in den Wald.

„Manchmal geht es nicht darum, ob man was mag oder nicht", sagt sie. „Manchmal ist es eben einfach, wie es ist. Da kann man nichts machen."

„Werden wir hier für immer wohnen?" frage ich.

Ihre Hand verharrt in der Luft, dann legt sie sie auf die Lehne des Schaukelstuhls, in dem sie sitzt. Ihren Kopf hat sie abgewendet, während sie über meine Frage nachdenkt.

„Libby!" Richards Stimme zerschmettert die ruhige Luft zwischen uns.

Sie tritt die halb gerauchte Zigarette aus und stellt ihr Glas unter dem Stuhl ab.

„Mach jetzt deine Hausaufgaben." Sie schiebt sich an mir vorbei in das Haus mit dem Loch im Dach. „Ich komme, ich komme." Ihre Stimme entfernt sich immer weiter.

Ich blicke in die Richtung, in die sie gestarrt hat und entdecke, dass sie das alte Vogelhäuschen, das Daddy gebaut hat, lange bevor ich geboren wurde, an einen Baum genagelt hat. Ich schätze, das beantwortet meine Frage.

Emma liegt natürlich auf dem Bauch, als ich in unser Zimmer komme. Sie hat sich auf die Ellbogen gestützt und malt ein Bild.

„Hallo", sage ich.

„Hallo." Nach ihrer Stimme zu urteilen, tun die Striemen noch mehr weh.

„Was machst du?" Ich ziehe das T-Shirt über den Kopf, damit ich in meinen Schlafanzug schlüpfen kann.

„Malen." Sie gähnt, und dann stellt sie endlich die Frage, die ihr schon die ganze Zeit auf der Zunge brennt. „Woher kannst du so gut schießen?"

Ich zucke mit den Schultern, muss aber zugeben, dass ich ziemlich stolz auf mich bin.

„Wie hast du das gemacht?" hakt sie nach.

„Wirklich, ich weiß es nicht." Und das ist die Wahrheit.

„Wer ist Annie Oakeley?" Sie legt den Kopf schief, so wie Mama das immer macht. Bis jetzt ist mir das noch nie aufgefallen.

„Du weißt nicht, wer Annie Oakeley ist? Annie Oakeley? Das Cowgirl, das besser schießen konnte als jeder

Mann? Sie gehört irgendwie zum Wilden Westen oder so. Sie trug immer Lederröcke mit ganz vielen Fransen, eine passende Lederjacke und ein Halstuch. Sie hat am schnellsten von allen geschossen."

„Du hast aber keinen Fransenrock und keine Lederjacke." Sie klingt, als hätte ich sie angelogen.

„Wieso? Das habe ich doch auch nie behauptet."

„Mr. Wilson hat dich Annie Oakeley genannt. Aber du hast keine Fransen."

„Das ist doch nur ein *Spitzname.*" Also wirklich. „Weißt du, was das ist? Ein *Spitzname.* Himmel!"

„Können wir morgen wieder zu ihm gehen, damit ich es auch mal probieren kann?"

Während ich meine Pyjamahose anziehe, denke ich eine Weile darüber nach. Meine Schulter schmerzt, als ich die Hosenbeine nach oben ziehe.

„Ich weiß nicht. Wir werden sehen."

Es ist nicht leicht einem Mädchen etwas abzuschlagen, das rote Striemen auf dem Hintern hat.

„Mr. Wilson? Warum heben Sie die ganzen alten Zeitungen auf?" Ich beobachte ihn dabei, wie er drei Kugeln aus einer ramponierten Schachtel schüttelt, die er danach auf den Boden fallen lässt. Die restlichen Kugeln fallen heraus, ich hocke mich auf die Erde und sammle sie ein.

„Was schnüffelst du in meinen Sachen herum?" Er

schiebt die erste Kugel in die kleine runde Kammer. „Meiner Meinung nach geht das Haus eines Mannes niemand etwas an.“ Er dreht die Kammer für die nächste Kugel.

„Ich hab’ nicht geschnüffelt, ich wundere mich nur, das ist alles. Ich hab’ noch nie so viele Zeitungen auf einen Haufen gesehen.“

„So, heute musst du beweisen, dass du gestern nicht einfach Anfängerglück hattest.“ Er winkt mich zu sich und übergibt mir das Gewehr wie gestern. Als ich es an meine Schulter drücke, stockt mir vor Schmerz fast der Atem. Aber nach einem Moment kann ich wieder ganz normal atmen.

„Tut weh, oder?“ Offenbar habe ich das Gesicht verzogen. Mr. Wilson spuckt auf den Boden. „Geht gleich weg, keine Sorge. Geh ein klein bisschen in die Knie. Gut. Denk dran, du musst die Dose im Fadenkreuz sehen, bevor du schießt. Und dann kannst du feuern, wann immer du willst.“

Aber mein Arm zittert unter dem Gewicht des Gewehrs, ich kann das Fadenkreuz nicht richtig ausrichten.

„Es geht nicht.“ Ich stelle das Gewehr ab, damit mein Arm sich ein wenig ausruhen kann. „Es ist zu schwer. Ich kann einfach nicht.“

„Warte“, sagt er. „Wenn wieder Blut in deinen Fingern ist, versuchen wir es noch mal.“

„Aber heute ist es schwerer als gestern.“

„Nicht schwerer, Mädchen, deine Arme sind müde, das is’ alles. Nun wieder hoch damit und versuch’s noch einmal.“

In der Sekunde, in der die Dose sich in der Mitte der beiden Linien befindet, ziehe ich den Abzug, allerdings zu schnell. Weil meine Arme so müde sind, rutscht mir hinterher das Gewehr aus den Händen und fällt auf die Erde. Der Knall ist so laut, dass ich glaube, taub zu werden.

„Was zum Teufel?“ ruft er. „Nimm das Gewehr aus dem Dreck, Mädchen. Ich dachte, du wolltest es noch mal versuchen. Mach es jetzt anständig sauber und gib es mir. So ist recht.“

Tränen brennen in meinen Augen.

„Ach, dreh’ nicht wieder den Wasserhahn auf.“ Er verdreht die Augen zum Himmel. „Dieses Memmengehabe wird langsam langweilig. Hör auf damit, ich zeig dir noch mal, wie’s geht.“

Er nimmt das Gewehr auf, späht durch den Sucher und schießt, alles in einem Atemzug. Irgendwann will ich auch so gut werden. Ein Schuss, ein zweiter. Ich muss erst gar nicht zum Zaun rennen, um zu wissen, dass die Dosen mit frischen Löchern auf dem Boden liegen.

„Glauben Sie, ich kann das eines Tages auch?“ rufe ich ihm hinterher, als er zum Zaun humpelt.

„Wenn du nicht wieder so’n Mist baust, dann bestimmt.

Du musst nur was mit deiner Schulter machen. Muskeln bilden. Was is'n Haus schon wert, wenn's nicht auf solidem Grund gebaut is'?"

„Wie soll ich denn stärker werden, wenn ich nicht mal das Gewehr richtig halten kann?"

Er schüttelt den Kopf und spuckt zur Seite. Dann zuckt er mit den Schultern, wobei sein ganzer Overall sich hebt und wieder senkt, so weit flattert er um seinen Körper.

„Darf ich noch mal?"

„Wieso meinst du, dass deine Arme jetzt plötzlich stark genug sind? Glaubst du, dir sind auf einmal Muskeln gewachsen?"

Jetzt zucke ich mit den Schultern und er lacht. Gackert, um genau zu sein.

„Na gut." Er stellt sich hinter mich, reicht mir das Gewehr. „Denk dran ..."

„Ich weiß, ich weiß", seufze ich. „Die Dose ins Fadenkreuz, den Finger in den Abzug stecken und dann durchziehen."

Meine Arme zittern noch immer, aber ich versuche, sie mit reiner Willenskraft zu beruhigen, was beinahe funktioniert. Zumindest lange genug, bis ich die Dose genau im Visier habe.

Peng!

Ich grinse schon, bevor ich das Gewehr absetze so wie

es Mr. Wilson auch immer macht. Ich weiß, dass ich getroffen habe. Ich weiß es einfach.

Er gibt mir einen Klaps auf den Kopf. „Jetzt zum Zaun mit dir."

Ich reiche ihm das Gewehr und renne los. Volltreffer!

„Wie alt sagtest du bist du?" fragt er mich.

„Ich bin acht, Sir."

„Und du hast noch nie geschossen?"

„Nein, Sir."

„Hat dein Daddy ein Gewehr?"

„Mein Daddy ist tot, Sir", erinnere ich ihn. „Mein Stiefvater hat ein Gewehr, aber ich hab's noch nie berührt."

Er kratzt sich das Kinn so wie die Leute in Märchenbüchern. In Märchenbüchern tun das aber immer die Bösewichte, wenn sie sich neue Qualen für ihre Opfer überlegen. Ich glaube nicht, dass Mr. Wilson ein Bösewicht ist.

„Hm. Ich weiß einfach nicht, was ich mit dir machen soll, Kind."

„Darf ich noch mal schießen?"

„Schätze ja. Aber vor den Erfolg haben die Götter den Schweiß gesetzt. Du musst lernen, wie man sich um ein Gewehr kümmert. Damit es sich dann hinterher um dich kümmern kann."

„Was heißt das?"

„Komm", seufzt er. „Am besten siehst du dir selbst an, was ich meine."

Es ist nicht leicht zu wissen, was man tun soll, wenn man mit Mr. Wilson läuft. Ich könnte ihn natürlich jederzeit überholen, aber ich schätze, das würde ihm nicht gefallen, also laufe ich ein wenig versetzt hinter ihm, als ob es meine Idee wäre, mich so langsam zu bewegen.

Hinter seinem Haus befindet sich ein Schuppen, der mir zuvor nie aufgefallen ist. Scheint aus verrostetem Blech zu sein, so wie die Dosen. Durch zwei Metallösen ist eine Kette gezogen, an der wiederum ein riesiges Schloss hängt. Er zieht einen klirrenden Schlüsselbund aus der Overalltasche, geht einen Schlüssel nach dem anderen durch, bis er einen kleinen gefunden hat, der in seinen großen Händen irgendwie unecht aussieht. Mr. Wilsons Hände sind so groß wie Baseballhandschuhe.

Er öffnet das Schloss. „Hier“, sagt er.

Noch nie habe ich eine solche Dunkelheit gesehen. Ich blinzle, damit meine Augen sich schneller daran gewöhnen, aber selbst das funktioniert nicht, weil Mr. Wilson vor dem Eingang steht und kein Tageslicht hineinfallen kann. Erst als er auch hereinkommt, kann ich ein paar Umrisse erkennen. Viele Regale. Sehr viele Dosen, vielleicht Farbdosen, aber das weiß ich nicht genau. Eine Menge alte Töpfe und Pfannen. Ein Rasenmäher, das ist komisch, weil es hier gar keinen Rasen gibt. Glasbehälter für ich weiß nicht was. Und eine Kiste, die an einer Wand hängt. Nach ein paar Mal Blinzeln und Zwinkern entdecke ich fasziniert, dass in der Kiste noch mehr Gewehre sind.

„Wow", sage ich. „Sie haben ja eine Menge Waffen."

Er schaut erst mich an, dann wieder in die Kiste. „Schätze das stimmt. Aber nicht annähernd so viele, wie manch anderer hier draußen."

„Wie viele haben denn die anderen?"

„Dutzende." Er nimmt einen Lappen von einem Regal direkt über der Kiste und nimmt sein Gewehr auseinander. „Der alte Plemmons hatte um die hundert. Als er starb, war es schwer genug Leute zu finden, um sie zu verteilen."

Es ist lustig, wenn Mr. Wilson jemand anderes alt nennt.

„Wie viele haben Sie?"

„Sechs. Das hier ist mein Arbeitsgewehr. Und das hier ist für die Eichhörnchenjagd. Es gibt für jedes Gewehr einen Grund, warum ich es habe."

„Was ist ein Arbeitsgewehr?"

„Arbeit heißt auf die Jagd gehen und das Abendessen nach Hause bringen. Das ist Arbeit."

„Darf ich das hier mal ausprobieren?" Ich zeige auf ein kleineres Gewehr, das aussieht, als würde es meiner Schulter nicht so wehtun.

Mr. Wilson schüttelt den Kopf. „Du bleibst besser bei dem hier und lernst richtig damit umzugehen. Danach kommt dir jedes andere ganz einfach vor. So, jetzt hilf mir mit dem Reinigungsmittel. Wir nehmen es mit nach draußen, wo Licht ist, und ich zeig' dir, wie man ein Gewehr anständig reinigt."

Offenbar verziehe ich das Gesicht genauso wie ich es tue, wenn Mama mich zum Putzen ruft, denn Mr. Wilson sagt: „Mach jetzt kein Theater, Kind, oder du wirst dieses Gewehr nie mehr anfassen."

„Ja, Sir." Es ist ganz einfach, sofort ein anderes Gesicht zu machen.

Er reicht mir eine Kanne, die nach Benzin richt, ein paar schmutzige steife Lappen und eine Bürste.

„Wie ist dein Daddy gestorben?" fragt er, als wir zu einem Baumstumpf vor der Veranda gehen. „Zu viel Alkohol?"

„Einbrecher", erkläre ich. „Meine Schwester hat gesehen, wie es passiert ist, aber sie war noch sehr klein. Mama sagt, sie kann sich zum Glück nicht erinnern."

„Wieso wohnt ihr hier, wenn ihr so reich seid, dass jemand bei euch einbrechen will?"

„Wir sind nicht reich." Mehr weiß ich nicht zu sagen.

Er gibt einen Ton von sich, als ob er mir nicht glaubt.

„Echt nicht!"

„Sie müssen deinen Daddy doch aus irgendeinem Grund getötet haben. Vielleicht haben sie alles mitgehen lassen, und deswegen müsst ihr jetzt auf dem Land leben."

Ich weiß nicht, was Mr. Wilson mit „auf dem Land"

meint. Aber wenn er damit am Ende der Welt meint, dann hat er wohl Recht. Aber wir sind nicht reich, das weiß ich ganz sicher.

„Hilf mir mit dem Geschirr", sagt Mama. Ihr Stuhl kratzt über den Küchenboden, als sie vom Abendessen aufsteht.

Sie trägt ihren und Daddys Teller zum Spülbecken. Dann steckt sie den Stöpsel in den Abfluss und lässt das Wasser laufen, während ich den Stuhl hinübertrage, damit ich mich darauf stellen und Schaum machen kann.

Das Wasser läuft durch die Dose, in die Daddy Löcher gebohrt hat, aber wir haben nicht genug Seife, um Schaum zu machen.

„Mama. Wir brauchen mehr Seife", rufe ich über das Wasserrauschen hinweg.

„Schon gut, schon gut. Die Seife im Badezimmer hat schon immer dafür hergehalten. Lauf nach oben und hol sie."

Sobald von einem Seifenstück nur noch ein Splitter übrig ist, stecken wir es in die Dose. Als ich wieder in die Küche komme, räumt Mama gerade die Salz- und Pfefferstreuer weg.

„Hier." Ich will ihr die Seife geben, aber sie deutet nur auf die Dose, also klettere ich wieder auf meinen Stuhl und lege sie hinein. Als dann das Wasser durchläuft, kommt endlich Schaum heraus und ich kann das Geschirr spülen.

„Verbrauch nicht zu viel Wasser. Und wenn du fertig bist, bringst du die Seife wieder nach oben."

„Wieso?"

„Wir müssen uns auch noch irgendwie waschen." Mama wirft eine Schranktür zu.

„Ich dachte die Seife in der Dose wäre nur für das Geschirr."

„Normalerweise ja. Aber wir haben noch längst nicht Monatsende und wir können aus dem Stück noch so einiges rausholen."

Nachdem Mr. Wilson mir gezeigt hat, wie man ein Gewehr in Millionen winzige Teilchen zerlegt, beeile ich mich, nach Hause zu kommen.

Richards Pick-up parkt noch immer seitlich am Weg zum Haus Nummer zweiundzwanzig. Mama hat die kleinen Teppiche, die normalerweise auf den Zimmerböden liegen, auf der Veranda ausgebreitet, damit sie auslüften können. Ich sollte ihr sagen, dass es bestimmt bald regnen wird. Brownie legt sich nämlich immer auf die rechte Seite, wenn es Regen gibt. Das hat Mr. Wilson vorhin gesagt. Nachdem wir die Putzsachen wieder im Schuppen verstaut hatten, hat er das Gewehr nicht dort eingeschlossen. Er sagte, er würde es „nur für den Fall" mit ins Haus nehmen. Wenn schon Mr. Wilson sich fürchtet, dann sollten wir das wohl alle tun.

„Wo zur Hölle warst du?“ Richard grinst mich an, als ich gerade die Tür öffnen will, und ich zucke erschrocken zurück.

„Nirgends.“ Ich versuche abzuschätzen, ob genug Platz ist, um mich an ihm vorbeizudrücken, ohne dass er mich packen kann oder so was Ähnliches. Über dieses “so was Ähnliches” mache ich mir besonders Sorgen, denn er packt einen nicht einfach, er verdreht einem gleich den Arm.

„Glaubste, ich bin blöd genug, dir das abzukaufen? Du warst also *nirgends*? Nirgends. Was zum Teufel glaubst du, wo *nirgends* ist?“

Nein. Nicht genug Platz, um an ihm vorbeizukommen.

„Ich spreche mit dir, Mädchen.“ Er tippt mir mit der Bierdose auf die Brust. „Sieh mich an, wenn ich mit dir rede. Schon besser. Und jetzt sagst du mir, wo du warst.“

„Nur die Straße runter irgendwo.“

„*Wo* die Straße runter?“

„Wo ist Mama?“

„Du stellst hier keine Fragen. Ich stelle hier die Fragen.“ Er nimmt einen Schluck Bier und rülpst laut. „Du streunst durch die Gegend, seit wir hier wohnen, und ich habe das Recht zu erfahren, wo du warst. Entweder du sagst es mir, oder ich muss es auf andere Weise rausfinden.“

Ich kann nicht glauben, dass er mich verstanden hat. Ich habe ganz leise gesprochen, wie zu mir selbst. Ich wollte nicht, dass er es hört. Es ist nur so, dass er *nicht* das Recht hat zu wissen, wo ich war. Wir haben in der Schule den Unterschied zwischen Recht und Privileg durchgenommen, und es wäre für Richard ein *Privileg*, zu wissen, wo ich war, kein *Recht*.

„Willst du frech werden?"

Sein Tritt kommt schnell und heftig, bevor ich weiß, was geschieht, liege ich schon auf dem Boden und tue genau das Falsche.

„Mama!" Eine Sekunde lang habe ich das Gefühl, als schwebe ich unter der Decke und würde auf mich herunterschauen. Meine Stimme hört sich ganz anders an als sonst, ich schreie.

Ich meine, nach Mama zu rufen, ist in zweierlei Hinsicht schlecht. Erstens, sie kommt eigentlich nie, und wenn doch, dann wird sie nur wütend auf mich und Emma, weil wir nach ihr gerufen haben, als ob sie ein Hund wäre. Dann sind *beide* sauer und das ist nie gut. Zweitens, Richard dreht noch mehr durch, wenn wir uns benehmen wie kleine Kinder. Dann bekommen wir und Mama ziemlichen Ärger mit ihm.

Er packt mich am Hosenboden und stellt mich vor der Treppe ab.

„Du gehst jetzt nach oben, du kleines Stück Dreck."

Obwohl ich weiß, dass er direkt hinter mir steht, scheint seine Stimme von weit weg zu kommen.

„Emma?“ weine ich.

„Sie ist nicht hier.“ Er stößt mich mit dem Knie die zweite Stufe hinauf.

„Wo ist sie?“ Ich flüstere, weil ich zum lauten Reden viel mehr Luft bräuchte, und um tief Luft zu holen, tut mein Bauch zu weh.

„Emma?“ Ich drehe den Kopf und flüstere, so laut ich kann, damit meine Worte an Richard vorbeikommen.

„Ich hab's dir gesagt.“ Jetzt hat er mich in unser Zimmer geschubst und steht im Türrahmen. „Sie ist nicht da.“ Er legt den Kopf in den Nacken, um auch noch den letzten Tropfen Bier aus der Dose zu trinken. „Und jetzt komm her.“ Er winkt mich mit der Dose heran, aber ich warte nicht länger.

Wie eine Kugel aus Mr. Wilsons Gewehr schieße ich auf ihn zu, drücke mich an ihm vorbei, dass er fast das Gleichgewicht verliert, springe die Treppe hinunter, indem ich drei Stufen auf einmal nehme. Um Zeit zu gewinnen, habe ich die Tür hinter mir zugeworfen. Als ich den Pfad zum Diamantenfluss erreiche, höre ich ihn brüllen.

„Komm sofort her, Mädchen!“

Ich stolpere über eine Wurzel.

„Pass bloß auf“, schreit er. „Ich krieg dich sowieso, wenn du wieder zurückkommst.“

Ich springe über Steine und Baumstämme und bin nicht mal außer Atem. Interessant, wie der Schmerz verschwindet, sobald man frei ist.

„Emma?“ rufe ich, damit sie nicht glaubt, es ist Richard und wegläuft.

Beim Fluss angekommen beuge ich mich vor, weil ich jetzt doch außer Atem bin.

„Hier bin ich“, höre ich eine kleine Stimme.

Ich hebe den Kopf, kann sie aber nicht gleich sehen.

„Wo?“

„Hier drüben.“

Und da, auf einem glatten Felsen sitzt meine kleine Schwester, sie umklammert ihre Knie und wiegt sich vor und zurück. Auf den ersten Blick sehen die Verletzungen nicht so schlimm aus, aber als ich näher komme, entdecke ich getrocknetes Blut und mein Magen dreht sich um.

Ich tauche einen Zipfel meines Hemds ins Wasser, damit ich die Wunde sauber machen kann.

„Ich konnte dich nicht finden“, sagt sie und zuckt zusammen, als ich ihre Stirn berühre.

„Ich war drüben bei Mr. Wilson. Halt still. Woher hast du das?“

Dunkleres Blut ist auch in ihrem Haar auf dem Oberkopf. Als ich die Stelle abtupfe, weicht sie zurück.

„Warte, ich brauche noch mehr Wasser.“ Ich springe

von dem Felsen und tauche den anderen Hemdzipfel in den Bach.

„Bist du okay?“ frage ich, als ich zurückkomme.

Sie ist so stumm wie der Felsen, auf dem sie sitzt. Ihre Schnürsenkel sind offen, ich binde sie wieder zu, mache einen Doppelknoten, so, wie sie es mag.

„Sag doch was.“

Tut sie aber nicht.

Ich kann ihr nicht tröstend durchs Haar streichen, weil es total verfilzt ist, deswegen fahre ich sanft über ihren Arm.

„Er hat seine Arbeit verloren“, sagt sie sehr leise.

„Was sagst du da?“ Ich beuge mich vor zu ihren Lippen, damit ich sie besser verstehen kann, so leise spricht sie.

„Ich sagte, er hat seine Arbeit verloren.“

„Richard?“

„Wer sonst?“

„Weshalb?“

„Woher soll ich das wissen?“

„Weiß Mama das schon?“

Emma zuckt die Achseln. „Ich weiß nicht mal, wo Mama ist.“

„Ich auch nicht. Woher weißt du das mit seiner Arbeit?“

Sie schweigt, also ist es wohl unwichtig, woher sie es weiß. Irgendeinen Grund wird es schon haben.

„Ich glaube, wir sollten eine ganze Weile hier beim Diamantenfluss bleiben." Was anders fällt mir nicht ein. Und dann habe ich plötzlich eine Idee.

„Wie wäre es, wenn wir Oma einen Brief schreiben?"

„Was?" Emma hebt ihren Kopf ein kleines bisschen.

„Wir könnten Oma bitten, für eine Weile zu uns zu kommen." Jetzt, wo ich es ausspreche, scheint mir die Idee sogar noch besser als vorher zu sein. „Vielleicht gefällt es ihr hier besser als bei sich, und dann könnte sie bei uns wohnen."

„Aber was ist mit Tante Lillibit? Oma kümmert sich doch um sie", sagt Emma.

Tante Lillibit ist Mamas jüngere Schwester. Eigentlich heißt sie Elizabeth, aber jeder nennt sie nur Lillibit, nach dem Spitznamen, den Mama ihr als Kind gegeben hat. Oma wohnt bei ihr in der Nähe von Asheville, macht ihre Wäsche und putzt. Tante Lillibit scheint irgendwie immer krank zu sein. Als Kind begann Tante Lillibit zu keuchen, wenn sie gerannt ist. Der Doktor sagte, sie würde nicht lange leben, wenn sie es übertreibe, und deshalb hat sie es von diesem Tag an untertrieben. Und sie lebt immer noch. Mama und sie sind nie gut miteinander ausgekommen, weil Mama fand, dass Oma sie total verziehen würde. Daher meidet Mama die beiden auch seitdem ich denken kann. Oma hat uns früher ein paar Mal besucht, aber wenn ich die Augen zumache, kann ich mich nicht mehr erinnern, wie sie aussieht, so lange ist es schon her.

Aber da mir nichts Besseres einfällt, halte ich an der Idee fest.

„Oma könnte Mama doch genauso helfen wie Tante Lillibit. Und ich wette, Mama würde es dann viel besser gehen", sage ich. Emmas Wunde hat aufgehört zu bluten, aber wenn man genau hinschaut, kann man eine große Beule auf ihrem Kopf sehen.

„Das mach' ich. Ich werde ihr schreiben."

„Wo willst du eine Briefmarke herbekommen?"

„Ich frage Mr. Wilson, wo die Post ist, und dann kaufe ich eine, Dummerchen. So geht das, wenn man was wegschicken will. Man geht zur Post."

„Und ihre Adresse? Du weißt doch nicht, wo sie wohnt."

„Ich weiß auf jeden Fall, dass sie in der Sycamore Street wohnt. Das hat sie nämlich immer wieder gesagt. Die Hausnummer weiß ich nicht, aber Avery Creek ist ein kleiner Ort – der Postbote wird das schon wissen."

„Sie kommt sowieso nicht." Emma seufzt und umarmt wieder ihre Knie. „Nicht in einer Million Jahre."

„Wird sie wohl."

„Werden wir ja sehen."

Wir bleiben an dem Bach, bis man fast nichts mehr sieht und es höchste Zeit ist, nach Hause zu gehen. Es tut gut, aufzustehen und sich zu strecken – mein Hintern tut weh, weil ich so lange auf dem harten Stein gesessen habe.

„Gut, Folgendes werden wir tun", sage ich über meine Schulter, weil Emma hinter mir geht. „Ich gehe zuerst rein und schaue, wo er ist, und wenn die Luft rein ist, pfeife ich, dann kannst du kommen. Wenn ich nicht pfeife, komm nicht rein, dann verschwinde ich schnell durch die Hintertür. Dort treffen wir uns dann und gehen zurück zum Bach. Kapiert?"

„Ja, gut", flüstert sie. „Es tut aber ziemlich weh, zu stehen."

„Sobald wir am Haus sind, kannst du dich hinlegen."

„Mir ist schwindlig."

„Ich weiß." Und ich weiß es wirklich. Mir ist auch immer schwindlig, wenn ich geschlagen werde, aber wenn ich dann kurz geschlafen habe, ist es wieder besser.

„Ich kann nicht mehr", sagt sie.

„Hör auf zu jammern und beeil dich. Wir sind doch fast da."

Nach einer Tracht Prügel jammere ich nicht halb so viel wie Emma heute. Normalerweise ist sie auch nicht so, aber heute scheint es besonders schlimm zu sein.

„Vergiss nicht, auf mein Pfeifen zu warten." Ich hoffe, sie kann mich hören, inzwischen ist sie ziemlich weit hinter mir.

Kurz bevor ich bei der Hintertür ankomme, drossle ich das Tempo. Ich versuche herauszufinden, wer im Haus ist, aber ich höre keinen Ton. Noch ein paar Schritte und ich kann schnell zum Fenster rennen und einen Blick reinwerfen. Eins. Zwei. Drei ... ich stehe unter dem Küchenfenster. Ich habe nicht bedacht, dass ich nicht an das Fenster heranreiche, ich muss mich auf einen großen Stein stellen. So. Perfekt. Das Fensterbrett ist so schmutzig, dass meine Finger zuerst abrutschen. Vorsichtig strecke ich meinen Kopf nach oben.

Ich sehe den Tisch mit den glatten Metallkanten, in der Mitte steht Mamas Aschenbecher, und direkt vor meiner Nase summen Fliegen um das gestapelte, schmutzige Geschirr. Ich glaube, Mama wartet noch auf Seifenstücke für die Dose, denn die Teller stehen da schon ein paar Tage. Die Fliegen sausen von einem zum anderen und futtern sich voll. Die größeren sind die, die auch stechen und rote Pusteln auf meiner Haut hinterlassen.

Komisch, das Licht ist an, aber niemand ist in der Küche. Mama ermahnt uns immer, das Licht auszumachen – halt! Da ist sie. Sie kommt direkt auf mich zu, ich ducke mich. Ich höre ein Klirren, nachdem es wieder still geworden ist, ziehe ich mich langsam hoch, um zu sehen, was los ist.

Mama hat sich auf einen Stuhl gesetzt und eine Zigarette angezündet. Sie inhaliert tief und bläst den Rauch zur Decke. Gerade will ich mich umdrehen und pfeifen, damit Emma weiß, dass die Luft rein ist, doch da höre ich die Dielen unter Richards Gewicht knarren. Jetzt steht er im Türrahmen, nimmt einen Schluck aus seiner Flasche.

„Nur weiter so“, sagt Mama. Ich kann ihre Stimme ganz klar hören.

Richard blickt über Mamas Kopf hinweg, und ich fürchte schon, dass er mich entdeckt hat, doch dann merke ich, dass er zum Spülbecken schaut.

„Wann benimmst du dich endlich wie eine richtige Frau und machst sauber?“ Beim Sprechen kräuselt sich seine Oberlippe fast bis zur Nase.

Mama sagt etwas, das ich nicht verstehe, weil sie dabei an ihrer Zigarette zieht.

„Was?“ Richard wirft einen Blick auf sie, wie sie mit dem Kopf in den Händen vergraben da sitzt, die Zigarette zwischen Zeige- und Ringfinger der rechten Hand.

„Wird Zeit, dass du mal das Loch im Dach reparierst“, sagt sie und hebt den Kopf.

„Sei froh, dass ich jetzt verabredet bin, sonst hättest du gleich ein Loch im Kopf so groß wie meine Faust.“ Er setzt die Flasche an die Lippen, trinkt sie aus und wirft sie Richtung Spüle ... in meine Richtung. Sie knallt auf den Tellerstapel, kleine Glasscherben fliegen gegen die Fensterscheibe. Ich ducke mich wieder für alle Fälle, presse die Augen zusammen und sehe das Bild von Mama vor mir, wie sie am Küchentisch raucht. Sie zuckte nicht mal zusammen, als er die Flasche quer durch den Raum warf. Oder als sie die Spüle traf.

Die Haustür wird zugeknallt. Die Mauer, an der ich lehne, erzittert. Wenigstens ist jetzt die Luft rein. Sein Pick-up röhrt und fährt weg.

Ich wende mich um und pfeife, aber die Büsche bewegen sich nicht, also pfeife ich noch mal. Nichts.

Wahrscheinlich ist Emma eingeschlafen.

„He, Em!“ rufe ich leise. Es ist ganz still überall, ich folge dem Lichtschein, der aus dem Küchenfenster über den Weg fällt. „Du kannst jetzt kommen!“

„Hm?“ Ihre müde Stimme erklingt praktisch direkt unter meinen Füßen.

„Wo bist du?“

„Hier“, antwortet sie. Als meine Augen sich an die Dunkelheit gewöhnt haben, sehe ich Emma zusammengerollt wie ein Hund auf dem Boden liegen. Sie windet sich vor Schmerzen.

„Komm.“ Ich gehe in die Hocke, um ihr aufzuhelfen. Mir ist klar, dass sie höllische Kopfschmerzen haben muss. Als ich zum letzten Mal auf den Kopf geschlagen wurde, hämmerte es jedes Mal wenn ich aufstand dermaßen, dass ich glaubte, mein Hirn würde herausspringen. Daher weiß ich genau, wie es ihr jetzt geht. „Leg deinen Arm um meine Schulter, ich helfe dir.“

Sie tut, was ich sage, zusammen taumeln wir zum Haus, kleine Stöckchen zerbrechen unter unseren Füßen.

Richtige Sorgen mache ich mir erst, als ihr Kopf auf meiner Schulter nach hinten rollt. Jetzt bekomme ich *Angst.*

„Mama!“ rufe ich, und versuche Emma durch die Tür zu schieben, die ich mit einem Fuß aufstoße.

„Mama, Hilfe!“ Arm in Arm klappen wir beide auf dem Boden zusammen. Nach ein paar Minuten, die mir wie Stunden vorkommen, versuche ich meinen Arm unter ihr wegzuziehen, aber sie ist zu schwer, also lasse ich es.

„Was zur Hölle?“ Ich höre Mamas Stimme über uns. „Was ist denn jetzt schon wieder passiert?“

Ich lasse meine Augen geschlossen, denn wenn ich sie aufmachen würde, müsste ich mich auch aufrappeln, und dafür habe ich jetzt einfach nicht genug Kraft.

„Aufstehen“, sagt sie. Ich kann hören, wie sie wieder heftig an ihrer Zigarette zieht. „Na los, aufstehen. Ich weiß, dass du nicht schläfst.“ Da hat sie Recht, ich schlafe nicht, aber Emma ist bewusstlos.

Die Bodendielen knarren und knarren, als sie weggeht, wahrscheinlich ist es das Beste für uns. Sie ist sowieso nicht kräftig genug, um uns beide zu tragen. Ich schätze, ich habe das Unvermeidliche nur auf die lange Bank geschoben.

„Emma.“ Ich bewege meinen Arm, der noch immer

unter ihr liegt. „Komm schon, Em. Beweg dich wenigstens ein bisschen. Emma."

Als ich meinen Kopf drehe, kann ich sehen, wie sie blinzelnd die Augen öffnet.

„Nur ein Stück, damit ich aufstehen und dich hochziehen kann. So ist's gut. Okay. So ist es gut." Sie hebt ihren Körper ein wenig an, ich ziehe meinen Arm unter ihr hervor und springe auf.

„Gut, jetzt gib mir deine Hände, ich helfe dir hoch, dann gehen wir ganz schnell ins Bett. Hier. Und jetzt die andere Hand. Das machst du gut. Bei drei ziehe ich dich hoch. Eins. Zwei. Drei!" Und ich zerre sie auf die Beine.

„Jetzt gehen wir zur Treppe." Ich lege wieder ihren linken Arm über meine Schulter. „Gut. Ganz kleine Schritte. Du machst das wirklich gut, Em." Ich habe herausgefunden, dass es besser ist, wie mit einem kleinen Kind mit ihr zu reden, anstatt sie anzumeckern.

„Gutes Mädchen, das ist wirklich gut. Noch ein Schritt. So. Jetzt sind wir an der Treppe. Noch ein paar Stufen und wir können ins Bett. Erste Stufe. Zweite Stufe. Gut! Dritte Stufe. Siehst du!"

Ich lasse sie mit dem Gesicht nach unten aufs Bett fallen, damit ich ihr die Schuhe ausziehen kann, bevor ich sie richtig hinlege. An ihrem Hemd kleben Kiefernnadeln, ich knie mich neben sie und ziehe es ihr aus. Das ist nicht leicht, aber es geht. Sie wird nackt schlafen müssen, ich schaffe es nicht, ihr das Nachthemd überzustreifen. Es ist aber sowieso ganz schön heiß heute.

Dann schiebe ich sie nach oben, lege ihren Kopf aufs Kissen, ziehe die Decke unter ihr hervor und lege sie neben sie, damit sie sich zudecken kann, falls es in der Nacht doch noch kühl wird.

Uff.

Jetzt kann ich nach unten gehen und mir etwas zu essen suchen, weil ich mit leerem Magen sowieso nicht schlafen kann.

Mama sitzt rauchend am Küchentisch, ich bin nicht so dumm und frage nach dem Abendessen, gehe einfach zum Kühlschrank und sehe hinein.

„Is' noch Hühnchen vom Sonntag drin", sagt Mama. „Und iss nicht im Stehen – wie oft habe ich dir das schon gesagt? Setz dich hin und iss anständig."

Ich gebe etwas von dem Hühnereintopf auf einen Teller, den ich einfach von dem Stapel neben der Spüle nehme ... wäre ja blöd, einen weiteren Teller schmutzig zu machen, wenn ich es sowieso bin, die spülen muss.

Mama lehnt sich mit vor der Brust verschränkten Armen zurück, als ob sie meine Tischmanieren kontrollieren wollte.

„Na, was ist denn aus der kleinen Schauspielerin geworden, die da vorhin auf dem Boden lag und reingetragen werden wollte?" Sie schließt die Lippen fest um den Zigarettenfilter. „Soll ich dich vielleicht auch noch füttern?"

„Nicht ich musste reingetragen werden, sondern Emma."

Mama schiebt ihren Stuhl nach hinten und geht zum Küchenschrank über der Spüle, wo die Gläser stehen.

„Caroline Parker, dieses Emma hier und Emma da macht mich ganz krank." Sie holt die Flasche heraus, die sie unter der Spüle aufbewahrt. Es ist so still, dass ich hören kann, wie sich ihr Adamsapfel auf und ab bewegt, als sie den Drink herunterschüttet. „Immer quengelst du herum – Emma braucht dies, Emma braucht das. Jeden verdammten Tag. Wann hab ich endlich mal Ruhe, hm? Wann?"

Jetzt sitzt sie wieder vor mir, das Glas ist zwischen uns wie ein stummer Verwandter, der einem den Abend ruinieren wird, komme was wolle.

„Tut mir Leid, Mama."

„Aber das ist keine Antwort." Sie greift nach dem Glas. Ihr Adamsapfel springt wieder auf und ab, doch als sie das Glas absetzt, ist noch genügend übrig, also habe ich noch etwas Zeit. „Wann endlich kannst du mich mal in Frieden lassen?"

Ich schiebe mit dem linken Finger das letzte Stück Hühnchen auf die Gabel und kann nur hoffen, dass sie es nicht merkt. Ich weiß nicht, wie man so einen Rest

Hühnchen jemals auf die Gabel bekommen soll, ohne mit der freien Hand nachzuhelfen.

Während ich kaue, überlege ich, was ich meiner Mama antworten soll.

Zum Glück beginnt sie wieder zu sprechen und ich muss nicht zu angestrengt nachdenken. „Hier wird sich einiges ändern. Ich werde ein paar Putzstellen und was auch immer annehmen, und du wirst mir nach der Schule helfen. Und ich will keinen Ton hören, verstehst du? Keinen Piep."

„Ja, Ma'am."

„Nichts mehr von wegen Emma hier und Emma da, hörst du?"

„Ich kann nichts dafür, wenn Emma in Schwierigkeiten ist." Ich versuche, nicht zu quengeln, aber das ist wirklich schwer. Es ist so unfair, dass ich für das, was Emma anstellt, den Ärger bekomme.

„Emma kann für sich selbst sprechen." So wie sie ihre Zigarette ausdrückt, scheint das Thema für sie abgehakt zu sein. „Du solltest lieber mal mit dem Geschirr loslegen. Das spült sich nicht von selbst."

Also gehe ich zur Spüle, hole die Dose mit den Seifenstückchen hervor und drehe das Wasser auf. Nacheinander spüle ich alle Teller, Gabeln und Messer und lege sie zum Trocknen daneben. Ich nehme ein altes Hemd von mir (an dem die Knöpfe fehlen, die Mama abgeschnitten hat, als ich zu groß dafür wurde) als Geschirrtuch. Die Grillen singen laut im Rhythmus zu meinen Bewegungen.

Peng!

Die Gittertür wird zugeknallt, polternde Schritte nähern sich.

„Aha! Bist'n gutes Kind. Spülst das Geschirr für deine Mama", sagt Richard, seine Lippen bewegen sich schwerfällig, die Worte verschwimmen ineinander wie Träume. „So is' es Recht."

Ich bin mit den Tellern fast fertig, aber das Besteck fehlt noch, also habe ich keine Chance, ihm zu entkommen.

„Wo ist deine Mama?" lallt er.

„Ich weiß nicht", antworte ich.

„Du hast mich nicht Sir genannt. Ich verdiene doch wohl ein Sir, meinst du nicht?" Er tastet nach einem Stuhl, als ob es dunkel wäre, dabei ist das Licht an.

„Sir."

„Wie?"

„Ich weiß nicht wo meine Mama ist, Sir."

„Schon besser." Er lässt sich auf den Stuhl plumpsen. „Und jetzt muss ich mir diesen Scheiß hier ansehen?" Er betrachtet die Auflaufform vor sich. Als ich sie wegnehmen will, packt er mich hart am Arm. Ich versuche, nicht zusammenzuzucken, als er ihn zur Decke verdreht.

„Gib Daddy einen Kuss." Er streckt mir seine Wange hin. Ich rieche Alkohol und Schweiß.

„Du meinst *Stief*daddy“, sage ich ganz ruhig.

„Was hast du gesagt?“

„Nichts.“

„Willst du frech werden, Mädchen?“

„Nein, Sir.“

Und dann *klatsch!* Den Schlag führt er mit der Hand aus, mit der er mich nicht festhält.

„Warum musst du so frech sein?“ Richards Stimme ist heller als ich sie je zuvor gehört habe. Vielleicht klingt das auch nur so, weil ich meinen Kopf mit einem Arm abschirme, damit er mein Gesicht nicht zu fest treffen kann.

„Warum? Warum musst du mir immer widersprechen?“ Seine Stimme überschlägt sich wie bei einem Mädchen. „Ich gebe dir zu essen“, *klatsch,* „Ich gebe dir ein Dach über deinen schmutzigen kleinen Kopf“, *klatsch,* „und was bekomme ich dafür? Ständig nur Widerworte“, *klatsch.* „Von morgens bis abends und von abends bis morgens.“ Die Schläge lassen nach, ich spähe unter meinem erhobenen Ellenbogen hindurch und sehe, dass Richard zusammengesunken dasitzt, seine Schultern heben und senken sich, er schluchzt laut. Er lässt meinen Arm los.

„Hier wird alles anders werden.“ Seine Arme hängen an ihm herab, sie sind müde vom Schlagen. „Ihr werdet euch noch wundern, wie euch geschieht. Alles wird anders ...“

Ich könnte wegrennen. Ich könnte in unser Zimmer

gehen, mich neben Emma kauern, die inzwischen sanft schlummert. Ich könnte sogar zum Diamantenfluss gehen, wenn ich wollte. Aber meine Füße bewegen sich nicht. Noch nie habe ich Richard weinen sehen.

„Raus hier!“ brüllt er, seine Stirn ruht auf der Tischplatte. „Verschwinde schon.“ Er weint und weint, es interessiert ihn nicht, ob ich gehe oder nicht.

Und dieses eine Mal ... nur dieses eine Mal ... bleibe ich.

„Tut mir Leid“, flüstere ich. Doch die Worte treiben davon wie Mamas Zigarettenqualm.

„Verschwinde!“ schluchzt er. Die dicken Venen an seinen Armen sehen aus wie verästelte Flussläufe auf einer Karte. Und seine Hand, mit der er mich davonscheucht, ist nicht zur Faust geballt und ganz schlaff.

Ich gehe.

Emma atmet schwer, als ich ins Zimmer komme. Am liebsten würde ich sie in Ruhe lassen, aber sie hat sich über das ganze Bett ausgebreitet, ich muss sie zur Seite schieben. Also klettere ich aufs Bett und drehe sie um, Sekunden später schnarcht sie schon wieder.

Auf dem Rücken liegend blinzle ich ein paar Mal, um mich an die Dunkelheit zu gewöhnen, und denke an Richard, wie er am Küchentisch weinte. Oma muss einfach kommen und alles wieder in Ordnung bringen. Wenn es ihr gelungen ist, dass Tante Lillibit überlebt, dann kann sie hier in der Nummer zweiundzwanzig auch helfen, da bin ich sicher.

Ich kann nicht einschlafen, weil ich in Gedanken immer wieder den Brief schreibe.

Liebe Oma,
ich bin es, Carrie. Wie geht es dir? Mir geht es gut. Wir fragen uns, ob du uns hier draußen nicht vielleicht einmal besuchen willst. Unser neues Haus ist schön, es würde dir bestimmt gefallen. Wir haben unseren eigenen Fluss, gut, eher Bach, und ganz viele Bäume – viel zu viele um sie zu zählen. Mama vermisst dich wirklich, und Emma und ich vermissen dich auch. Bitte komm uns besuchen. Bitte, bitte! Also, ich muss jetzt Schluss machen. Alles Liebe, deine Enkelin Caroline Parker.

Sie könnte Tante Lillibit ja auch mitbringen, fällt mir eben ein. Das wäre ja sogar noch besser. Ich weiß, dass Mama mir eine schöne Tracht Prügel verabreichen wird, wenn sie das mit dem Brief herausfindet, aber das ist es wert.

Dann muss ich doch eingeschlafen sein, denn ich wache auf, als Emma an meinem Fuß zerrt.

„Carrie, los“, ruft sie vom Fußende aus. „Wir verpassen sonst den Bus.“

Ich springe auf, ziehe an, was ich gerade finde, und

zwei Minuten später rennen wir schon aus dem Haus, ohne uns von Mama zu verabschieden oder irgendetwas zu Essen mitzunehmen.

„Da ist er!“ Ich kann das gelbe Dach des Busses sehen, der auf Mr. Wilsons Weg zutuckert, ich renne schneller als Emma, damit ich ihn anhalten und den Fahrer bitten kann, auf meine kleine Schwester zu warten. „Beeil dich!“ Emma bleibt mir dicht auf den Fersen, und wir schaffen es.

„Das war knapp.“ Sie lässt sich auf den Sitz neben mich fallen. Sie ringt genauso nach Luft wie ich.

„Hast du was gegessen?“ frage ich.

„Etwas Brot.“

Da hat sie Glück. Das wird ein langer Tag. „Halt mal kurz meine Bücher.“ Ich muss mir noch meine Schuhe zubinden.

„Hallo Carrie.“ Orla Mae Bickett schlängelt sich an unserem Platz vorbei und setzt sich direkt hinter uns, wobei sie Emma wie immer ignoriert. Im Grunde ignoriert sie jeden außer mir.

„Hallo Orla Mae.“ Ich setze mich auf.

„Ich habe dir was mitgebracht.“ Sie schnippt die beiden Klammern ihrer Lunchdose auf. „Das hat meine Mama gestern Abend gebacken.“

Es ist ein Stück Brot, so dick wie meine Hand und mit so viel Butter, dass die Plastikfolie daran festklebt. Genau so wie ich es mag.

„Danke, Orla Mae.“ Ich verschlinge es nur aus einem Grund nicht sofort, weil ich nämlich am liebsten losheulen würde – ich weiß auch nicht warum. Vielleicht, weil mir noch nie jemand ein Stück Brot mitgebracht hat.

„Bitte.“

Ich lege es auf meine Bücher und tue dann so, als würde ich den Blick aus dem Fenster genießen. In Wirklichkeit aber denke ich darüber nach, wie ich es bis zur großen Pause aushalten soll. Ich glaube nicht, dass mir das gelingt. Ich drücke einen Finger in die Plastikfolie – das Brot ist so weich, dass eine Delle zurückleibt, und da läuft mir nun erst recht das Wasser im Mund zusammen.

Der Bus quietscht und schnauft den Berg hinauf Richtung Schule. Die Donford-Grundschule ist ein einfaches kleines Steingebäude mit einer einzigen Eingangstür, deren Klinke schon ganz abgenutzt ist von den vielen Kinderhänden. An den Fenstern zu beiden Seiten der Tür sieht man die Rückseite von Bildern, die dort festgeklebt sind, man weiß nicht, was vorne drauf zu sehen ist, es sei denn, es handelt sich um das eigene Klassenzimmer. In dem dunklen Flur hängen Poster mit den Worten: „Wir freuen uns auf den Unterricht!“ Über dem Buchstaben *i* ist ein Smiley gemalt. Ich finde es schön, jeden Tag hereinzukommen und diesen Smiley zu sehen.

„Carrie, warte!“ ruft mir Orla Mae hinterher.

Das tue ich.

„Ich hab' gehört, dass du bei Mr. Wilson Schießen geübt hast." Sie drückt ihre Bücher gegen die Brust und beugt sich zu mir vor.

„Wo hast du das gehört?"

„Machst du Witze? Mein Daddy sagt immer, man kann sich auf der einen Seite des Orts den Hintern kratzen und die Damen auf der anderen Seite diskutieren darüber, wie oft man gekratzt hat." Ich gehe schweigend weiter.

„Und? Hast du?"

„Und wenn es so ist?"

„Is' keine große Sache, ich hab' mich nur gefragt. Mr. Wilson hat meinem Daddy gesagt, dass du der beste Schütze seit Harry Maphis bist, und mein Daddy meint, das will schon was heißen, weil Harry Maphis einem Eichhörnchen aus einer Meile Entfernung ein Auge ausschießen konnte."

„Ich schieße nicht auf Eichhörnchen, so viel kann ich dir verraten. Sag mal, wo ist denn hier die Post?"

„Was willste denn bei der Post?"

„Ich will's nur wissen, mehr nicht."

„Geh einfach die Straße weiter und dann kommt sie irgendwann auf der rechten Seite. Im Kaufmannsladen. Da ist auch die Post. He – wohin gehst du?"

„Bin gleich zurück", rufe ich ihr über die Schulter zu. Ich renne beinahe. Ich kann es kaum noch aushalten, bis ich zur Mädchentoilette komme.

In der ersten Kabine links, die, die ich immer benutze, lege ich den Riegel um, damit niemand aus Versehen reinkommen kann (das ist mir schon ab und zu passiert), daher nehme ich immer diese Kabine. In der nächsten gibt es nämlich keinen Riegel, und auf den anderen beiden Toiletten gibt es zwar welche, aber die sind verbogen. Dann glaubt man zwar, man hat abgesperrt, aber gerade wenn man auf der Schüssel sitzt, löst er sich, dann muss man aufstehen und die Tür zuhalten und sich gleichzeitig die Hose hochziehen. Ich beuge mich nach unten, schaue, ob ich Füße sehe. Nein, die Luft ist rein. Ich habe diesen Ort für mich allein, bis in fünf Minuten der Unterricht beginnt. Das ist genug Zeit.

Die Plastikfolie ist ganz verheddert, man kann sie nicht einfach abziehen, also zerreiße ich sie, stecke mir ein Stück Brot in den Mund und lege dabei den Kopf in den Nacken, damit mir nicht ein einziger Krümel entwischt. Hmm. Das schmeckt gut, es würde mir sogar schmecken, wenn ich gefrühstückt hätte. Mrs. Bickett hat ganze Körner unter das Mehl gemischt, was das Ganze noch knuspriger macht.

Wenn Oma uns besucht, werde ich sie fragen, ob sie uns auch solches Brot backen kann. Vielleicht gibt Mrs. Bickett ihr ja das Rezept. Ich darf nicht vergessen, sie zu fragen.

Noch mit vollem Mund knülle ich die Plastikfolie zu

einem kleinen Ball zusammen, den ich auf meinem Weg nach draußen wegwerfe.

Zeit für den Unterricht.

Wir sitzen ganz still. Unsere Lehrerin Miss Ueland betont immer bestimmte Wörter in einem Satz, als wollte sie uns die Zeit geben, sie richtig zu verstehen. Anfangs hat mir das nichts ausgemacht, doch inzwischen bringt es mich auf die Palme, weil ich nie kapiere, wieso sie gerade diese Wörter ausgewählt hat.

„Ich hoffe, ihr habt alle eure *Hausaufgaben* gemacht", sagt sie. „Wir haben heute viel vor, aus diesem Grund werden wir sie nicht *durchgehen* wie sonst, ich vertraue einfach darauf, dass ihr *Fortschritte* macht."

Die Tafel ist sauber, ein frisches Päckchen Kreide liegt bereit. Miss Ueland öffnet es, bricht ein Stück Kreide in der Mitte durch und malt in schöner Schreibschrift Namen von Präsidenten auf die Tafel.

„Washington, Adams, Jefferson, Madison, *Monroe*", sagt sie. „Adams, Jackson, *Van Buren.* Nun, ihr könnt es bestimmt nicht *glauben,* aber am Ende des Unterrichts könnt ihr mir die Namen alle *auswendig* aufsagen – und noch einige mehr. Es ist gar nicht so *schwer.* Oren, verdreh' nicht die Augen. Zunächst", sie wendet sich zur Tafel, „teilen wir jeden Namen in seine ersten Buchstaben ein. Und zwar so."

Jetzt schreibt sie *wash,* dann *ad,* dann *mad* und so

weiter, bis ich auf die Idee komme, jetzt gleich den Brief an Oma zu schreiben. Nach der Schule kann ich Emma heimschicken, zur Post rennen, den Brief einwerfen und noch rechtzeitig zum Essen zu Hause sein.

„Caroline!“

Die Klasse lacht.

„Ja, Ma’am?“

„Nett, dass du dich jetzt auch *beteiligst.*“ Die Klasse lacht wieder, und jetzt begreife ich erst, dass über mich gelacht wird. „Nachdem ich nun deine *Aufmerksamkeit* habe, Caroline, kannst du mir sagen, wie das nächste Wort lauten muss?“

Ich blicke zur Tafel, sehe die ganzen Abkürzungen unter den vollen Namen und eine leere Stelle unter „Tyler.“

„Hm?“ Ich versuche, Zeit zu gewinnen. Woher wissen Lehrer immer so genau, wann man nicht aufgepasst hat?

„Ich fürchte, *hm* ist nicht die Antwort, die ich suche.“ Und noch bevor ich sagen kann, was ich denke, ruft sie Orla Mae auf, die es sofort richtig macht und mich dann anlächelt, als hätte sie mir einen Gefallen getan. Hat sie nicht. Denn jetzt ist es noch peinlicher, dass ich nicht gleich geantwortet habe. Besten Dank, Orla Mae, gebe ich ihr mit meinem Blick zu verstehen.

„Ganz richtig, Orla Mae.“ Doch Miss Ueland sagt das in meine Richtung. „*Ty* ist richtig. Carrie, kannst du uns sagen, was *jetzt* kommt? Wie ist die Abkürzung für *Polk?*“

„Po?“ Schon wieder lachen alle, ich drehe mich um und frage: „Was?“

„Du hattest die *richtige* Idee, Carrie …“ Miss Ueland will nett sein, weil sie weiß, dass ich mich echt bemüht habe. „Aber die Abkürzung ist *pol,* wie Nordpol. Das reicht jetzt, Leute, beruhigt euch. *Schön,* lasst uns weitermachen. Hat jeder das notiert, oder soll ich es noch etwas länger stehen lassen? Ja? Na gut.“ Und sie wischt die Worte weg, bevor ich sie abgeschrieben habe. Natürlich kann ich ihr das schlecht sagen, dann wüsste sie sofort, dass ich vor mich hingeträumt habe. Ich schreibe nachher einfach von Orla Mae ab.

Miss Ueland malt die nächsten Namen an die Tafel, dieses Mal schreibe ich sofort mit, allerdings nicht so schön wie sie. Niemand schreibt so schön wie Miss Ueland. Ich bin nicht schnell genug und beschließe, nach der Stunde einfach alles von Orla Mae abzuschreiben. Jetzt muss ich nämlich an Oma schreiben, solange meine Erinnerung an den Brief, den ich mir letzte Nacht ausgedacht habe, noch frisch ist.

Liebe Oma,
wie geht es dir? Mir geht es gut. Emma auch, falls du dich wunderst. Wir alle hoffen, dass du uns bald mal besuchst. Mama und wir vermissen dich wirklich. Ich habe eine Freundin, die heißt Orla

Mae, ist das nicht ein lustiger Name? Sie ist aber trotzdem nett. Du wirst sie bestimmt mögen. Und es gibt eine Hündin, die heißt Brownie, aber sie ist schwarz und hat nur drei Beine.

Bitte komm uns besuchen. Wir brauchen dich.

In Liebe,

deine Enkelin Caroline Parker

P.S. Vielleicht will Tante Lillibit ja auch mitkommen.

Ich schreibe in meiner schönsten Schrift, und schon geht es mir besser. Als Miss Ueland sich zur Tafel dreht, um sie abzuwischen, falte ich das Blatt so oft zusammen, bis es richtig klein ist und stecke es in meine Tasche. Dort wird es den Rest des Tages bleiben, bis ich zum Postamt gehe.

„Carrie? Ich möchte gern mit dir sprechen, Liebes“, sagt Miss Ueland, als die Schüler durch die Tür nach draußen drängen.

„Ja, Ma'am?“

„Wo warst du heute mit deinen Gedanken?“

„Ma'am?“

„Du hast im Unterricht nicht aufgepasst.“ Sie blickt mich durch ihre Brille an. „Und daher frage ich mich, worüber du nachgedacht hast. Sonst bist du doch auch nicht so.“

Ich zucke mit den Schultern. Was soll ich ihr denn

sagen? Sie würde nicht verstehen, dass ich Oma unbedingt schreiben musste.

„Ähem.“ Miss Ueland räuspert sich. „Außerdem wollte ich dich nach deinem Arm fragen.“

Zwar habe ich keine Ahnung, was als Nächstes kommt, aber sofort rolle ich den Ärmel nach unten, der aber sowieso zu kurz ist. Mama sagt immer, langärmlige Hemden könne man tragen, bis daraus kurzärmlige werden, aber soweit ist es noch nicht ganz.

„Du musst das nicht verstecken, Carrie.“ Sie schiebt die Brille höher. „Ich habe es schon die ganze Woche gesehen. Was ist passiert?“

„Nichts, Ma'am.“ Ich verdecke mit einer Hand das, was der Ärmel nicht verdecken kann.

Wir sehen uns an, warten, wie das Gespräch weitergehen wird.

Sie bricht das Schweigen zuerst. „Hast du so was Ähnliches auch noch woanders?“

„Nein, Ma'am.“

Sie legt den Kopf schief und scheint zu überlegen, ob sie mir glauben soll oder nicht.

„Nun, Carrie ...“ Sie räuspert sich erneut und deutet auf Freddy Spragues Platz, also setze ich mich, und sie quetscht sich auf den Stuhl daneben. „Vielleicht wirst du es mir nicht glauben, aber ich war auch mal so alt wie du. Ich weiß, wie es ist, wenn man ... äh ...in einer schwierigen Familie lebt. Ich hatte auch so meine Kratzer, das kannst Du mir glauben."

Sie hält inne. Jetzt soll ich etwas sagen. Himmel, aber was nur?

„Also, wenn du mit jemandem reden willst, also mit jemand anderem als deinen Eltern, dann kannst du immer zu mir kommen."

Wieder Stille.

„Hast du mir irgendetwas zu sagen?"

„Nein, Ma'am."

„Sicher?"

„Ja, Ma'am."

Wieder sind wir still, aber diesmal fühlt es sich anders an als vor ein paar Sekunden.

„Nun gut." Sie drückt ihre Hüften wieder durch den engen Spalt zwischen Tisch und Stuhl. „Ich denke, das war alles."

Ich flitze aus dem Zimmer wie ein Bulle beim Rodeo aus dem Gatter.

„He, Orla Mae, warte."

„Was wollte Miss Ueland denn von dir?" Sie ordnet gerade ihre Bücher auf dem Tisch im Chemieraum. Es riecht nach Dampf und Metall.

„Ach, nichts", lüge ich. „Sie hat mich nur ausgeschimpft, weil ich nicht aufgepasst habe."

Orla Mae nickt. „Du, kann ich nach der Schule mit

dir zu Mr. Wilson gehen und dir beim Schießen zusehen? Vielleicht bringt er's mir auch bei."

„Ja, vielleicht. Aber nicht heute, weil ich zur Post muss. Außerdem mag Mr. Wilson fremde Leute nicht. Uns mochte er anfangs auch nicht. Und seine Hündin, Brownie, nun, die ist alt und ganz schön böse." Ich lüge schon wieder.

„Was für ein Hund ist das?"

„Aus der dreibeinigen Rasse."

„So was gibt es nicht."

„Gibt es wohl. Darum ist sie auch so böse. Sie ist sauer, dass sie nicht vier Beine hat wie alle anderen Hunde."

„Schon gut, schon gut. Ich geh' dem Hund aus dem Weg. Ich will dich nur schießen sehen. Bitte, bitte!"

Bevor ich antworten kann, stürmt der Chemielehrer Mr. Tyler durch die Tür, als ob wir etwas angestellt hätten.

„Nun gut, Leute", beginnt er. „Welcher Klugscheißer hat meine ganzen Glasplatten verschmiert? Hm?"

9. KAPITEL

„Hallo, Mr. Wilson!“ Ich laufe auf sein baufälliges Haus zu. „Ich bin’s, Carrie.“

Aber er ist nirgends zu sehen.

„Hallo, Brownie.“ Sie hoppelt auf mich zu, und ich streichle ihren Kopf. „Das reicht jetzt.“ Ich finde es nervig, wenn sie ständig ihren Kopf gegen meine Hand presst. „Weg.“ Aber sie hört nicht auf.

„Mr. Wilson?“ Ich brülle so laut, dass ich auch im Haus zu hören sein muss, bekomme aber noch immer keine Antwort.

„Brownie, aus!“ Doch das interessiert sie gar nicht. „Hör *auf!*“ Sie ist viel leichter, als sie aussieht, das merke ich, als ich ihr in die Seite trete. Sie jault auf und taumelt viel weiter weg, als ich für möglich gehalten hätte. Mit schief gelegtem Kopf betrachtet sie mich, dann humpelt sie weg. Jetzt hat sie kapiert, dass ich es ernst meine, wie Richard sagen würde.

Nachdem ich die Verandatreppe hochgeklettert bin, lege ich eine Hand über die Augen und versuche, durch die Gittertür zu blicken. Vielleicht ist Mr. Wilson ja da und kann aus irgendeinem Grund nicht antworten. Doch es ist kein Lebenszeichen zu entdecken. Wo soll ich jetzt eine Briefmarke herbekommen?

Schnell schleiche ich auf Zehenspitzen ins Haus und

überlege, wo er eine aufbewahren könnte ... oder zumindest etwas Kleingeld, damit ich eine Briefmarke kaufen kann. Allerdings ist es unmöglich, zu erraten, wo man eines von beidem finden könnte. Ich muss mich beeilen, sonst schließt die Post, und nach einer Minute oder so gebe ich es auf.

„Was machst du in meinem Haus, Mädchen?" Mr. Wilsons Stimme fährt mir in die Glieder, die ich praktisch von der Decke kratzen muss, so sehr hat er mich erschreckt.

„Also, äh ..."

„Also äh was? Was brauchst du?" Das klingt schon etwas freundlicher.

„Tut mir Leid, Sir", bringe ich heraus. „Ich habe gerufen, aber Sie haben nicht geantwortet. Ich brauche eine Briefmarke, um diesen Brief an meine Oma zu schicken. Der muss heute noch zur Post, bevor sie schließt, und Sie waren nicht da, und da dachte ich, ich schau mal, ob irgendwo eine Briefmarke rumliegt, aber ich hätte sie nicht geklaut. Ich zahle es ihnen zurück, versprochen, ich ..."

„Jetzt mal ganz langsam, kleine Memme." Er spuckt den Kautabak in die Plastiktasse, die er immer mit sich herumträgt. „Ich geb' dir deine Briefmarke, damit hier wieder Ruhe und Frieden einkehrt."

Er humpelt zu der Anrichte, durchwühlt die drei

Schubladen und hält mir schließlich eine brandneue Briefmarke hin.

„Hier hast du sie. Nimm. Du brauchst mir nix zurückzuzahlen, wenn du mir sagen kannst, was das für ein Gesicht auf der Briefmarke ist.“

Das Gesicht mit dem dunklen Bart kommt mir bekannt vor. „Abe Lincoln?“ frage ich ganz leise, für den Fall, dass ich mich irre.

„Bingo!“ ruft er. „Der Mann, der dieses Land in die Knie gezwungen hat. Schätze, du wirst alles über den Bürgerkrieg in der Schule lernen, deswegen fang' ich erst gar nicht damit an. Außerdem will ich jetzt mein Haus wieder für mich haben, hatte einen harten Tag, also verschwinde zum Postamt.“

„Danke, Mr. Wilson!“ Beim Gehen lecke ich bereits an der Rückseite der Briefmarke und klebe sie auf den Umschlag, den ich von Mr. Tylers Tisch stibitzt habe, bevor ich das Chemielabor verließ. Der war nämlich viel zu beschäftigt mit Alver Quinten, der zugegeben hat, die Glasplatten verschmiert zu haben, aber nur, weil Odie Rice auf ihn gezeigt hat, als Mr. Tyler danach fragte.

Wie Orla Mae sagte, führt die große Straße direkt zum Postamt, und ich komme noch lange bevor es schließt dort an. Mein Mund wird ganz wässrig, als ich an dem Glas mit Bonbonstangen vorbeikomme, aber ich gehe weiter, ich habe ja sowieso kein Geld dafür. Außerdem wäre Emma ziemlich sauer, wenn ich ohne eine für sie nach Hause käme, insofern ist es sowieso besser.

An dem Mann hinter dem Schalter hängen seine Kleider wie an einem Bügel. Er sagt nichts, streckt nur seine knochige Hand mit den knotigen Fingerknöcheln aus, hält den Brief direkt vor seine dicken Brillengläser und schielt auf die Adresse und die Briefmarke. Dann legt er ihn sorgfältig in ein Kästchen mit der Aufschrift „Ausgang“. Schließlich wendet er sich mir zu und wartet.

„War’s das?“ frage ich. Ich dachte, es wäre viel schwieriger.

Er nickt bedächtig.

„Danke“, murmle ich höflich, obwohl ich kaum glaube, dass er mich hört.

Nun müssen wir nur noch abwarten.

Auf dem Heimweg fühle ich mich ein wenig leichter, doch schon als ich an Atone’s Laden mit dem ausgeblichenen „Geschlossen-Schild“ in der Tür vorbeigehe, denke ich, dass ich besser geschrieben hätte: „Sag Mama nichts von dem Brief.“ Sie wird durchdrehen, wenn sie hört, dass ich Oma gebeten habe, zu kommen. Was soll’s, meine Tracht Prügel bekomme ich so oder so, also ist es egal.

„Dein Glück, dass ich heute zu viel zu tun habe, kleines Fräulein“, knurrt Mama, „ansonsten würde ich dir den Hintern versohlen, dass dir Hören und Sehen vergeht. Los, bring jetzt den Teppich nach draußen und klopfe ihn anständig aus. Danach füllst du den Eimer und hilfst mir, den Boden zu wischen.“

Mama war ganz überrascht über Omas Anruf. Nachdem sie das Telefon aufgelegt hatte, brüllte sie nach mir, und da war mir klar, dass es Oma gewesen sein musste. Emma und ich gingen ihr den ganzen Tag so gut es ging aus dem Weg.

Oma hat also meinen Brief bekommen und sofort angerufen, um zu sagen, dass sie und Tante Lillibit uns besuchen wollen. Nun, ich weiß zwar nicht sicher, ob sie Mama von meinem Brief erzählt hat, aber Mamas Stimme klingt seit zwei Tagen so böse, dass es wohl so ist. Zum ersten Mal in meinem Leben bin ich froh darüber, dass es so viel im Haus zu tun gibt. Mama macht einen Riesenwirbel wegen Oma. Sie hat sogar die Dose mit dem Bild von Herrn Erdnuss ausgepackt.

Herr Erdnuss mit seiner Brille, dem Spazierstock und dem breiten Lächeln ist das Tollste, was ich je gesehen habe. Mir gefällt es, dass seine dünnen Beine so aussehen, als würden sie jeden Moment lostanzen. Und ich mag seinen schicken Hut. Die Leute hier putzen sich nie fein raus. Mama hat ein wirklich hübsches Kleid, aber sie trägt es fast nie, sie sagt, sie sähe darin aus, als wäre sie in Erwartung. In Erwartung auf was weiß ich nicht.

Ich will den Aufkleber von Herrn Erdnuss abkratzen. Danach werde ich den Teppich richtig gut ausklopfen, aber zuerst ...

Das Etikett ist nur in der Mitte festgeklebt, also versuche ich, einen Fingernagel darunter zu schieben, damit es nicht reißt und ich alles auf einmal abziehen kann.

Beinahe geschafft. Die Dose hat einen Plastikdeckel „für lang anhaltende Frische". Diese Dose haben wir schon seit Jahren. Mama füllt immer eine Handvoll Nüsse in eine cremeweiße Schale, die meine Oma ihr zum Einzug geschenkt hat – und wenn später noch welche übrig sind, schüttet sie die wieder vorsichtig in die Dose, die sie dann ins Regal stellt. Mein Cousin Sonny hat mal alle Nüsse angetatscht, nachdem er vorher Hundekacke von seinem Schuh gekratzt und nicht mal seine Hände gewaschen hatte (und ich weiß, dass Mama das gesehen hat), und trotzdem schüttete sie den Rest wieder zurück in die Dose.

„Warum will Mama nicht, dass Oma uns besucht?" fragt Emma. Sie drückt den Schaum aus dem Lappen, den sie vorher im Eimer eingeweicht hatte. Wir haben ein bestimmtes Putzsystem: Emma wäscht und wringt aus, dann schrubbe ich den Boden, bis der Lappen wieder schmutzig ist, und anschließend wiederholen wir das Ganze an einer anderen Stelle.

„Ich denke, das werden wir noch früh genug erfahren."

„Sie wird uns nichts sagen."

„Ich weiß, Dummerchen." Ich schiebe mir eine Haarsträhne hinters Ohr, um besser zu sehen, was ich tue. „Aber wir werden es sicher erfahren, wenn sie erst mal hier ist, oder?"

„Begrüßt man so seine Familie?" Oma wuchtet ihren Körper aus dem Auto. Sie meint mich und Emma. Wir bleiben nah bei der Verandatreppe für den Fall, dass Mama uns richtig eins überbraten will, jetzt, wo die Hausarbeit erledigt ist.

„Los, die beiden haben doch wohl eine richtige Umarmung verdient, oder nicht?" sagt Mama in unsere Richtung. Ich weiß, dass ihr freundlicher Ton gekünstelt ist, aber außer mir bemerkt das bestimmt niemand.

Omas Reisekleid riecht nach Bleichmittel. Tante Lillibit beugt sich nicht zu uns nach unten, um uns zu umarmen, sie tätschelt nur unsere Köpfe und zieht dann die Hand zurück, als habe sie sich auch das anders überlegt.

Mama schnattert ohne Pause los. Wie war die Fahrt? Seid ihr müde? Habt ihr Hunger? Ich habe Brot gebacken, Mama, ich kann dir eine Scheibe schmieren. Was ist mit dir, Lil? Oh, was für eine schöne Frisur – hier gibt es keinen Friseur, der so was kann, das könnt ihr mir glauben. Das ist zu schwer, Mama. Lass mich das doch einfach tragen.

Sie plappert und plappert. Und ich und Emma, nun, wir fühlen uns wie der Hund, der einem Auto hinterher jagt und es schließlich einholt. Wir haben keine Ahnung, was wir jetzt, wo Oma endlich da ist, tun sollen. Und so, wie sie uns ansieht, scheint es ihr genauso zu gehen.

„Au!“

„Halt still, Kind“, sagt Oma. „Beweg den Kopf nicht.“

„Du *ziehst* zu fest. Au!“

„Dein Haar …“ Sie beendet den Satz nicht, schiebt mich zur Seite, damit sie vom Bett aufstehen kann. Als sie das Zimmer verlassen hat, werfe ich einen Blick auf das Bett. Sie hat die Bürste, in der ganze Haarbüschel stecken, liegen gelassen.

Was ich sehe, als sie zurückkommt, gefällt mir gar nicht.

„Oma, nein!“

„Halt still oder es wird nur noch schlimmer.“ Sie schnippt mit der Schere durch die Luft, als wolle sie sie aufwärmen.

„Ich kann sie bürsten.“ Ich versuche, sie aufzuhalten,

aber ihre Finger krallen sich in meinen Kopf, und so kann ich ihn weder bewegen noch die Bürste erreichen.

„Deine Mama“, *schnipp,* „hätte das“, *schnipp,* „schon vor Jahren“, *schnipp,* „tun müssen.“ *Schnipp.*

„Oma!“

Schnipp.

„Bitte, Oma“, heule ich. Aber es ist zu spät – verfilzte Haarbüschel fallen in meinen Schoß und links und rechts von mir auf den Boden.

„Halt still.“

Sie schneidet im Rhythmus zu meinem Schluchzen.

„Warum bist du überhaupt gekommen?“ frage ich, als meine Tränen getrocknet sind.

„Ach, sei still. Du weißt genauso gut wie ich, warum ich gekommen bin, also halt den Mund.“ Das kalte Metall gleitet meinen Nacken entlang und lässt mich erschauern. „Ich gleiche jetzt nur noch die Länge an, dann sind wir fertig.“

Ich schaue nicht in den Spiegel, weil ich gar nicht wissen will, wie kurz die Haare sind. Kurze Haare kann ich nicht ausstehen.

„Gar nicht so schlecht, wenn ich das von mir selbst behaupten darf. So, und jetzt lauf. Zeig deiner Mutter, wie sauber du aussiehst.“

Ich schließe die Augen und muss an das blinde und taube Mädchen Helen Keller denken, über die wir in der Schule etwas gelesen haben. Denn ich spüre, wie ich aussehe, ohne in einen Spiegel sehen zu müssen.

„Das ist so kurz wie bei einem Jungen!“ Dann kommen die Tränen wieder, als ob sie überhaupt nie getrocknet wären.

„Psst, jetzt.“ Oma schiebt mich wieder zur Seite, damit sie aufstehen kann. „Du siehst gut aus. Los … ich muss mich ums Essen kümmern.“

„Was gibt es denn?“

„Nichts, wenn du nicht aufhörst zu heulen“, blafft sie mich an. „Du machst jetzt das Zimmer sauber, dann kommst du runter und hilfst mir.“

„Und warum schneidest du Emma nicht das Haar?“ brülle ich ihr hinterher, aber sie ist schon auf der Treppe. Es ist nicht fair, dass Emmas Haar nicht abgeschnitten wird.

„Psst, kleines Mädchen“, sagt er und streichelt mir übers Haar. „Still jetzt. Du hattest nur einen schlimmen Traum. Ich bin doch hier. Psst …“

„Daddy“, hauche ich in mein Kopfkissen und atme schwer. „Ich sehe es noch immer.“

„Immer noch dasselbe?“

„Ja, dieses klitzekleine Haus, in dem ganz viele Regalböden an die Wand genagelt sind. Auf denen sitzen Reihen und Reihen von Hühnern …“

„Psst“, sagt er wieder.

„ … und die haben alle Säcke über den Köpfen, aber man kann sie noch immer gackern hören. Sie gackern und gackern. Es ist so laut …“

Er streichelt mir wieder und wieder durch mein langes Haar. Und dann ist plötzlich Morgen.

„Wenn du mich fragst, lässt nur weißer Abschaum ein Kind so rumlaufen“, sagt Tante Lillibit zu Oma. Sie glauben, dass wir sie nicht hören, weil wir mit unseren Muscheln beschäftigt sind, die ich gesammelt habe, als Daddy noch lebte und wir einmal einen Tag am Strand verbracht haben.

„Dieser Mann wird sie irgendwann umbringen, wenn sie nicht spurt“, fährt Tante Lillibit fort.

„Ich habe versucht, mit ihr darüber zu sprechen, aber leider hört sie nicht auf ihre Mutter. Das hat sie nie. Und das wird sie wohl auch nie.“

„Hast du die Wunde an ihrem Hinterkopf gesehen? Sie darf ihm nicht immer widersprechen. Und diese Caroline kommt ganz nach ihrer Mutter, wenn du mich fragst. Sie hat auch so eine Beule am Kopf. Sie und ihre Mutter sollten sich ein Beispiel an Emma nehmen und sich rar machen.“

„Still jetzt“, sagt Oma. „Das reicht.“

„Warum sind Sie abends nie da?“

Mr. Wilson sitzt in seinem Lehnstuhl, der eigentlich besser ins Haus als auf die Veranda passen würde, und schnitzt an einem Stück Holz wie oft, wenn er nachdenken will.

„Woher weißt du, dass ich abends nicht hier bin?“

Ich zucke mit den Schultern, aber weil er nicht hochsieht, füge ich hinzu: „Ich weiß es einfach. Wohin gehen Sie?“

Er dreht das Holzstück in seiner großen Hand und betrachtet es, als würde er es zum ersten Mal in seinem Leben sehen.

„Ein Mann kann sein Leben lang schnitzen“, sagt er zu dem Holz. „Und trotzdem kein Stück besser werden. Wusstest du das? Normalerweise wird man immer besser und besser, wenn man etwas oft genug tut. Aber nicht bei der Schnitzerei. Da kann man sein Leben lang so schlecht bleiben wie ein Anfänger, wenn es so sein soll.“

„Was meinen Sie mit ‚wenn es so sein soll‘? Woher weiß man, wie etwas sein soll?“

„Man weiß es einfach.“ Er zuckt die Achseln, und plötzlich kann ich mir vorstellen, wie er als Junge ausgesehen hat, bevor das Alter Falten in seinem Gesicht hinterlassen hat. „So wie du zum Beispiel schießen kannst. So soll es wohl sein. Und wie ich Gitarre spiele. Ich geniere mich nicht zu sagen, dass ich das gar nicht schlecht mache. So, wie es eben sein soll.“

Und so sitzen wir da. Meine Beine lasse ich seitlich über die Veranda baumeln. Während die Holzspäne auf den Boden fallen, denke ich darüber nach, was so sein soll und was nicht.

„Sie haben mir nicht gesagt, wo Sie abends hingehen."

„Wenn es dich was angehen würde, würde ich dir erzählen, dass ich abends bei Zebulon's Musik mache. Aber es geht dich nichts an, und deshalb erzähle ich es dir auch nicht."

„Kann ich Sie da mal spielen sehen?"

„Wenn du magst. Hilfst du deiner Mama abends nicht im Haushalt?"

„Was ist Zebooflan, oder wie das heißt?" Das ist ein Trick, den ich von Orla Mae gelernt habe. Wenn man eine Frage mit einer Frage beantwortet, gewinnen alle Beteiligten.

„Zebulon's ist ein Getreideladen am anderen Ende des Ortes. Dort ist der Sound besonders gut, wegen der ganzen Getreidesäcke, die dämpfen ganz schön, dann klingt die Musik nicht so blechern. Wie auch immer, Sonny kann die Säcke schlecht irgendwohin bringen, deswegen gehen wir zu ihm und nicht andersrum."

„Wer ist Sonny?"

„Du bist ganz schön neugierig, wie? Sonny Zebulon ist der älteste lebende Mann im Ort. Komm einfach irgendwann mal mit, dann wirst du ihn kennen lernen. Er wird dich mögen. Ja, eigentlich ist das eine gute Idee."

„Kann ich etwas Wasser haben?"

„Du weißt, wo die Küche ist."

Brownie duckt sich plötzlich, als ich aufstehe. Mr. Wilson blickt sie überrascht an. „Was ist denn ihn dich gefahren, Hund?"

Ich gehe hinein, um mir ein Glas Wasser zu holen.

Tante Lillibit wartet immer darauf, dass man die Fehler macht, die sie sowieso schon vorausgesehen hat.

„Hol mir von oben noch ein paar Leinentücher, die deine Mama im Schrank aufbewahrt, ja?" ruft sie mir von dem Bett aus zu, das Mama für sie und Oma im Wohnzimmer aufgestellt hat, so weit vom Loch im Dach entfernt wie nur möglich.

„Und pass auf, dass du sie nicht über den Boden schleifen lässt!" ruft Tante Lillibit hinter mir her.

Aber trotzdem, ein Zipfel rutscht aus meiner Armbeuge, als ich die Treppe heruntergehe, ich ziehe ihn hinter mir her wie einen Schwanz.

„Was habe ich dir gerade erst gesagt? Hm? Gib her." Sie reißt mir das Bündel aus dem Arm, sucht den Stoff nach Dreck ab, und nickt, als wäre genau das passiert, was sie erwartet hat.

„Entschuldigung." Mir bleibt nichts anderes übrig, als auf den Boden zu starren und zu hoffen, dass sie mich endlich gehen lässt.

„Kein Wunder, dass deine Mama den Haushalt nicht

schafft, wenn du alles immer wieder schmutzig machst." Sie dreht sich um, wirft das Leinentuch in die Luft und lässt es über die beiden fallen, die bereits auf der Matratze liegen. Mama und Richard schlafen auf dem Lattenrost, der darunter gehört, und oje – Richard drehte in der ersten Nacht fast durch. Er brüllte Mama an, dass wir doch kein Auffanglager für ihre sich in alles einmischende Familie wären, und warum er statt auf der weichen Matratze auf dem harten Lattenrost schlafen müsse, wenn die doch froh sein könnten, überhaupt ein Dach über dem Kopf zu haben.

„Los, geh deiner Oma zur Hand", sagt Tante Lillibit. „Deine *Mutter* hilft ihr sicher nicht."

Oma schrubbt die Küchentheke.

„Hallo. Kann ich dir helfen?" Ich frage das ganz leise, weil ich natürlich keine Lust habe, die Küchentheke zu putzen.

„Kannst du den Eimer draußen mit Wasser füllen?"

„Ja, Ma'am."

„Vorsicht! Du musst besser *acht geben,* Caroline. Jetzt hast du überall schmutziges Wasser verschüttet, weil du den Eimer zu schnell hochgenommen hast! Wisch das auf, bevor du rausgehst. Ich habe keine Ahnung, wo deine Mutter die Lappen aufbewahrt. Schau mal unter der Spüle nach. Nein, links. Da. Jetzt komm her und wisch hier genau vor meinem rechten Fuß. Genau so. Nimm den Lappen mit raus und wring ihn aus. Und jetzt sei vorsichtig mit diesem Eimer, hörst du?"

„Wo ist Emma?"

„*Geh* schon."

„Na *gut.*"

„Wage es nicht, mit deiner Großmutter so zu sprechen", schreit sie hinter mir her.

Den Eimer vor mir hertragend wie einen Blumenstrauß, gehe ich langsam zum Bach, mein flatterndes weißes Kleid ist fast so schön wie mein Schleier. Links und rechts von mir sitzen dicht gedrängt Leute auf den Kirchenbänken und recken die Hälse, um einen Blick auf mich, die Braut, zu erhaschen. Oh, hallo Betsy! Und da ist Perry Gibson. Er war immer ein wenig in mich verknallt, aber ich habe ihn nie erhört. Armer Perry. Und da ist Mary Sellers. Sie ist ganz neidisch auf mein Kleid, das kann man ihrem Gesicht deutlich ansehen.

„Himmel, Carrie, ich rufe dich schon seit *Stunden!*" Emma trottet hinter mir her. „Warte doch."

„Wo warst *du* denn?"

„Hab' dich gesucht."

„Offenbar nicht zu sehr, ich muss nämlich für Oma die Sklavenarbeit machen. Du hast dich ja nicht blicken lassen. Schnell, ich muss den Eimer mit Wasser füllen, sonst dreht sie noch vollkommen durch."

Emma springt über den Stein in der Mitte des Baches

und beginnt, am Moos zu zupfen, wie die Affen in dem Film, den wir in der Schule gesehen haben, wenn sie ihren Babys Läuse aus dem Fell klauben.

„Warum hat Oma immer so schlechte Laune?“ fragt Emma.

„Woher soll ich das wissen?“

Emma zupft weiter. „Meinst du, sie mag uns wenigstens ein bisschen?“

Ich zucke mit den Schultern, da ich wirklich nicht die geringste Ahnung habe.

Als der Eimer voll ist, gehen wir zurück zum Haus. Kurz bevor wir die Hintertür erreichen, die in die Küche führt, sehe ich, dass mein Schuh offen ist. Ich setze den Eimer ab und binde ihn wieder zu, damit Tante Lillibit nicht wieder sagen kann, wie schlampig ich bin. Und da höre ich sie.

„Warte!“ zische ich Emma zu, die gerade die Tür öffnen will. Sie schleicht zurück und dreht den Kopf so, dass sie besser lauschen kann.

„Ich habe ihr immer wieder alles Mögliche gesagt“, ertönt Omas Stimme. „Aber sie ist ein Dickschädel. Das habe ich von der Sekunde an gewusst, in der sie aus meinem Bauch gezogen wurde – dieses störrische Kind wollte einfach nicht freiwillig rauskommen!“

„Mit Henry hat sie ständig Theater wegen anderer Frauen gehabt“, sagt Tante Lillibit. „Und jetzt mit Richard rennt sie Tag für Tag gegen eine Wand.“

„Ich weiß."

„Im Ort erzählt man sich, dass er was aus der Kasse bei Annie's oder Auntie's oder wie immer der Laden heißt geklaut hat."

„Antone's?" flüstere ich Emma zu, die ihren Kopf noch höher reckt, um besser hören zu können. Die nächsten Worte verstehe ich nicht, doch dann reden sie wieder lauter.

„Woher soll ich das wissen?" fragt Tante Lillibit. „Wahrscheinlich hat er sich mit einem großen Sack davongemacht, jedenfalls sind die Leute hier stinksauer. Deswegen hat er seinen Job verloren, oder vielleicht nicht?"

Ich und Emma starren uns nur an wie Comicfiguren, denen gerade etwas auf den Kopf gehauen wurde, und die immer erst große Augen bekommen, bevor sie umfallen.

„Da fällt mir ein, ich habe Nellie Lamott vor ein paar Tagen in Toast getroffen, und sie sagte, dass Selma Blake sich nach Libby erkundigt hat. Und zwar ein wenig zu ausführlich, sagte Nellie. Selma ist so ein richtiger Streithammel, macht immer Ärger. Weiß nie, wann es genug ist. Sie hat also jeden in der Stadt nach Libby gefragt. Die hat Nerven. Sollte sich mehr um ihren nichtsnutzigen Ehemann kümmern, der ja nach diesem Drama sowieso keinen Job mehr bekommt, und weniger über Lib und Dinge, die sie nichts angehen, quatschen."

„Ich weiß.“

„Wenn du mich fragst, ist Libby jetzt besser dran“, sagt Tante Lillibit.

„Mit dem Kerl, bist du verrückt?“

„Dieser Henry war Libby nie treu. Das wusste jeder. Sogar Libby. So wie der ständig herumgelungert hat. Dieser jetzt, gut, der ist jähzornig. Aber zeig mir einen Mann, der nicht jähzornig ist, das wäre ein wahres Wunder. Sieh dir Daddy an. Er war cholerisch, na ja, aber er hatte einen Job und alles. Und er hat sich nicht jeden Abend besinnungslos besoffen.“

„Das stimmt. Dein Daddy hat immer für ein Dach über unseren Köpfen gesorgt, egal, wie schlimm die Zeiten waren. Manchmal hatten wir nicht mal ein Stück Papier, um daran zu saugen, aber dein Daddy hat das Land behalten. Ihr Mädchen habt vielleicht ab und zu den Gürtel zu spüren bekommen, vor allem deine Schwester war stur wie ein Esel. Du hingegen, nun …“

Ihre Stimmen werden so leise, dass wir nichts mehr verstehen.

„Carrie!“ höre ich Emma rufen. „Wohin gehst du? Carrie! Warte!“

Aber ich bin schon weg. Springe über den umgestürzten Baum. Durchquere den Bach. Klettere einen steilen Felsen hinauf. Nur weg. Wo ich sie nicht mehr reden hören kann.

„Ich bin jetzt bereit, ins Zebulon's zu gehen." Ich hechle schlimmer als Brownie.

„Wie bitte?" Mr. Wilson blickt von dem Stromkabel auf, an dem er sich gerade zu schaffen macht.

„Ich bin bereit, ins Zebulon's zu gehen", sage ich noch einmal deutlicher, als ich wieder zu Atem komme. „Können wir das heute machen?"

Mr. Wilson schnalzt mit der Zunge, schüttelt den Kopf, und obwohl ich sein Gesicht nicht sehen kann, weil es ja über das Kabel gebeugt ist, weiß ich, dass er nicht gerade freundlich schaut.

„Erstens ist noch nicht Abend, wenn ich mich nicht irre. Und zweitens, seit wann hat mir ein fünfjähriges Kind zu sagen, was ich zu tun habe."

„Ich bin *acht!*"

„Wie auch immer. Auch keine Achtjährige kann nicht einfach hierher kommen und mir sagen, was ich zu tun habe, statt mich ganz nett zu bitten."

„Tut mir Leid." Ich lächle in der Hoffnung, ihn noch umstimmen zu können. „Mr. Wilson, würden Sie mich bitte, bitte ins Zebulon's mitnehmen, damit ich Sie spielen hören kann? Bitte?"

Er schüttelt erneut den Kopf, aber ich bin mir ziemlich sicher, dass ich kleine Lachfältchen an seinen Augen entdecke.

„Bitte!"

„Nun gib erst mal Ruhe. Ich denke darüber nach, während ich die Leitung hier repariere."

Ich schiebe einen Finger unter die absplitternde weiße Farbe an seiner Tür. Nachdem ich sie problemlos abkratzen kann, mache ich weiter. Und weiter. Bis er das Kabel zusammenrollt und den Schraubenzieher zurück in den Werkzeugkoffer packt. Ich glaube, in dem Koffer liegt auch ein Maßband. Und ein paar stumpfe Bleistifte, die er mit einem Messer spitzt.

„Na gut, Mädchen." Er steht auf. „Du hast mich mit deiner Warterei mürbe gemacht, also sollten wir am besten gleich losziehen. Ich geh schnell rein und hol' meine Gitarre."

Die Gitarre stellt er auf den Vordersitz seines klapprigen alten Pick-ups. Ich finde es gut, dass er nicht viel redet. Ich meine, ich habe keine Lust über Zuhause oder Oma oder Tante Lillibit nachzudenken.

„Mr. Wilson?"

Er lenkt mit einer Hand, der andere Arm liegt in dem geöffneten Fenster. „Ja?"

„Was ist ein Streithammel?" Ich schaue auf meiner Seite auf die Straße, damit er nicht sieht, wie traurig es mich macht, an die Worte meiner Oma zu denken. Aber ich kann spüren, dass er mich ansieht.

„Ich schätze, ein Streithammel macht genau das – streiten. Macht alles kaputt."

Jetzt sehe ich ihn an. „Kaputt? Möbel zum Beispiel?"

„Ich meine Seelen." Er streckt den linken Arm aus dem Fenster, wahrscheinlich um dem hinter uns Fahrenden zu signalisieren, dass er abbiegen will.

„Er macht *Seelen* kaputt? Was heißt das?"

„Ein Streithammel zerstört jede gute Stimmung. Das kann eine ganze Familie kaputtmachen. Aber warum fragst du?"

Ich antworte nicht. Offenbar erwartet er das auch gar nicht.

Ein paar Minuten später halten wir neben einem großen Gebäude, das aussieht wie ein Stall. Auf einem rostigen Schild steht „Ze lon's", weil das *b* und das *u* völlig verblasst sind. Mr. Wilson dreht sich um, schwingt sein Holzbein in dieselbe Richtung wie sein gesundes Bein, dann hüpft er aus dem Wagen und nimmt die Gitarre vom Sitz.

„Ich bekomme meine Tür nicht auf", rufe ich durchs Fenster. „Warten Sie! Ich bekomme die Tür nicht auf." Aber er ist schon in dem Stall verschwunden und kann mich nicht hören, also rutsche ich hinüber und steige auf seiner Seite aus.

„Ich war im Wagen eingesperrt", verkünde ich, als ich ihn einhole.

„Die Tür auf deiner Seite ist kaputt."

„Warum haben Sie mich einfach zurückgelassen?"

„Wenn du nicht selbst herausfindest, wie man aus einem Wagen aussteigt,“ er humpelt an Mehlsäcken vorbei, „dann gibt es keine Hoffnung für dich.“

„Wilson.“ Ein Mann in seinem Alter streckt ihm die Hand entgegen.

„Walles“, sagt Mr. Wilson.

„Wie kommt es, dass wir dein hässliches Gesicht bei Tageslicht sehen?“

Mr. Wilson lächelt, schnappt sich ein Werkzeug, das auf einem Tisch liegt, und sagt: „Ach, weißt du, irgendjemand muss doch das Gesindel verscheuchen, das sich hier rumtreibt.“

„Wer ist denn dieser abgebrochene Meter?“ Er betrachtet mich mit einem Ausdruck, als ob ich etwas klauen wollte oder so.

„Auf sie brauchst du nicht zu achten“, antwortet Mr. Wilson. Glaubt er, ich bin taub? „Sie will uns spielen hören. Sie ist eine Culver. Sie hat das Banjo im Blut.“

Der Mann namens Walles nickt, zusammen gehen sie in den hinteren Bereich des Ladens, wo umgedrehte Milchkisten als Stühle dienen. Auf manchen liegen sogar alte Mehlsäcke – die Fünfpfundsäcke – damit man weicher sitzt. Mr. Wilson nimmt einen, Walles den anderen, und dann entdecke ich einen winzigen Mann, der wenige Schritte entfernt über eine Gitarre gebeugt hockt. Das muss wohl Zebulon sein, denn er sitzt in einem richtigen

Sessel, mit Arm- und Rückenlehne. Wenn man der älteste Mann des Ortes ist, dann sollte man nicht auf Milchkisten sitzen müssen.

„Zeb“, sagt Mr. Wilson sanft. Ich bin nicht sicher, ob Zebulon ihn gehört hat, doch dann nickt er und spielt weiter.

„Was machen wir heute?“ fragt Walles und drückt seinen Hintern tiefer in den Mehlsack.

„Wie wär’s mit Mississippi John Hurt?“

„Nee. Lieber Blind Willie McTell.“

„Ich hätte Lust auf ‚Mama ’Tain’t Long ’Fore Day‘. Oder wie wär’s mit der Linkshänderin, die die Gitarre andersrum hält? Wie heißt die noch mal?“

Bevor sie das klären können, beginnt Zebulon etwas auf seiner Gitarre zu zupfen, die anderen beiden fallen mit ein, und schon spielen sie die wunderbarste Musik der Welt. Ich schließe die Augen und stelle mir meinen Großvater Seite an Seite mit ihnen vor. Ich wette, *er* war kein Streithammel.

Ich spaziere den Weg entlang, der zur Nummer zweiundzwanzig führt und entdecke das alte Auto vom Sheriff vor der Tür. Wenn ich nicht sowieso wüsste, dass es sein Wagen ist, müsste ich nur lesen, was über der Fahrertür steht: *Sheriff* in fetten Buchstaben, damit man sich auch ja nicht vertut.

„Emma?“ rufe ich, für den Fall, dass sie nicht im Haus, sondern draußen ist. Sie kann mir vielleicht sagen, was los ist, doch sie antwortet nicht.

Sie sind gekommen, um Richard mitzunehmen. Das spüre ich.

Hier gibt es einen großen Stein, der geradezu dafür gemacht ist, sich zu setzen, und das tue ich. Mich hinsetzen. Und warten. Ich bin gespannt, ob sie Handschellen benutzen.

Ich muss nicht allzu lange warten, bis sich die Tür öffnet und der Sheriff heraustritt, zwar ohne Richard, aber mit einem Blatt Papier in der Hand, das er an der Tür befestigt. Ich weiß nicht, was darauf steht, jedenfalls sieht der Sheriff anders aus, als ich ihn mir vorgestellt habe; er trägt Jeans und ein altes Hemd. Als er die Vordertreppe hinunter zu seinem Pick-up geht, sehe ich, dass ein Stern in dem Hemd steckt, also ist das wohl die Uniform, die er immer trägt. Wenn ich nur wüßte, was hier vor sich geht.

Halt! Da ist Mama.

„Was sollen wir denn jetzt machen?“ ruft sie dem Sheriff zu, der schon mit einem Bein in seinem Pick-up ist.

„Vielleicht haben Sie ja Verwandte, zu denen Sie gehen können“, sagt er.

„Bitte tun Sie das nicht.“ Sie ist den Tränen nahe, ich

kann an ihrer Stimme hören, wie sehr sie damit kämpft, sie zurückzuhalten. „Bitte."

„Tut mir Leid, Ma'am. Aber Gesetz ist Gesetz."

Damit klettert er schließlich in seinen Pick-up, startet den Motor und fährt weg, an den Büschen vorbei und über die Steine auf die große Hauptstraße.

„Was ist los, Mama?" frage ich, aber das Haus hat sie bereits verschluckt.

Als sich die Tür hinter ihr schließt, lese ich den Zettel, den der Sheriff angebracht hat.

Räumungsbefehl. Die Bewohner sind aufgefordert, dieses Grundstück innerhalb von dreißig Tagen zu verlassen. Bei Zuwiderhandlung werden nach Ablauf dieser Frist gerichtliche Schritte eingeleitet.

Die Bewohner sind aufgefordert, dieses Grundstück zu verlassen?

„Mama?" rufe ich, als meine Augen sich an die Dunkelheit des Hauses gewöhnt haben. „Wo seid ihr alle? Emma?"

In der Küche stehen Oma und Tante Lillibit hinter Mama, die auf einen Stuhl gekauert den Kopf in den Händen vergraben hat. „Er hätte hier sein sollen, dieser Schweinehund", sagt Tante Lillibit und legt Mama eine Hand auf die Schulter. „Wo ist er überhaupt?"

Mama schüttelt den Kopf.

„Hätte, hätte“, sagt Oma. „Jetzt ist nicht die Zeit, sich in Selbstmitleid zu wälzen. Wird eine Menge Arbeit, das alles wieder einzupacken.“ Sie wirft Tante Lillibit einen Blick zu, dann beginnt sie das Geschirr zu spülen, das sich immer ganz von allein zu vermehren scheint.

„Was sollen wir jetzt tun?“ schluchzt Mama durch ihre Hände hindurch.

„Daran hätte er denken sollen, als er in die Geldkasse gelangt hat“, erklärt Oma über ihre Schulter. „Daran hätte er denken sollen, als er die Prügelei begonnen hat. Scheint mir, dass er nie nachdenkt, bevor er zuschlägt.“

Mama drückt sich aus dem Stuhl. „Wenn du etwas Bestimmtes sagen willst, Mutter, dann sag es.“ Mamas Stimme ist höher, als ich sie je gehört habe. „Sag es einfach. Mir ins Gesicht. Nicht zu Lillibit. Zu mir, Mama.“

Oma dreht sich zu ihr um.

„Sprich nicht in diesem Ton mit mir, junge Dame. Ich bin noch immer deine Mutter, und ich verdiene ein wenig Respekt.“

„Warum kannst du nicht einfach sagen, was du denkst?“ Ich bin mir nicht sicher, aber ich glaube nicht, dass das der Tonfall ist, den Oma sich gewünscht hat. *„Sag es einfach.“*

„Na gut, na gut. Du hast dir diesen Ärger selbst eingebrockt. Einen Mann geheiratet, der mit leeren Händen in die Stadt kam, mit denen er nichts anderes tut, als zuschlagen. Du kratzt dich am Kopf und fragst dich, wieso das alles schief gelaufen ist … ich kann's dir sagen. Du hast dich nie mit deinem Leben abgefunden. Du willst ein besseres Leben, aber das kannst du nicht haben. Das können Leute wie wir nicht haben. Das Leben ist hart. So ist es nun mal. Aber du willst das ja nicht einsehen. Du willst ein schöneres Leben? Das wird es nicht geben. Hörst du? Das wird es niemals geben …"

Obwohl Oma noch nicht fertig ist, schreit Mama los: „Raus aus meinem Haus! Verschwinde! Was fällt Dir eigentlich ein?"

„Falls es dir nicht aufgefallen ist", Oma geht langsam auf Mama zu. „Das ist nicht länger dein Haus. Ihr habt es von der Fabrik zur Verfügung gestellt bekommen, die deinen Mann rausgeworfen hat. Was erwartest du? Dass die sagen: ‚Ach, bleiben Sie ruhig, solange Sie wollen?' Wenn du ein Problem hast, klär' das mit deinem Mann. Und erhebe nicht die Stimme gegenüber deiner eigenen Mutter. Ich bin hierher gekommen, um so gut es geht, zu helfen. Doch alles, was ich hier erlebe sind schlechte Laune und Tränen. Ich sehe die Prellungen, das Blut. Noch habe ich gute Augen, dem Herrn sei Dank. *Ich* habe wenigstens dafür gesorgt, dass meinen Kindern nichts passiert." Ich schätze, jetzt ist sie fertig.

„Raus." Mama spuckt das Wort regelrecht aus. „Sofort.

Ich werde Richard suchen gehen, und wenn ich zurückkomme, möchte ich euch hier nicht mehr sehen."

„Du wirfst dein eigenes Fleisch und Blut vor die Tür?" Tante Lillibits Augen sind so groß wie Teller.

„Ihr habt mich verstanden."

„Schon gut, Lillibit", sagt Oma. „Wir bleiben nicht, wenn wir nicht willkommen sind."

Mama schleudert ihr Haar zurück, stürmt aus der Küche ins Wohnzimmer und an mir vorbei. Sie scheint mich nicht zu sehen, läuft einfach mit hoch erhobenem Kopf weiter und verlässt das Haus Nummer zweiundzwanzig.

Die Fliegengittertür knallt zu. In der Küche trocknet Oma das Geschirr ab, das sie gerade gespült hat, und stapelt es vorsichtig übereinander. Dann räumt sie es in den Küchenschrank, was sonst so gut wie nie passiert, weil wir es immerzu benutzen und selten wegstellen.

„Ich packe dann meine Sachen", sagt Tante Lillibit zu niemand Bestimmten.

Oma weiß nicht, dass ich sie dabei beobachte, wie sie die Hände an der Schürze abtrocknet und dann nebeneinander auf die Spüle legt und aus dem Fenster in den Wald blickt, der zum Diamantenfluss führt.

Sie steht ganz starr, es kommt mir wie Stunden vor. Als sie sich umdreht und mich ansieht, wird mir klar, dass sie die ganze Zeit wusste, dass ich da bin.

„Tja“, sagt sie. „Ich schätze, wir haben noch eine Menge zu tun.“ Als sie an mir vorbeigeht, legt sie kurz eine Hand auf meinen Kopf, und ich sehe, dass sie Tränen in den Augen hat.

Im Wohnzimmer legt Tante Lillibit ihre Kleider zusammen und stapelt sie übereinander, wie Oma das Geschirr vorhin. Omas Koffer liegt auf der Matratze, den Rachen weit aufgerissen, um ihr Leben wieder zu verschlingen und sie von hier verschwinden zu lassen.

„Steh nicht einfach so rum, hol unsere Wäsche von der Leine, ja?“ ruft Tante Lillibit. Ich gehorche, weil es jetzt das Falscheste wäre, sie noch mehr gegen die Familie Parker aufzubringen.

Blusen, Hosen und Unterwäsche hängen auf der Leine wie traurige Gespenster. Ein Stück nach dem anderen schnalzt in meine Hand, glücklich darüber, wie ich vermute, dass sie an einem anderen Ort, weit entfernt von diesem dunklen Wald, getragen werden. Ich halte sie unter die Nase und schnuppere angestrengt, so wie ich es mit dem Stück Teppich tue, das Daddy zurückgelassen hat, aber sie riechen nicht nach Tante Lillibit und Oma, sondern einfach nach Waschmittel.

„Trödel nicht rum, Kind“, ruft Oma durch die Küchentür. „Wir warten auf dich.“

„Geht ihr wirklich?“ frage ich auf meinem Weg zurück ins Haus.

„Ja, wir gehen.“ Sie nimmt die Gespenster von meinem Arm und schüttelt sie aus. „Hier, halt’ das andere Ende vom Leintuch, damit wir es zusammenlegen können. Deine Mutter soll nicht behaupten können, dass wir ein Chaos hinterlassen haben.“

Ich gehe ein paar Schritte zurück, das Leintuch zwischen uns spannt sich. Wie Tanzpartner gehen wir aufeinander zu und entfernen uns wieder, bis wir ein hübsches kleines Quadrat gefaltet haben.

„Mama hat das nicht so gemeint“, sagt Emma. Sie steht am Fuß der Treppe, wo sie sich wohl versteckt und den Streit beobachtet hat, so wie ich.

„Bring mir meine Haarbürste, ja? Die liegt da drüben“, bittet Tante Lillibit Emma. „Schnell, wir müssen uns beeilen.“

„Sie hat es doch nicht so gemeint.“ Emma reicht ihr die Bürste. „Könnt ihr nicht einfach noch ein wenig bleiben?“

„Ich habe zwar nicht viel“, erklärt Oma uns beiden. „Aber ich habe meinen Stolz. Wir verschwinden, sobald die Koffer gepackt sind. Lillibit, wo ist der Slip, den ich dir geborgt habe? Schön, du kannst ihn in deine Tasche packen, Hauptsache, du vergisst ihn nicht.“

„Und was ist mit uns?“ frage ich.

„Das wird schon.“ Oma streichelt mir den Kopf. „Geh ihm einfach aus dem Weg.“

Oma presst die Lippen zusammen und wirft einen prüfenden Blick ins Zimmer. „Okay, Lillibit. Wir machen uns auf den Weg."

„Bin gleich fertig." Tante Lillibit geht ins Badezimmer. Sie versucht es mehrmals, doch die Tür lässt sich einfach nicht richtig schließen. Das war von Anfang an so, was Tante Lillibit aber nicht davon abgehalten hat, es jedes Mal wieder zu probieren. Als ob wir nichts Besseres zu tun hätten, als ihr zu folgen, wenn sie auf die Toilette geht. Ich höre sie seufzen.

„Hilf mir mal." Wir tragen den Koffer gemeinsam zur Haustür, wo wir uns seitwärts drehen, um durch die Tür zu passen. Als wir den Koffer abstellen und sie zurückgehen will, um ihre Handtasche zu holen, beginne ich zu weinen. „Bitte, Oma. Bitte geh nicht …"

Aber, wie Daddy ja immer gesagt hat, Oma kann nicht gut mit Tränen umgehen.

Tante Lillibit kommt mit ihrer Tasche aus dem Haus, aus der ein Ärmel der weißen Bluse heraushängt, die ich gerade von der Leine genommen habe. Wahrscheinlich wollen nur die Gespenster bei uns bleiben.

Jetzt sitzen sie im Auto, Tante Lillibit lässt den Motor warmlaufen.

„Sei brav", sagt sie durch das geöffnete Fenster. „Hörst du? Sei brav, Caroline."

„Komm her und gib deiner Oma einen Abschiedskuss." Oma winkt mich zu sich. „Komm schon", ruft sie dann Emma zu.

Als ich bei ihr bin, berührt sie meine Wange. „Hör auf zu weinen, ja? Weinen hilft nicht. Niemals."

Ich spüre Emma neben mir. Sie streckt ihren kleinen Arm durchs Autofenster. „Oma", weint sie. „Bitte …" Sie heult so laut, dass sie erst nach Luft schnappen muss, um weitersprechen zu können. „Nimm uns mit …"

„Fahr los, Lillibit", sagt sie bloß.

„Nehmt uns mit", schluchzt Emma. Das ist ziemlich merkwürdig, denn normalerweise weint sie nur, wenn sie das Gefühl hat, dadurch etwas ändern zu können. Wahrscheinlich liegt es daran, dass sie einfach jünger ist als ich. Sie hat nicht begriffen, dass hier nichts mehr zu ändern ist.

11. KAPITEL

„Gut, jedermann beruhigt sich jetzt wieder.“ Miss Ueland bewegt die Hand langsam auf und ab, damit wir endlich still sind.

Sie wirft einen musternden Blick auf die Klasse, der bei mir etwas länger verharrt als bei allen anderen. Ich wische mir über die Nase, weil sie mich ansieht, als ob ich einen Popel hätte.

„Heute sprechen wir über unsere *Gründungsväter*“, verkündet sie. „Wisst ihr alle, was ich meine, wenn ich *Gründungsväter* sage?“

Orla Maes Arm schießt nach oben. „Ich weiß es! Ich weiß es!“

„Ja, Orla Mae. Dann erzähl' mal.“

„Das sind die allerersten Präsidenten.“ Sie setzt sich aufrecht hin.

Gott sei dank reden und fragen dann alle durcheinander, und ich muss nicht mitmachen. Bald klingelt es, ich räume meine Bücher zusammen.“

„Caroline? Hör mal, könnte ich kurz mit dir reden, Liebes?“

„Ja, Ma'am?“ Mein Arm zittert unter dem Gewicht der Bücher. Ich wünschte nur, ich hätte irgendwas im Magen, ich sehe schon Sternchen.

„Caroline, Liebes, ich mache mir Sorgen um dich.“ Sie

stützt sich mit beiden Händen auf den Tisch. „Wie geht es dir?“

„Mir geht es gut, Ma’am.“

Sie schaut mir tief in die Augen, und eine Sekunde lang würde ich am liebsten weinen. Ich halte die Tränen aber zurück.

„Sag mir, was los ist, Liebes.“ Ihre Stimme fordert mich geradezu auf, zu weinen. „Du kannst mit mir sprechen.“

Ich schlucke. „Nichts ist los, Ma’am.“

„Am liebsten würde ich mich mal mit deinen Eltern unterhalten …“

Noch bevor sie den Satz beenden kann, unterbreche ich sie schnell. „Nein! Ich meine, nein danke, Ma’am. Ich meine, es ist alles in Ordnung. Ich bin bei uns hinterm Haus über einen Stein gestolpert und hab mir den Kopf angeschlagen, das ist alles. Meine Mama versohlt mir den Hintern, wenn Sie sie darauf ansprechen. Weil sie immer sagt, dass ich nicht herumklettern soll. Wenn Sie jetzt sagen, dass Sie sich Sorgen um mich machen, wirft sie mir das noch ewig vor.“

Ich hoffe, sie schluckt das.

Sie blickt auf ihre auf dem Tisch gefalteten Hände. Ihr Ehering blitzt in dem Deckenlicht auf.

„Ich überlege es mir noch mal“, sagt sie nach kurzem Zögern. „Aber vergiss nicht, dass du immer mit mir reden kannst, Caroline? Ja?“

„Ja, Ma'am."

„Du hast mich verstanden?"

„Ja, Ma'am."

„Dann kannst du jetzt gehen."

„Danke, Ma'am."

Und ich bin froh, dass ich jetzt gehen kann. Denn ganz kurz, so kurz wie ein Niesen, wollte ich ihr von Richard erzählen.

„Wie ich gehört habe, gibt's bei euch einige Probleme." Mr. Wilson blickt von seiner Schnitzerei auf.

Mama würde auf so etwas antworten, dass er sich um seinen eigenen Kram kümmern soll. Aber schließlich ist es Mr. Wilson. Mr. Wilson interessiert sich normalerweise kein bisschen für den Kram anderer Leute, sondern nur für seinen eigenen.

Vorsichtshalber sage ich gar nichts. Ich warte erst mal ab.

„Nun, wie ich weiß, gibt es einige Leutchen hier, die froh wären, wenn ihr wieder verschwindet." Er blickt auf das Holzstück, damit er sich nicht in den Finger schneidet. „Vor allem Antone. Und die Leute von der Holzfabrik. Tja, die alle hoffen, dass ihr wieder geht und allen Ärger mit euch nehmt. Aber ich gehöre nicht dazu."

„Sondern?" fragt Emma bestimmt, die gerade versucht, auf einem Baumstumpf zu balancieren. Aber es ist ein klitzekleiner Baumstumpf, von dem sie immer wieder hinunterfällt. Keine Ahnung, wie sie in einem Moment wie diesem überhaupt auf die Idee kommen kann, auf einem Baumstumpf herumzuturnen.

„Ich bin der Meinung, dass die Leute sich umeinander kümmern müssen. Und ich finde, ein Mann muss die Verantwortung für das übernehmen, was er tut."

Er legt Holz und Messer beiseite, legt die Hände auf die Knie und betrachtet uns beide. „Was sollen wir nun tun, hm?"

Keiner von uns antwortet. Was sollten wir auch sagen?

„Ich kann es nicht leiden, wenn ein Mann sich mit Schwächeren anlegt", sagt er. „Wenn er es an einem Kind auslässt ... das kann ich nicht ausstehen, wirklich nicht."

Wir folgen ihm zum Schuppen mit den Gewehren. „Wo will er hin?" flüstert Emma mir zu.

„Psst", zische ich. Dann frage ich Mr. Wilson, was mit dem Schloss geschehen ist.

„Das hat den Geist aufgegeben. Hat aber immerhin zwanzig Jahre gehalten. Wusste wahrscheinlich, dass es niemanden gibt, den es aussperren muss. Hier kommt sowieso niemand mehr her."

Wir warten draußen, während er ein Gewehr herausholt. Es ist klein, hat einen schimmernden weißen Griff und einen silbernen Lauf. Er lässt die Tür halb offen.

„Zu meiner Zeit hat ein Mann für seine Taten zahlen

müssen", murmelt er in sich hinein, während wir über die Wiese zum Zaun mit den Dosen laufen.

„Ist er immer so?" flüstert Emma mir zu. Ich schüttle mit dem Kopf und lasse Mr. Wilson nicht aus den Augen.

„Komm her, Mädchen", befiehlt er Emma. Meinetwegen kann sie mit diesem Gewehr schießen lernen, ich bleibe bei dem Jagdgewehr, aber dieses hier ist besser für ein kleines Mädchen.

„Du musst lernen, wie du dich schützt, wenn es sonst niemand tut. Also. Halt' das Gewehr hier fest, spürst du, wie glatt der Griff ist? Lass dich davon nicht täuschen. Dieses Gewehr hat es in sich. Damit wurden schon 'ne Menge Mistkerle erledigt, das kannst du mir glauben. Hollis Collins. Jetzt richte den Lauf auf dein Ziel. Hollis Collins hat immer nur Ärger gemacht, egal, wo er auftauchte. Und deshalb hat mein Papa ihn erschossen. Du kannst hier nicht durch das Fadenkreuz dein Ziel anvisieren, stattdessen legst du das Kinn hier auf deinen Arm, zwischen Schulter und Ellbogen. Genau so. Gut. Dreh den Kopf ein wenig, dass deine Wange fast den Lauf berührt – sehr schön. Wenn dein Arm ruhig ist, dann triffst du dein Ziel. Das ist so klar wie Kloßbrühe."

„Hey." Emma blickt von ihm zu mir. „Unser Daddy hat das auch immer gesagt."

„Dein Daddy wär' mir ewig dankbar dafür, dass ich dir das Schießen beibringe. So, jetzt konzentrier' dich auf dein Ziel. Die Dose hier steht auf dem Zaun, aber meistens wird dein Opfer sich bewegen. Also musst du deinen Körper drehen, aber gleichzeitig den Arm ruhig halten, und sobald es stehen bleibt, kannst du schießen."

„Jetzt?"

„Warte 'ne Sekunde. Siehst du hier den Abzug? Der ist ganz leicht abzudrücken, du musst dann mit dem Rückstoß rechnen. Probier's mal, dann weißt du, was ich meine."

Peng!

Emma schreit auf wie ich beim ersten Mal. Auf diesen Knall ist man einfach nicht vorbereitet.

„Nicht schlecht für den Anfang", sagt er, als der Rauch, der aus dem Lauf kommt, sich lichtet. „Hast du das mit dem Abzug verstanden?"

„Klar!" sagt sie. Ich muss grinsen, weil ich weiß, wie aufgeregt sie sein muss.

„Also, du hast dein Ziel verfehlt." Er ist so streng, wie Lehrer nun mal zu sein haben. „Du musst dich richtig konzentrieren. Gib mal her, ich zeig dir, wovon ich rede. Siehst du, wie ruhig mein Arm ist? Der muss ganz stabil sein, weil es so leicht ist, abzudrücken. Und dann denkt der Arm, dass der Rest auch leicht ist. Aber er muss unbedingt ruhig bleiben."

Peng!

Emma flitzt zum Zaun und hält die heruntergefallene Dose hoch wie eine Trophäe. „Getroffen!"

„Das ist es, was ich meine. Mein Arm hat sich nicht bewegt. Versuch's jetzt noch mal."

Emma rennt zurück, nimmt das Gewehr und streckt den Arm aus. „So?"

„Genau so. Der Ellbogen ist ganz steif. Jetzt kannst du abdrücken."

Peng!

Und nachdem sie wieder zum Zaun gerannt ist, hebt sie begeistert eine Dose in die Luft.

„Das war ein verdammt guter Schuss, Mädchen." Mr. Wilson spuckt auf den Boden. „Ein sehr guter Schuss."

Emma ist so glücklich, dass sie den ganzen Heimweg über hüpft.

„Du weißt, was wir jetzt machen, oder?" Sie springt auf einen kleinen Felsen und wieder hinunter.

„Wovon redest du?" frage ich.

„Wir erschießen Richard." Sie hüpft über einen Baumstamm. „Er wird einfach erschossen."

Ich bleibe stehen. „Was?"

„Jawohl, „ sagt sie, während sie aufmerksam einen Pilz betrachtet. „Wir bringen Richard um. Mr. Wilson hat uns gezeigt, wie es geht."

Ich laufe weiter. „Du bist doch verrückt. Das hat er nicht getan."

„Hat er wohl." Sie hüpft zu mir. „Wir müssen ihn umbringen, Carrie."

„Wir sollen einfach irgendwann nach Hause kommen und ihn erschießen? Einfach so?“

„Ja, sozusagen. Dann werden sie uns nicht aus dem Haus werfen, weil wir dem Sheriff Leid tun. Aber selbst, wenn wir gehen müssen: Sobald Richard tot ist, gibt es niemanden mehr, den Oma und Tante Lillibit hassen, dann können wir bei ihnen wohnen.“

Noch während sie spricht, beginne ich, den Kopf zu schütteln. „Es ist eine Sache, auf eine Dose zu schießen, aber eine ganz andere, einen Menschen zu erschießen. Egal, wie sehr er es verdient hat.“ Manchmal denken kleine Schwestern nicht gründlich nach, dann muss die große Schwester das für sie tun.

„Stell dir nur vor!“ Sie deutet fröhlich auf meine Stirn, auf der sich ein großer blauer Fleck gebildet hat. „Das könnte das letzte Mal sein, dass er dich geschlagen hat.“

Nachdem Oma und Tante Lillibit gegangen sind, ist das Haus wieder sehr still. Mama wäscht keine Wäsche mehr, das finde ich gut, denn dann muss ich nicht immer helfen, sie aufzuhängen. Eine lästige Pflicht weniger. Ich und Emma ordnen unsere Kleider in zwei Stapel: einer für untragbar schmutzige Wäsche, einer für Kleider, die man noch mal anziehen kann. Die haben vielleicht ein paar Flecken, können aber noch als sauber durchgehen, wenn man sie verkehrt herum trägt. Das ist unsere neue Methode.

Der Räumungsbefehl hängt nach wie vor an der Tür, mir fällt er schon gar nicht mehr auf, wenn ich rein- und rausgehe. Mama kommt manchmal aus ihrem Zimmer, aber ich bin froh, wenn sie es nicht tut, denn entweder weint oder schimpft sie. Richard habe ich seit ein paar Tagen nicht mehr gesehen, nach den leeren Bierflaschen zu urteilen ist er aber noch da, wahrscheinlich dann, wenn wir tief und fest schlafen. Vielleicht arbeitet er ja wieder.

Alles könnte meinetwegen so weitergehen, aber ich nehme an, so soll es nicht sein.

12. KAPITEL

„Ich habe interessante Neuigkeiten für euch“, erklärt Miss Ueland. „Alle mal herhören, ich muss euch etwas sagen.“

Ellie Frenden flüstert mir ins Ohr: „Ich weiß, was sie sagen will“, dann kneift sie die Lippen zusammen und sieht sehr zufrieden mit sich aus.

„Also“, beginnt Miss Ueland. „Ich möchte euch erzählen, dass ich Mutter werde.“

Im Raum breitet sich Totenstille aus. Ellie versucht triumphierend, meinen Blick aufzufangen. Ihr Onkel ist Arzt, deswegen wusste sie vermutlich Bescheid.

„Das kommt sehr *unerwartet,* ist aber sehr *aufregend* für mich und Mr. Ueland“, fährt sie fort. „Wir ziehen in den nächsten Ort, weil wir ein größeres Haus mit einem Zimmer für das *Baby* brauchen. Ich weiß, Babys sind *klein,* aber sie wachsen, und dann werden wir ganz schnell *mehr* Platz brauchen.“

Orla Mae meldet sich. „Heißt das, dass Sie nicht mehr unsere Lehrerin sind?“

„Mr. Tyler wird euer Lehrer – zieh nicht so ein Gesicht, Buddy Lee. Mr. Tyler ist ein guter Lehrer. Ich muss euch allerdings leider wirklich verlassen, Orla Mae. Und das macht mich *traurig,* weil ich euch alle gern unterrichtet habe.“

Während sie spricht, ruht ihr Blick auf mir, aber ich

schaue weg. Schätze, ich werde ihr wohl nichts von Richard erzählen. Das wusste ich ja von Anfang an. Ich hatte nur mal darüber nachgedacht.

Ich wünschte, ich könnte wie Mama einfach in meinem Zimmer bleiben. Das wäre viel einfacher. Ich müsste nicht überlegen, was wir alle essen sollen, wie wir unseren Kühlschrank füllen, die Hausarbeit erledigen und das Tag für Tag. Ja, ich wünschte, ich könnte einfach auch den ganzen Tag lang im Bett bleiben.

Schule ist ohne Miss Ueland einfach nicht mehr dasselbe. Und manchmal habe ich sogar das Gefühl, selbst meine kleine Schwester nicht mehr zu verstehen. Seit sie Schießen gelernt hat, verfolgt sie ein bestimmtes Ziel. Als ob sie mich nicht mehr brauchen würde. Jetzt geht sie immer allein zum Bach und schmiedet Pläne, wie ich vermute.

Ich hingegen gehe mit Mr. Wilson oft ins Zebulon's, ich reagiere also genauso wie Emma, nur auf eine andere Weise.

„Komm hier rüber, Mädchen", ruft mir Walles von dem Fass, auf dem er sitzt, zu. „Ich zeig' dir mal einen Akkord, den du bestimmt gut hinbekommst. Hier, nimm den Gitarrenhals in die linke Hand – du bist doch Rechtshänderin, oder? Gut. Jetzt leg den ersten Finger auf die oberste Saite, und mit der linken Hand zupfst du mit dem Zeigefinger und dem Daumen. Genau so! Ich fass' es nicht! Hörst du das? Klingt gut. Sonny, gib mir ein G, ja? Das legen wir unter die Melodie, die du gerade spielst, Culver."

„Ich heiße Parker", muss ich ihn korrigieren. Obwohl ich viel lieber Culver wie mein Daddy heißen würde.

„Ich dachte, du bist eine Culver."

„War ich, aber Mama hat nach Daddys Tod wieder geheiratet, sein Name ist Parker und meiner jetzt eben auch."

„Parker wie dieser Typ, der im Holzlager gearbeitet hat? Dieser Parker?"

„Ja, Sir."

Walles sieht Sonny Zebulon an, der wie immer über seine Gitarre gebeugt sitzt, sich jetzt aber aufrichtet. Sie wechseln schweigend einen Blick.

„Wie kommt es, dass ein kleines Mädchen wie du bei so einem Typen landet ..."

„Walles", unterbricht ihn Mr. Wilson mit messerscharfer Stimme. Walles bricht sofort ab. „Lass es gut sein. Ich hab' genug von dieser Schlammschlacht."

Die Musik rieselt über mich wie Wasser über die Steine im Diamantenfluss.

Hallo Carrie. Willst du nach der Schule zu mir nach Hause kommen?
Kreuze unten an, ob du kannst oder nicht.
Orla Mae.

Ich will ihr zulächeln, aber sie schaut angestrengt nach vorne, damit niemand etwas von ihrem Briefchen bemerkt.

Ich kreuze ja an, falte den Zettel wieder ganz klein zusammen und lasse meinen Bleistift auf den Boden fallen, damit ich ihr das Papier zuschieben kann.

Mr. Tyler schreibt gerade etwas an die Tafel, bemerkt also nicht, wie sie sich herunterbeugt und ihn aufhebt.

Nach dem Unterricht treffen wir uns, damit wir zusammen gehen können.

„Warte noch 'ne Sekunde", bitte ich sie auf dem Schulhof. „Ich muss meiner Schwester sagen, dass sie allein nach Hause gehen soll."

Ich renne los. „Du, Em", sage ich atemlos. „Geh du schon mal nach Hause. Ich komme später."

Emma schaut an mir vorbei zu Orla Mae, die an ihren Nägeln knabbert, als handle es sich um ihr Mittagessen.

„Gehst du zu Orla Mae?" fragt Emma, als ob das verboten wäre.

„Kann dir doch egal sein. Geh einfach allein nach Hause. Ich bleibe nicht lange." Sie will natürlich, dass ich sie mitnehme, aber in letzter Zeit habe ich mich daran gewöhnt, allein unterwegs zu sein.

Schulterzuckend wendet sie sich ab, und das versetzt mir dann doch einen Stich. „Willst du mitkommen?" brülle ich ihr hinterher, obwohl ich die Antwort schon kenne.

Die Antwort ist gar keine Antwort. Nur eine kleine Schwester, die einfach wegläuft.

Das Haus von Orla Mae ist nicht viel größer als unseres, aber hier gibt es nicht so viele Bäume, und deshalb dringt mehr Licht hinein.

Wir werfen unsere Bücher auf den Tisch.

„Hallo Mama“, ruft Orla Mae.

„Hallo Liebling“, erklingt eine Stimme aus dem hinteren Teil des Hauses. „Wie war’s in der Schule?“

„Gut. Ich habe Carrie Parker mitgebracht.“

„Das ist schön.“

„Kann sie mit uns zu Mittag essen?“ Orla Mae hat mich gar nicht gefragt, aber ich vermute, Mama wird sowieso nicht auffallen, dass ich nicht zu Hause bin.

„Na klar. Essen ist gleich fertig. Fangt doch bis dahin schon mal mit euren Hausaufgaben an.“

Orla Mae verdreht die Augen. „Komm mit.“

Wir gehen zu einer Seitentür, auf der jeder freie Fleck mit Fotos bedeckt ist, Bilder von Babys, Hochzeiten, säuerlich dreinschauenden Leuten, die offenbar nicht daran gewöhnt sind, fotografiert zu werden.

„Wer ist das?“ Ich deute auf einen Mann mit einem großen schwarzen Hut und einer runden Brille.

„Das ist mein Großpapa, der Vater von meinem Daddy. Er ist an der Ostküste aufgewachsen, Outer Banks. Er ist nie zur Schule gegangen, und dort gab es auch keine anderen Kinder, mit denen er hätte spielen können. Daddy sagt, er ist im Alter ziemlich verrückt geworden. Komm raus."

Neben dem Haus gibt es eine kleine Hütte, Hühner laufen pickend eine Rampe hinauf und hinab.

„Das sind die dümmsten Lebewesen auf der Welt", verkündet Orla Mae. „Schau mal. Jetzt füttere ich sie mit kleinen Steine. Ha! Sieh dir die da an, die merkt nicht mal, dass das kein Futter ist. Einmal habe ich ihnen Rührei gegeben, das haben sie auch gefressen. Weißt du, was das bedeutet? Dass sie Kannebels sind."

„Du meinst Kannibalen", sage ich.

„Warum musst du immer alles besser wissen?" Sie wirft den hungrigen Hühnern einen Holzspan hin. „Das machst du immer."

„Nein, mache ich nicht."

„Machst du wohl. Im Unterricht weißt du immer die richtige Antwort."

„*Du* weißt die richtige Antwort. Ich glaube, du bist die Klügste von uns."

„Aber klar." Aber sie klingt, als würde sie mir nicht glauben.

„Habt ihr eure Schulbücher überhaupt schon mal aufgeschlagen?" ruf uns Mrs. Bickett durchs Fenster zu.

„Werden wir gleich, Mama!"

„Was hab ich euch gesagt? Ihr sollt eure Hausaufgaben machen! Da führt kein Weg vorbei. Vorher gibt's kein Mittagessen!"

„Na los", sage ich. Die Vorstellung, ohne einen Bissen im Magen wieder gehen zu müssen, lässt meine Knie weich werden. „Machen wir unsere Hausaufgaben."

„Okay, Klugscheißer."

„Bin ich nicht."

„Bist du wohl."

Wir seufzen beide laut, während wir zurück ins Haus gehen.

Dabei müssen wir gar nichts machen. Freddie Sprague hat Mr. Tyler nämlich an der Nase herumgeführt, indem er behauptete, wir hätten in unserem Englischbuch noch gar keine Aufgaben gelöst. Mr. Tyler hat uns daraufhin etwas aufgegeben, was wir schon längst gemacht haben. Wahrscheinlich ist Miss Ueland sehr überstürzt gegangen und konnte ihm nicht mehr sagen, was wir schon durchgenommen haben und was nicht.

Ich habe schon lange nicht mehr das Klappern von Töpfen und Geschirr aus einer Küche gehört. Ich finde es schön, dass sich mal jemand anders Gedanken macht, was wir essen sollen. Ich frage mich, was Emma wohl bekommt.

„Wir sind fertig, Mama." Orla Mae läuft in die Küche, also gehe ich hinterher, vorbei an den Fotos mit den Gesichtern, die mich anstarren und daran erinnern, dass ich eine Fremde in diesem Haus bin.

„Gut. Hol doch bitte Salz und Pfeffer. Und Carrie, würdest du … oh. Was ist denn mit deiner Hand passiert, Liebes?“

„Nichts, Ma'am“, lüge ich. „Ich hatte nur einen Unfall und es tut auch nicht mehr weh.“

„Zeig mal.“

„Ist schon gut, Ma'am. Wirklich.“

Sie legt den Kopf schief. „Na gut. Kannst du damit das Besteck rausholen?“

„Ja, Ma'am. Selbstverständlich.“

Ich schlucke den Speichel herunter, der sich bei dem Essensduft in meinem Mund gesammelt hat.

„So, Mädchen, nun wascht euch jetzt die Hände. Und Carrie, sei vorsichtig mit deiner Hand! Die Wunde sieht ziemlich schlimm aus, pass auf, dass nicht zu viel Wasser drankommt.“

Ich hatte am Tag zuvor die letzten Eier gekocht, die wir noch hatten, denn Mama hat mir mal erklärt, dass das das Einzige ist, was man mit alten Eiern tun kann: kochen. Ich versuchte den Topf mit dem kochenden Wasser ganz ruhig zu halten, als ich ihn zum Waschbecken trug, aber er war zu schwer. Beinahe wäre er mir aus der Hand gerutscht, und dabei habe ich mich verbrannt. Mama sagt ja immer, wie ungeschickt ich bin.

„Orla Mae?" Mrs. Bickett macht es sich auf ihrem Stuhl bequem. „Sprichst du heute das Tischgebet?"

Die beiden breiten ihre Servietten auf dem Schoß aus, also tue ich das auch.

„Komm Herr Jesu, sei unser Gast, und segne, was du uns bescheret hast. Segne außerdem unsere Freunde", sie drückt meine Hand, als sie das sagt, „und unsere Familien" Vermutlich drückt sie in dem Moment die Hand ihrer Mutter, „und unser Heim. Amen."

„Amen", sagt Mrs. Bickett mit gesenktem Kopf.

„Amen", murmle ich.

„Kannst du mir bitte die Butter geben?" fragt Mrs. Bickett. „Ach je, ich glaube, einige von uns haben furchtbaren Hunger", fährt sie mit einem Blick auf mich fort. Ich habe mir bereits ein großes Stück Brathuhn in den Mund geschoben und mir den Gaumen verbrannt. Aber das ist mir egal. Noch nie hat mir Hühnchen so gut geschmeckt.

Orla Mae schmiert noch immer Butter auf ihr erstes Brötchen, als ich schon nach dem zweiten greife und es komplett in den Mund stopfe. Mit der anderen Hand schiebe ich Mais auf meine Gabel.

Ich weiß nicht, warum Mrs. Bickett nicht aufhört, mich anzustarren.

„Wie ist denn euer neuer Lehrer Mr. Tyler, Mädchen?" fragt sie schließlich und kaut dann sorgfältig auf einem kleinen Stückchen Huhn.

„Der ist in Ordnung“, sagt Orla Mae.

„Orla Mae, sprich nicht mit vollem Mund. Du bist doch nicht unter Wilden aufgewachsen.“

Als sie das sagt, schnappe ich mir ein weiteres Brötchen und lasse es auf die Serviette in meinem Schoß fallen. Etwas später stecke ich es für Emma in meine Jackentasche. Bis zum Ende des Essens habe ich drei Brötchen verstaut. Emmas Magen ist kleiner als meiner, drei sollten also reichen. Und was mich betrifft, ich bin gestopft wie eine Weihnachtsgans.

Wir räumen ab, und bevor Mrs. Bickett die Essensreste in den Mülleimer kratzen kann, klaue ich noch schnell den letzten Maiskolben, der nicht gegessen wurde. Der ist ziemlich fettig und wird meine Jacke verhunzen, aber egal. Man muss sich doch um seine kleinere Schwester kümmern.

„Danke für das Essen, Ma'am“, sage ich, nachdem wir die Töpfe und Pfannen abgetrocknet haben.

„Bitte, Carrie. Du kannst immer zu uns kommen, so oft du magst, Liebes.“

„Danke, Ma'am.“

„Bestell deiner Mutter schöne Grüße!“ ruft sie mir nach.

„Mach ich, Ma'am“, schreie ich. „Auf Wiedersehen, Orla Mae.“

„Wiedersehen Klugscheißer.“

Meine Wangen röten sich, doch dann sehe ich, dass sie mich anlächelt.

Mit vollem Bauch scheint der Heimweg viel kürzer. Ich hüpfe sogar ab und zu hoch, wenn ich daran denke, wie sehr sich Emma über ihr Abendessen freuen wird. Doch aus dem Küchenfester dringt ein merkwürdiges Licht. Wie von einer Kerze. Wenn wir sonst in der Dunkelheit nach Hause kommen, ist immer das ganze Fenster erleuchtet, jetzt ist es nur das halbe. Das ist äußerst ungewöhnlich und beunruhigt mich irgendwie

Je näher ich komme, desto merkwürdiger wird mein Gefühl in der Magengegend.

„Mama?“ Ich rufe nicht sehr laut, weil ich ja nicht weiß, was mich drinnen erwartet.

Als ich die Tür öffne, traue ich meinen Augen nicht. Alles ist durcheinander, fast so wie am Anfang, als wir hier ankamen.

„Ach, du lieber Gott im Himmel.“ Ich sage das genau in dem Ton wie Mama, wenn sie mich und Emma bei etwas ertappt hat.

Ein Stuhl ist umgefallen. Unter meinen Schuhen knirschen Glassplitter. Und jetzt weiß ich auch, warum das Licht so merkwürdig ist – die Lampe ist umgestoßen worden und sieht aus, als würde sie ein Nickerchen auf dem Boden machen. Als ich den Raum durchquere, um sie wieder aufzustellen, muss ich über ein Sofakissen und die Scherben des Porzellangeschirrs steigen, das Oma uns als Familienerbstück gegeben hat.

„Mama?“ Diesmal rufe ich lauter.

Das einzige Bild, das wir besitzen – mit Bilderrahmen und allem – liegt mit dem Gesicht nach unten auf dem Boden. Es ist ein Foto von Mama und mir am Strand, als ich noch ganz winzig war. Daddy hat es gemacht, deshalb ist er nicht auf dem Bild zu sehen, das ist wohl gut so, denn sonst hätten wir es nie aufhängen können. Das hätte Richard niemals erlaubt.

Als ich mich herunterbeuge, um die Lampe aufzuheben, sehe ich sie.

„Mama!“

Blut läuft aus ihrem Kopf wie aus einer umgestoßenen Tasse. Ein Arm ist ganz verdreht. Ihr Hauskleid – das sie schon so lange trägt, dass die Rosen nicht mehr rot sondern blassrosa sind – ist fast bis zu ihrer Hüfte hochgeschoben.

„Mama?“ flüstere ich, beuge mich über ihr Gesicht und versuche zu verhindern, dass meine Tränen direkt in ihren blutigen Mund tropfen.

Sie bewegt den Kopf ein wenig und blickt mich aus dem nicht zugeschwollenen Auge an. Ihre Lippen bewegen sich.

„Mama?“

„Geh“, wispert sie. „weg.“ Sie holt Luft, aber nicht zu tief, offenbar tut es ihr weh zu atmen. „Sofort.“

„Ich lass dich nicht allein, Mama.“ Ich versuche wirklich, wirklich, ich versuche mit aller Kraft nicht zu weinen.

„Schnell“, flüstert sie.

Das Gebrüll drischt auf mich ein, noch bevor ich begreifen kann, was die Worte bedeuten.

„Versuche, meine so genannte *Familie* durchzufüttern“, schreit er. Offenbar hat er mich nicht gehört. „Das isses, was ich *versuche.* Du Stück *Scheiße.*“

Er verstummt, um einen Schluck Bier zu trinken, und tritt dann gegen alles, was ihm im Weg liegt. Langsam bewege ich mich nach hinten, weil ich hoffe, ungesehen durch die Küchentür schlüpfen zu können.

„Du hast doch die Preise gesehen in den Läden“, brüllt er Mama an, als ob sie in der Lage wäre, ein Gespräch zu führen. „Diese Läden *zwingen einen* doch geradezu, sie auszurauben! Was zum Teufel …“

Zum Glück ist er betrunken und braucht eine Weile, um den Lärm zu orten, den ich mache, als ich über das zerbrochene Geschirr hopse. Wetten, dass er aufhört, mir hinterher zu rennen, sobald ich den Wald erreicht habe, der zwischen uns und Mr. Wilsons Haus liegt? Ich höre mich selbst keuchen. Lieber Gott. Ich muss Hilfe holen, bevor er Mama umbringt. Bitte, lieber Gott. Ich werde alles dafür tun. Ich werde nie mehr mit Emma zanken. Ich werde die Hausarbeit ganz ordentlich machen, so, wie Mama es möchte. Ich akzeptiere sogar Richard. Aber bitte, lieber Gott, lass mich rechtzeitig zu Mr. Wilson kommen.

Peng!

Der Knall reißt mich beinahe von den Füßen.

Der Knall, den ich inzwischen ziemlich gut kenne. Es gibt kein Geräusch wie dieses. Ein Schuss ist gefallen. *Im Haus.*

Ich habe Bilder von einem Typen im Zirkus gesehen, der auf einem Drahtseil ganz weit oben in der Luft steht, als ob er festgeklebt wäre. Und genauso stehe ich im Augenblick da. Ich weiß nur nicht, ob ich auf dem Draht weiter zu Mr. Wilson gehen oder lieber nachsehen soll, was zu Hause passiert ist.

Ich presse die Augen zusammen, sehe Mama wieder auf dem Boden liegen, das ganze Gesicht rot vor Blut. Und ich weiß die Antwort.

Ich komme, Mama.

Ich nehme jeweils zwei Stufen der Verandatreppe auf einmal, es ist mir egal, ob er hört, dass ich ins Haus komme oder nicht.

„Mama?"

Ich springe über Glassplitter, zerbrochenes Geschirr und anderem Kram, der auf dem Boden verstreut ist, auf dem sie noch immer liegt.

„Mama?"

Sie dreht den Kopf zu mir, also ist nicht sie diejenige,

die umgebracht wurde. Langsam blicke ich mich in dem Raum um. Hinter dem Sofa ist es zu dunkel. Ich nehme die Lampe und halte sie wie eine Laterne vor mich. Zwar ist das Kabel nicht lang genug, aber zumindest wirft die Lampe etwas Licht in das hintere Teil des Zimmers.

Und da ist er. Richard.

Er liegt ausgestreckt auf dem Boden und sieht aus, als würden ihm die Glassplitter im Rücken nichts ausmachen. Seine weit offenen Augen scheinen die Decke zu studieren, ich habe Angst, zu ihm zu gehen ... vielleicht ist das nur eine Falle, er tut so, als ob er tot wäre und packt mich, wenn ich näher komme. Ich halte mich so weit wie möglich von seinen Armen entfernt, die er ausgebreitet hat, als wolle er einen Engel im Schnee machen. Da entdecke ich das rote Loch in seiner Brust, aus dem mehr und mehr Blut hervorquillt.

Er rührt sich nicht.

Ich komme noch näher und sehe, dass seine Brust sich nicht bewegt. Es ist Richard, der erschossen wurde.

Und für den Bruchteil einer Sekunde, für weniger sogar, sehe ich meinen Daddy vor mir liegen, wie sein Blut in den Linoleumboden sickert. Ich weiß nicht, wie das sein kann, denn Emma war es doch, die ihn gesehen hat ... wahrscheinlich habe ich es mir einfach so oft vorgestellt, dass ich ihre Erinnerung übernommen habe.

Emma.

„Emma!“ schreie ich, renne die Treppe hinauf zu unserem Zimmer. Sie ist nicht da. Sie ist nicht da?

„Emma!“ brülle ich, aber ich bekomme keine Antwort.

„Mr. Wilson. Hilfe!“ Als ob er mich von hier aus rufen hören könnte. Ich blöde Kuh.

So schnell wie ich hineingerannt bin, renne ich auch wieder hinaus … den dunklen Weg entlang zur großen Straße … über die große Straße zu seinem Pfad, der mir jetzt viel steiler vorkommt. Steine stoßen gegen meine Füße, viel mehr Steine als sonst. Gerade als ich mich nach einem Sturz aufrichte, knirschen Schritte auf dem Kies vor seinem Haus. Ja. Er ist es, gut. Das erkenne ich an seinem Humpeln. Gerade will ich nach ihm rufen, als das Mondlicht auf etwas fällt, das er in der Hand hält. Ein Gewehr?

Oh. Mein. Gott.

Die Äste zerbrechen unter meinen Schuhen, nur mein lautes Atmen ist zu hören in diesem Wald. Der Mond wirft sein Licht auf mich. Das Gebüsch und die jungen Bäume, die mir bei Tageslicht nie aufgefallen sind, bremsen mein Tempo, aber nicht sehr. Es ist mir egal, ob ich zerkratzt werde oder nicht.

Das Haus der Bicketts ist von der Dunkelheit verschluckt, man kann kaum erkennen, wo die Stufen aufhören, aber ich schaffe es trotzdem und hämmere gegen die Haustür.

13. KAPITEL

„Caroline? Caroline, sieh mich an.“ Mamas geschwollene Lippen bewegen sich, aber ihre Wort scheinen nicht aus ihrem Mund zu kommen. Sie hält sich ein mit Eiswürfeln gefülltes Handtuch an die Stirn. Das ganze Blut ist jetzt weggewaschen.

„Caroline?“

„Sie ist müde“, höre ich eine andere Stimme über mir, die eines Mannes. „Lassen Sie sie schlafen.“

„Caroline, Caroline, kannst du mich hören? Woran denkst du?“

Diese Pappel war geradezu dafür *gemacht,* hinaufzuklettern. Dicke, knorrige Äste breiteten sich aus wie eine Treppe, ein Ast über dem anderen, man konnte fast bis ganz oben klettern.

„Kannst du es sehen? Kannst du das Haus von hier aus sehen?“ rief Emma von unten herauf.

„Noch nicht. Ich muss noch etwas höher.“

„Mach schnell, ich bin nur zwei Äste unter dir.“ Es ärgerte sie, dass ich so lange brauchte. Ich hätte sie vorgehen lassen sollen, sie klettert viel schneller als ich. Aber ich bin die Ältere.

„Jetzt kann ich es sehen.“ Das konnte ich wirklich. Der Baum war höher als die anderen Bäume rund um die Hamilton-Farm, nichts blockierte meine Sicht. „Los! Komm hoch."

„Okay, okay", rief sie noch immer verärgert, aber atemlos. „Du hättest mich zuerst hochklettern lassen sollen. Wahnsinn, du hast Recht. Man kann es von hier aus sehen."

„Hab ich's nicht gesagt?"

Die Hamilton-Farm war ein gutes Stück von unserem Haus entfernt, dem Haus mit den abgesplitterten Fensterläden in der Murray Mill Road. Aber wenn man so hoch oben ist wie ein Vogel, dann ist das egal, von so weit oben kann man alles überblicken.

Das Problem ist nur, dass man auch nach unten sehen kann und feststellt, wie weit man wieder herunterklettern muss. Ich versuchte, nicht nach unten zu schauen, aber das war unmöglich. Manchmal macht es Spaß, sich selbst Angst einzujagen, und genau das tat ich wahrscheinlich.

„Wie sollen wir denn hier je wieder lebend runterkommen?"

„Wen interessiert das schon? Sieh mal! Da sind die Godseys!"

Ich kam nicht auf die Idee, herauszufinden, was es auf der anderen Seite des Baumstamms zu sehen gab, den ich umklammerte, als ob mein Leben davon abhinge. Was es ja auch tat.

„Am liebsten würde ich für immer hier bleiben."

„Caroline, antworte." Mamas müde Stimme wird lauter, dabei ist sie nur eine Armlänge von mir entfernt. „Hörst du? Antworte."

„Was?"

„Hören Sie sich dieses ‚was' an, als ob wir nicht seit Stunden auf sie einreden würden", sagt Mama zu einem unsichtbaren Mann hinter mir.

„Na, na, Mrs. Parker, jetzt mal ganz langsam", sagt die Stimme. Ich habe nicht die Kraft, mich umzudrehen und herauszufinden, zu wem diese Stimme gehört – ich bin so müde – aber ich kenne sie. „Das war ein langer Tag. Für jeden von uns."

„Ich weiß. Und ich bin so ruhig, wie ich nur kann. Caroline?" Ihre Stimme klingt unnatürlich sanft. „Sag deiner Mama, was passiert ist, ja? Sag's deiner Mama."

Ich betrachte ihre rissigen Lippen, die sich im Takt der Worte bewegen.

„Mrs. Parker, überlassen Sie uns das mal", sagt die Stimme. „Sie müssen doch auch müde sein. Warum holen Sie sich nicht einen Kaffee, während wir uns mit Caroline unterhalten."

„Es ist mein Mann, der umgebracht wurde, und es ist mein Kind, mit dem ich sprechen will. Also, Caroline Parker, du wirst jetzt mit mir reden, verstehst du? Sprich mit mir. Erzähl es mir."

Ich möchte meine Arme nach ihr ausstrecken. Ich

möchte, dass sie mich auf ihren Schoß zieht und mir sagt, dass wir jetzt nach Hause gehen, dass alles nur ein böser Traum war. Ich möchte ...

„Caroline, wenn du uns etwas sagen möchtest, wenn du dir etwas von der Seele reden möchtest, nun, dann ..." Ein großer Mann schiebt sich vor Mama. Es ist der, der den Zettel an unsere Tür geheftet hat, der Sheriff! Sein Gesicht sieht traurig aus, er blickt mir tief in die Augen und wartet, dass ich die Fragen beantworte, die sie mir immer und immer wieder stellen. Doch ihn anzusehen ist wie an einem sonnigen Tag durch eine Gardine zu schauen – ich kann Licht sehen, aber nicht die Umrisse erkennen. Was ist passiert, was ist passiert, fragen sie immer wieder – diese drei Worte, und ich schwöre bei meinem Leben, ich habe keine Ahnung, wovon sie sprechen.

Ich blicke vom Sheriff zu Mama und wieder zurück, um einen Hinweis zu finden.

Mama lässt sich nichts anmerken, ich muss die Antwort selbst herausfinden. Ich weiß nicht, Sir, sage ich dem Sheriff mit meinem Blick, weil mein Mund sich einfach nicht bewegen will. Ich weiß es wirklich nicht. Je angestrengter ich es versuche, desto weniger erinnere ich mich.

Dann wie ein Blitz das Bild von Mr. Wilson, der etwas im Mondlicht Aufblitzendes in der Hand hält. Mr. Wilson, der so gut zu mir gewesen ist. *Ein Mann muss die Verantwortung für das übernehmen, was er tut.*

„Seit wann kannst du überhaupt schießen?“ Mama lehnt sich in ihrem Stuhl zurück – ich schätze, sich zu mir zu beugen ist ihr zu anstrengend geworden. „Dein Daddy wurde mit einem Gewehr erschossen ... und du hast dir das Schießen von einem Verrückten ihm Wald beibringen lassen. Sie hat keinen Respekt vor ihrem Daddy, überhaupt keinen.“

„Mrs. Parker, bitte“, sagt der Sheriff. „Eins nach dem anderen.“

Sie klopft mit ihrer Zigarettenschachtel auf den Handrücken, bis eine Zigarette herauskommt, steckt sie in den Mund, zündet sie, zieht lange und bläst den Rauch gegen die Decke.

Die Stimme des Sheriffs ist weicher als die von Mama, ruhiger, sie schwebt durch die Luft und streichelt mich. „Möchtest du mir erzählen, was passiert ist, bevor wir kamen?“

Ich schließe die Augen und sehe Richard, wie er am Küchentisch sitzt und Bier trinkt.

„Carrie?“

Noch eine Erinnerung, diesmal, wie mein Herzschlag in meinen Ohren dröhnt und ich die Treppe hinaufjage, um nach jemandem zu suchen.

„Caroline?“

Um nach jemandem zu suchen.

„Lassen wir sie eine Weile in Ruhe.“

Auf der Suche nach …

„Na gut“, sagt sie von ihrem Platz aus. Sie könnte auch eine Million Meilen entfernt sein.

Auf der Suche nach …

„Emma“, stoße ich hervor.

„Was? Was sagst du, Liebes?“ Er kommt näher. „Was hast du gesagt?“

Ich bin genauso überrascht über meine eigene Stimme, wie sie. „Emma.“

Er blickt Mama an, die aussieht, als hätte alles Leben sie plötzlich verlassen, ihr Kopf sinkt auf die Brust – wie bei einer Stoffpuppe. Und dann schüttelt sie ihn ganz langsam.

„Willst du mir etwas über Emma erzählen?“

„Ich habe Emma gesucht.“ Offenbar spreche ich sehr leise, denn er beugt sich so tief über mich, dass ich seinen Tabakatem riechen kann.

„Du hast Emma gesucht …“ Er will, dass ich weiter spreche, aber mehr weiß ich nicht.

„Ach, Herrgott noch mal!“ Mamas Stimme ist so müde wie ihr Kopf.

„Warten Sie!“ Der Sheriff hebt eine Hand. „Sprich weiter.“

Mama, bitte, denke ich. Bitte hilf mir. Mach, dass es wieder gut wird, so wie Daddy früher. Bitte, Mama.

Wieder ein Blitz. Richards Lachen zerschneidet meinen

Kopf. Meinen Kopf, in dem es hämmert und hämmert, die Erinnerungen wollen kommen und dann wieder nicht. Eine Tür wird aufgestoßen. Richards Lächeln verblasst, er reißt die Augen auf. Es hämmert und hämmert. Meine Arme sind ganz schwer. Es hämmert.

„Ich konnte Emma nicht finden."

Ein weiteres Bild: Mr. Wilson klettert die Stufen zu seinem Haus hinauf. Etwas Aufblitzendes.

Der Mann legt sachte seine Hand auf meine, ich bin überrascht, wie leicht sie ist.

„Er ist mit einem Gewehr ins Haus gegangen."

Mit meinem Blick fahre ich die gewundenen Venen auf seinem Handrücken nach. Kleine Flüsse.

„Wer?" Der Sheriff fleht mich geradezu um eine Antwort an. „Wer ist mit einem Gewehr ins Haus gegangen?"

Mir ist klar, dass ich ihm sagen muss, was ich gesehen habe. Ich muss meinen einzigen Freund verraten.

Nein. Er kann es nicht gewesen sein. Nein.

Ich kann mich selbst zu Emma sagen hören: *Es ist eine Sache, auf eine Dose zu schießen, aber eine ganz andere, einen Menschen zu erschießen. Egal, wie sehr er es verdient hat.*

Mr. Wilson könnte keiner Fliege etwas zu Leide tun. Doch dann höre ich glasklar seine Worte: *Zu meiner Zeit hat ein Mann für seine Taten zahlen müssen.* Das hat er selbst gesagt.

Vielleicht fand er, dass Richard sterben müsse. Und außerdem trug er dieses im Mondlicht aufblitzende Gewehr.

„Wer ist mit einem Gewehr ins Haus gekommen, Caroline?“ fragt der Sheriff erneut. Andererseits bin ich mir im Augenblick nicht einmal sicher, ob ich wirklich Caroline heiße – ich bin so müde, und meine Schläfen pochen.

„Mr. Wilson.“

„Was?“ Er kommt meinem Gesicht noch näher. „Ich hab dich nicht verstanden, Liebes. Was hast du gesagt?“

Ich schaue ihm direkt in die Augen. Tut mir Leid, Mr. Wilson.

„Mr. Wilson.“

„Nun, ich finde es nicht lustig, wenn du Spielchen mit mir spielst, Caroline. Aber ich weiß, dass du in den letzten Stunden viel durchgemacht hast, also will ich darüber hinwegsehen. Sag uns, Liebes, wer mit dem Gewehr ins Haus gekommen ist.“

„Ich sage doch, Mr. Wilson. Ich habe ihn gesehen …“

Der Sheriff betrachtet seine Hände, schüttelt den Kopf, ich weiß nicht, was er denkt.

„Ich erzähle nur, was ich gesehen habe …“ beginne ich, doch er unterbricht mich.

„Liebes, deine Mama und ich müssen wissen, was hier im Haus passiert ist.“

„Mr. Wilson …“

„Drum Wilson ist mein Freund.“ Er streckt mir seinen Finger ins Gesicht. „Und ich weiß zufällig genau, dass er nicht mal in der Nähe war, als geschossen wurde, so viel ist sicher …“

„Aber …“

„Nichts aber. Er war mit mir und dem halben Ort bei Sonny Zebulons Geburtstagfeier.“ Der Sheriff dreht sich zu Mama um. „Sonny Zebulon ist der älteste Mann hier im Ort, gestern hatte er seinen fünfundneunzigsten Geburtstag. Der Mann kann noch immer Musik machen wie ein ganz Junger … Wie auch immer, Drum Wilson war dabei, spielte Gitarre. Wilson machte sogar eine ganz schöne Welle, indem er die Mandoline mitbrachte, auf der sein Vater schon gespielt hat und …“

Während er weiter über die Party erzählt, presse ich die Augen zusammen, versuche mich an Mr. Wilson zu erinnern, der seine Verandatreppe hinaufgeht, er hat etwas in der Hand …

„Das Ding ist mehr wert als wir alle zusammen …“ sagt der Sheriff.

… hat etwas in der Hand.

„Sie ist sehr schön, mit Muschelintarsien, glänzend poliert …“

Etwas Aufblitzendes! Seine Mandoline! Der Mond hat sie nur eine Sekunde lang aufblitzen lassen, aber jetzt weiß ich, dass es das Instrument war. Es war doch kein

Gewehr. Ich *wusste* doch, dass er keiner Fliege was zuleide tun kann. Ich *wusste* es.

„Wie auch immer“, der Sheriff schaut mich wieder an. „Deswegen weiß ich, dass Drum Wilson niemals der Täter gewesen sein kann. Wer war es also, Kleines?“

„Mama, wo ist Emma?“

Und dann sehe ich etwas. Etwas, das sich fast wie ein Traum anfühlt.

„Geh ...weg. Sofort.“

Ich erinnere mich, dass ich antwortete: „Ich lass dich nicht allein, Mama.“

Ich erinnere mich, wie Richard brüllend aus der Küche kam. Ich kann sogar noch hören, wie er lallte.

Aber dann fällt mir etwas ein, das ich bis jetzt vergessen hatte.

Als ich versuchte, aus der Tür zu schlüpfen, hielt er mich an meiner Bluse fest!

„Du Stück *Scheiße*“, sagte er. Und fuhr dann fort, zu brüllen. Das wusste ich vorhin gar nicht mehr.

„Lass mich los!“ Ich wand mich unter seinem Griff.

„Du hast diese Preise da doch gesehen“, sagt er, als ob ich wissen müsste, wovon er sprach. „Die *wollen* doch geradezu beklaut werden, wenn du mich fragst!“

Ich sehe, wie ich ihm in die Hand beiße.

„Was zur Hölle ...?“

„Wo ist Emma?“ Ich erinnere mich, dass ich herumwirbelte und ihn anstarrte. Ich erkannte meine eigene Stimme nicht. Ich kreischte.

Richard nahm gerade wieder einen Schluck, seine Lippen um den Flaschenhals zogen sich nach oben. Er antwortete mir nicht.

„Wo ist sie?“ Ich schob mich an ihm vorbei in die Küche.

„Brauchst nicht zu suchen“, rief er mir aus dem Wohnzimmer nach. Er saß in dem alten Stuhl, der einzige, der in diesem Chaos noch aufrecht stand, die Beine übereinander geschlagen. „Sie ist nicht hier.“

„Wo ist sie?“ Ich kam durch die Schwingtür zurück, die die Küche vom Wohnzimmer trennte. „Hm?“

„Sag nicht ‚hm‘ zu mir.“ Er spreizte den Zeigefinger von der Flasche ab und deutete auf mich.

„Sag mir, wo Emma ist.“

„Soll ich dir ein kleines Geheimnis verraten?“ fragte er ganz ruhig, als würde er gerade ein Steak zum Abendessen bestellen. Nur dass er lächelte. „Ich könnte dir etwas verraten, obwohl ich geschworen hab’, es dir nicht zu sagen.“

„Emma!“ schrie ich die Treppe hinauf. „Emma! Wo bist du?“

„Ich sag’ doch, sie is’ nicht hier.“

Ich sah ihn an.

„Und jetzt verrat’ ich’s dir: Sie ist tot!“

In meinen Ohren begann es zu brausen, es war wohl das Blut, das in meinen Kopf schoss.

„Um genau zu sein, *ich* hab' sie umgebracht." Er nuckelte an seinem Bier, stellte die Beine nebeneinander.

Ich weiß noch, dass ich zwei Stufen auf einmal nahm, erst in sein Zimmer rannte, dann in unseres. Nichts.

„Keine Emma mehr." Ich kann seine Stimme noch immer hören. Und sein Gelächter. Dieses Gelächter machte mir klar, dass er nicht log.

„Er hat gelacht." Ich öffne die Augen. „Er hat gelacht, als er sagte ..." Ich kann es nicht aussprechen.

„Als er dir sagte ..." Die Stimme des Sheriffs zerschmilzt in der Luft. „Als er dir sagte ...", versucht er es erneut.

„Er sagte ..." Ich schlucke schwer. „Er sagte ... er sagte, dass er sie umgebracht hat." Ich betrachte ihn, um sicherzugehen, dass ich die Worte nicht nur gedacht, sondern laut ausgesprochen habe, denn das passiert mir manchmal.

Er schweigt. Ich bringe es nicht über mich, Mama anzusehen. Falls sie bisher nicht wusste, dass Richard ihr Kind getötet hat. Ich kann sie nicht anschauen.

„Er hat dir gesagt, dass er Emma umgebracht hat?"

Ich halte die Tränen zurück, während ich nicke.

Der Sheriff wirft meiner Mama über die Schulter einen

Blick zu und nimmt seine Hand von meiner. Mama kommt näher.

„Mrs. Parker, warten Sie." Er hebt die Hand, um sie aufzuhalten. „Sie soll weiter erzählen. An was erinnerst du dich noch, Liebes?"

Als ich die Augen schließe, kommen die Erinnerungen wieder zurück, ich weiß aber nicht, ob sie wahr sind oder nur ein Traum.

Ich springe über Steine. Renne den Pfad hinauf. Es war dunkel, so dunkel, dass ich mich ganz darauf verlassen musste, dass meine Beine mir den Weg zeigten, den ich so oft gegangen bin. Ich erinnere mich, wie Mr. Wilson zur Eingangstür ging. Wartete. Und dann ... Moment ... ich glaube, ich drehte mich um. Drehte ich mich um? Ich glaube schon.

Ja, ich tastete mich zu dem Schuppen durch die Dunkelheit. Lieber Gott. So war es. Ich zögerte eine Sekunde, riss meine Augen noch weiter auf, um mich in dem Schuppen zurecht zu finden.

Du weißt, was wir jetzt machen, oder? sagte Emma. Ich erinnere mich, dass ihre Worte wie ein Tischtennisball durch meine Gedanken sausten. *Wir erschießen Richard.*

„Wo ist Emma?" frage ich Mama und den Sheriff.

„Sprich weiter, Liebling", antwortet er. „Versuch dich zu erinnern, was als Nächstes passiert ist."

„Mama? Wo ist Emma?" Aber sie schaut weg, schiebt

sich eine Zigarette zwischen die geschwollenen Lippen und raucht.

Also schließe ich wieder die Augen und gehe zurück.

Wir müssen ihn umbringen, Carrie, sagte sie. Es kommt mir vor, als wäre es nicht länger als fünf Minuten her. *Wir müssen ihn umbringen.*

Ich nahm das Gewehr und überprüfte, ob es geladen war. Ich spürte ein, zwei, drei, vier, fünf leere Löcher. Aber im sechsten steckte eine Kugel. Eine Kugel. Mehr braucht man nicht zum Töten.

„Er hat sie umgebracht", sage ich. Sie machen erschrockene Gesichter. „Er hat mir gesagt, dass er sie umgebracht hat." Ich weine. „Mama?"

Dass sie mich einfach nicht ansehen will, ist der Grund, warum ich immer wieder die Augen schließe. Ich kann es nicht ertragen, wie sie wegschaut.

„Ich holte das Gewehr", fahre ich zwischen zwei Atemzügen fort. Und da zuckt ihr Kopf doch plötzlich hoch. „Ich musste das Gewehr holen." Ich weine noch heftiger.

„Ist schon gut, Kleines." Der Sheriff sagt all das, was Mama sagen würde, wenn sie mit Tränen umgehen könnte. „Erzähl es uns. Es wird alles wieder gut. Erzähl uns nur, was dann passiert ist."

Als ich die Augen wieder zusammenpresse, drücken

meine Lider die Tränen aus wie aus einem nassen Handtuch.

Mit dem Gewehr lief ich etwas langsamer, aber nicht viel. Auf der Hauptstraße kam ich dann wieder schneller voran, hatte aber auch mehr Angst, weil ja jeden Moment ein Auto oder Lastwagen kommen konnte. Ich weiß, dass ich schneller lief. Und noch schneller. Der Weg zu unserem Haus war steil, der sandige, steinige Boden ließ mich immer wieder straucheln, aber ich fiel nicht hin. Ich konnte das Küchenlicht durch die Bäume scheinen sehen. Ich verschnaufte, wischte mir den Schweiß von der Stirn und spürte das kalte Metall des Gewehrgriffs in meiner Hand.

Das Haus kam näher. Und näher. Am Fuße der Verandatreppe nahm ich das Gewehr in beide Hände, versteifte die Ellbogen so, wie Mr. Wilson es Emma beigebracht hatte. Ich zählte die Stufen, ich durfte ja nicht nach unten sehen. Ich versuchte, ganz langsam durch die Nase ein- und auszuatmen, wie man es vor einem Schuss tun soll. Aber ich glaube, das gelang mir nur kurz, dann atmete ich wieder durch den Mund.

Die Veranda. Das Gewehr nach unten haltend stieß ich mit einem Fuß die Gittertür auf.

Durch meinen Rücken abgebremst schloss sich die Tür ganz leise, ich bewegte mich weiter. Ich betrachtete das Haus, als sähe ich es zum ersten Mal. Daran kann ich mich erinnern. An den Tisch im Wohnzimmer. Den Sessel, in dem er gesessen hatte. Die umgeworfene Lampe. Mamas Stöhnen. Ich hielt das Gewehr ganz ruhig. Ich richtete es auf die Schwingtür, die zur Küche führt.

Wir erschießen Richard, hat Emma gesagt.

„Ich muss wissen, wo meine kleine Schwester ist!“ Ich kehre in die Gegenwart zurück. „Mama? Haben sie sie gefunden …?“ Ich kann den Satz nicht zu Ende sprechen. Langsam. Atmen. Gut, jetzt weiter. „Haben sie ihre Leiche gefunden?“

Der Sheriff nimmt meine Hand. Lieber Gott. Sie haben sie gefunden.

„Schätzchen, bevor wir über Emma sprechen, müssen wir den Rest der Geschichte hören. Verstehst du? Du musst uns alles sagen. Dann können wir über Emma sprechen, ja? Ich weiß, ich weiß. Ganz ruhig. Atme. So ist es gut. Atme ganz langsam ein und aus. Kannst du jetzt weiter sprechen? Nur noch ein wenig. Du warst im Haus, hast auf die Küchentür gezielt. Und dann?“

Ich machte einen Schritt auf sie zu. Und dann noch einen.

Ich lauschte angestrengt und hörte Richards „Aaah“, das er immer ausstößt, wenn er einen größeren Schluck Bier als üblich getrunken hat. Und dann, wie die Flasche auf den Tisch geknallt wurde.

Ich glaube, ich wartete noch, bis ihm einfallen würde, dass dieser Schluck längst nicht genug war und er noch einen nehmen wollte.

Und da trat ich die Tür auf und offenbarte meine Absicht.

Ich werde dich töten, sagte das Gewehr zu ihm.

Ich kann noch immer sehen, wie er zu begreifen versuchte.

Die Erinnerung daran, wie der Schuss losging, wie aus der Überraschung auf seinem Gesicht Schmerz wurde, lässt mich auf dem Stuhl im Büro des Sheriffs erschauern.

„Du hast also Richard erschossen“, sagt er.

„Er hat Emma umgebracht.“ Ich sehe ihn direkt an. Direkt in seine Augen. „Und er wollte meine Mama töten …“

Der Sheriff atmet durch, wirft Mama, die tief inhaliert, einen Blick zu.

„Haben Sie Emma schon gefunden?“

„Caroline“, sagt sie. Ihre Stimme klingt wie damals, als ich ganz klein war und sie mich abends ins Bett steckte. „Schlaf gut und träum süß.“ Und im Türrahmen sah ich den Schatten von Daddy, der uns betrachtete.

„Caroline, sieh mich an, ich habe das alles so satt, verstehst du? Es hängt mir zum Hals raus. Das muss jetzt aufhören. Sofort.“

Ich starre auf ihren Mund, ihr in die Augen zu sehen bringe ich nicht fertig. „Emma“, flüstere ich.

„Davon spreche ich doch.“ Sie holt tief Luft, blickt zum Sheriff, der ihr aufmunternd zunickt.

„Das habe ich gesehen.“ Ich versuche nicht zu weinen, weil Mama das ja nicht mag. „Sie haben ihre Leiche gefunden. Wo ist sie?“

„Himmel noch mal, bei aller Liebe, würdest du bitte *aufhören? Es gibt keine Emma!* Verstehst du? *Es gibt keine Emma!*“ Mama schreit, aber ich könnte wetten, dass selbst sie nicht vorhatte, dermaßen laut zu werden.

Wegen der Stille scheint sie das Gefühl zu haben, es noch einmal sagen zu müssen: „*Es ... gibt ... keine ... Emma.*“

Schweigen.

„Es hat nie eine Emma gegeben.“ Mama war schon immer stärker als ich, und als sie mir die Hände von den Ohren wegreißt, stürmen die Worte in meinen Kopf, drängen in mein Gehirn. „Nein, nein – dreh dich nicht weg. Dreh dich nicht weg. *Emma hat es nie gegeben,* Mädchen. Verstehst du mich?“

„Ich hole ein Taschentuch“, sagt der Sheriff. „Versuchen Sie, sie zu beruhigen, ich bin gleich wieder da.“

„Und du hörst mir jetzt zu“, fährt Mama fort. „Emma hat nie existiert. Du hast kurz nachdem dein Daddy starb damit angefangen, von einer Schwester zu erzählen, und ich habe nichts gesagt. Aber ich wollte nie, dass du es so weit treibst. Das ist nicht richtig. Es ist nicht richtig, sich einen Menschen einzubilden. Du hast immerzu von ihr erzählt – ich konnte es nicht ertragen. Immer und immer wieder. Emma hier und Emma da. *Emma mag keine Erbsen, Mama. Emma will neben dir im Auto sitzen, Mama. Emma will in dein Bett.* Ständig ging das so. Und das ist nicht richtig, hörst du?“

Eine Tür öffnet und schließt sich wieder.

„Bitte sehr.“ Vor meinem Gesicht taucht eine Faust voller Taschentücher auf. „Atme ganz tief, Caroline. Atme. Sehr schön. Und jetzt putz dir die Nase, Liebes. Braves Mädchen.“

Es ist nicht leicht, genug Luft zu bekommen.

„Na, na. Komm, nimm noch ein Taschentuch“, sagt der Sheriff.

„Andauernd ging das so, Emma hier und Emma da. Und es wurde immer schlimmer. Schlimmer und schlimmer und *schlimmer.*“

„Mrs. Parker …“

„Emma versteht nicht, warum du sie nicht magst, Mama …“

„Mrs. Parker …“

„Und jetzt weißt du, warum ich sie nicht mag!“ Mama beugt sich zu mir und schleudert mir die Worte ins Gesicht. „Ich mag sie nicht, *weil es sie nicht gibt!* Da! Jetzt ist es raus. Kein Grund mehr, um den heißen Brei herumzureden. Ich mag sie nicht, weil sie nicht existiert!"

Ich ersticke fast an ihren Worten. „Du hast sie nicht gemocht, weil sie wie Daddy aussah! Und weil sie die einzige war, die gesehen hat, wie Daddy starb, und daran hat sie dich immer erinnert!"

„*Du* hast gesehen, wie dein Daddy starb!" faucht sie. „Du hast das alles gesehen! Es war an einem Samstag. Ich war draußen und hängte die Wäsche auf, und dieser Mann kam ins Haus ..."

„Hör auf!" Ich halte mir wieder die Ohren zu, aber das nützt nichts. Ich kann die Bilder nicht mehr aufhalten. Ein Mann mit einem Jagdgewehr. Ein sonniger Tag. Mama hängt die nasse Wäsche auf.

„Mrs. Parker ..."

„Dein Daddy hat sich so gut es ging gewehrt ..."

„Hör auf!" kreische ich und mache die Augen zu, damit ich ihre wütenden Lippen nicht länger sehen muss.

„ ... dann hat er ihn erschossen ..."

„Mrs. Parker!"

„Man hatte ihn gewarnt, sich von Selma Blake fernzuhalten."

„Hör auf!" Ich brülle aus voller Kehle. „Hör auf hör auf hör auf!"

„Und dann haben alle sich eingemischt, tu dies, tu das,

nimm dein Schicksal an, sagten sie." Sie läuft auf und ab. „Das hat mich zermürbt. Deine Lehrer ..."

„Stopp!"

„ ... alle Leute im Ort ..."

„Mrs. Parker ..."

„Jeder in diesem gottverdammten Kaff dachte, du wärst verrückt ..."

„Das reicht jetzt, Mrs. Parker. Das reicht. Wir lassen Carrie einen Moment allein, sie und ich holen uns eine Tasse Kaffee. Wir sind gleich zurück, Kleines. Gleich zurück, hörst du?"

Die Tür fällt hinter ihnen zu.

Aber nicht ganz, denn ich höre ihre Worte immer noch. „Ihre Freunde haben sich von ihr zurückgezogen, wollten nicht mehr mit ihr spielen, gaben ihr hässliche Spitznamen. Sie denkt, dass ich das nicht weiß, aber, Himmel, so daneben war ich auch nicht, um nicht zu bemerken, dass meine Tochter völlig verrückt ist. Ihre beste Freundin durfte nicht mehr zu uns rüberkommen. Ihre Mutter rief mich an und sagte, Carrie dürfe zu ihnen ins Haus kommen, *wo man ein Auge auf sie haben könne.* Als ob das alles *mein* Fehler wäre, dieser Irrsinn mit Emma. Nach dem Motto, wenn ich auf meine Tochter besser aufgepasst hätte ... Na ja, diese Frau hat sich immer für was Besseres gehalten, wenn Sie wissen, was ich meine ..."

Nein!

„Dann hat sie sich einen Job gesucht. Hat im White's Drugstore Kisten ausgepackt. Der Inhaber hat mich angerufen und mit mir über meine eigene Tochter gesprochen. ‚Sag mal Lib', meinte er, was hältst du denn von dieser Emma-Geschichte. Ich weiß nicht, ob das *gesund* ist, wenn wir da mitmachen.' Als ob ich das nicht selbst gewusst hätte! Ich fand das nie richtig, aber nein, diese hochnäsige Psychologin oder was immer zum Teufel sie war, sagte, es *wäre* gesund, dass wir da mitspielen sollten ..."

Nein. Ich weiß doch noch genau, wie Mr. White sagte, er würde sich sehr freuen, wenn Emma mit den Kisten helfen würde. Und Miss Mary hat Emma geliebt. Hat ihr das Haar zerzaust und so was alles.

Emma war da. Sie war *echt.* Emma war doch diejenige, die mich zur Seite geschoben hat, wenn Richard mich aus seinem Schlafzimmer gerufen hat. *Emma* hat das alles angetan.

Nein.

„Na du, meine Kleine." Der Sheriff lächelt, als wolle er damit Mamas finsteren Blick wieder gutmachen. „Wie geht es dir?"

In meinem Kopf dreht sich alles. Da ist Miss Ueland, die mit mir über den Bluterguss auf meinem Arm spricht, an derselben Stelle, wo Emma ihn an diesem Tag auch hatte. Ich verstehe das alles nicht.

„Nachdem du jetzt etwas Zeit zum Nachdenken hattest, wie fühlst du dich jetzt?“ Er rückt mit seinem Stuhl näher zu mir.

Emma war da. Ich kann mich an Emma *erinnern.* Ich weiß noch, wie ich sie immer angeschnallt habe, wenn Mama auf der alten Landstraße zu schnell fuhr.

„Es gab sie wirklich“, flüstere ich.

Ich kann verfilztes Haar zwischen meinen Fingern spüren … wenn ich durch mein eigenes Haar fahre.

Nein.

Emma war da. *Emma* hatte Vogelnester im Haar. Nicht ich.

„Ihr ging es immer schlechter und nicht besser, wie sie behauptet haben“, sagt Mama durch eine Rauchwolke hindurch. „Der Schuldirektor rief an und sagte, dass sie tagein tagaus verprügelt würde, weil sie mit sich selbst sprach. Sie schickten einen Arzt.“ Mama wendet sich an den Sheriff. Nicht an mich. „Mir war es so oder so egal, aber der Arzt sagte, es würde ihr irgendwann schon wieder besser gehen. ‚Lassen Sie ihr ihren Willen‘, sagte er. Als ob ich ein Zirkusclown wäre, der sie unterhalten muss, tagein, tagaus. Ich kann Ihnen sagen, das hat mich fertig gemacht. Dass ich immer beide zum Essen rufen musste. Ich habe mich absolut zum Depp gemacht, das habe ich.“

Ihre Stimme bricht, und meine Gedanken kehren

wieder in das Zimmer zurück. Mama wird gleich weinen, das weiß ich jetzt schon.

„Was sollen wir jetzt machen? Hm?“ Sie richtet die zitternde Zigarette auf mich. „Hast du mal daran gedacht, bevor du geschossen hast? Wie sollen wir jetzt was zu essen auf den Tisch bekommen? Wird sich *Emma* vielleicht um uns kümmern?“

„Bitte, Mrs. Parker.“

Eine Tür öffnet und schließt sich wieder.

14. KAPITEL

„Wie viel wollen Sie für diese Schüssel, Ma'am?" fragt das Mädchen.

„Zwei Dollar fünfundzwanzig", sagt Mama. „Das gehörte meinem Daddy in Rutherfordton."

Das Mädchen zählt das Kleingeld ab und reicht es ihr. Mama steckt es in die Zigarettenkiste, in der Daddy früher das Stück Teppich aufbewahrte, das ich sorgfältig in meine Tasche gepackt habe. Damit es bei der Haushaltsauflösung nicht verloren geht. Mama hofft, genug Geld zu bekommen, damit wir weit fort von hier können.

„Und die Vase?" fragt ein Mann.

„Ein Dollar fünfzig." Mama streckt ihm erwartungsvoll die geöffnete Hand hin. „Danke, Sir." Sie lächelt fast.

Aber ich nicht. Kein bisschen. Ich finde die Vorstellung nicht gut, dass unser Hab und Gut weiß der Himmel wohin geschleppt wird.

„He!" rufe ich ihr über den Tisch zu, auf dem alles, was zum Verkauf steht, ausgebreitet liegt. „Das können wir nicht verkaufen. Das gehört mir!"

Mama schaut herüber. „Wenn ich meine Sachen verkaufen muss, dann du deine auch. Leg das wieder hin."

Ich kann nicht. Das Briefmarkenalbum gehört mir.

„Kann ich mal sehen?" fragt ein kleines Mädchen an der Hand seiner Mutter.

„Ich glaub ja.“ Dann senke ich die Stimme, damit Mama mich nicht hören kann. „Ist aber nicht zu verkaufen.“

Sie lässt die Hand ihrer Mutter los und nimmt das Album hoch. Ihre Augen werden ganz groß, als sie die Seiten durchblättert. „Oh“, sagt sie. „Mama, schau mal!“

„Was ist das?“

„Das ist ein Album mit Briefmarken aus der ganzen Welt“, erkläre ich ganz stolz. „Sehen Sie? Die hier ist aus Schweden.“ Ich deute auf die Seite, die sie aufgeschlagen hat. „Und das ist meine Lieblingsmarke – die Bermudas.“ Beide beugen sich darüber.

„Wie viel wollen Sie dafür?“ wendet sich die Frau an Mama, die zu uns gekommen ist. Mama hat einen Riecher für Geld.

„Einen Dollar“, antwortet sie, bevor ich noch widersprechen kann.

„Mama“, schreie ich sie an. „Das gehört mir!“

Doch zu meinem Entsetzen greift die Frau in die Tasche ihres Rockes.

Ich versuche, das Album an mich zu reißen, aber das kleine Mädchen hat mehr Kraft, als ich gedacht hätte. Zudem hält mich Mama an der Schulter fest.

„Es ist meins“, sage ich zu der kleinen Verräterin, die genau wusste, dass es nicht zu verkaufen ist und über meinen Kopf hinweg mit den Erwachsenen einen Pakt geschlossen hat. „Gib’s wieder her.“

„Bitte schön.“ Die Frau reicht Mama einen zerknitterten Dollarschein.

„Mama, bitte!“ Ich weine. „Bitte, lass es mich behalten.“

„Still!“ Sie deutet auf ein Paar, das gerade unsere Matratze begutachtet.

Ich starre das kleine Mädchen böse an. Sie umklammert das Album.

„Mama.“ Ich zupfe an ihrem Kleid. „Mama? Warum darf ich es nicht behalten?“

Sie wirbelt herum und fährt mich an: „Man darf nicht zu sehr an Dingen festhalten, Mädchen. Vergiss das nicht. Außerdem, sieh dich doch mal um. Das alles werden wir früher oder später verkaufen. Nichts wird übrig bleiben. Nichts.“

„Aber …“

Doch sie ist schon weg, zählt das Geld von dem verwahrlosten Mann ab, der bereits versucht, meine Matratze in seinem Pick-up zu verstauen. Er bindet sie mit einem Seil fest, weil heute ein windiger Tag ist.

„Entschuldigen Sie, Ma'am“, ruft ein anderer Mann herüber.

Ich folge mit meinen Augen seinem Finger, mit dem er wortlos auf ein Möbelstück deutet.

Mama bleibt wie angewurzelt stehen, als sie sieht, was er meint. Mein Herzschlag setzt kurz aus, ich bin gespannt, was sie über Richards alten zerschlissenen Sessel sagen wird.

Hinter dem Mann steht eine Frau mit strähnigem

Haar und einem riesigen Bauch, ihr Kind wird wohl bald geboren werden. Mama betrachtet die beiden.

„Wie viel, Ma'am?“ fragt er dann doch, nachdem sie nichts sagt, sondern nur auf den Sessel starrt, in dem ihr Ehemann zu sitzen pflegte.

„Ma'am?“

„Fünf Dollar“, sage ich und schiebe mich an Mama vorbei.

„Fünf?“ Er schaut Mama fragend an. Sie ist stumm wie ein Fisch.

„Ja, Sir“, erkläre ich. „Fünf Dollar. Keinen Penny weniger.“

Er flüstert seiner Frau etwas zu, die schließlich das Geld aus ihrer Tasche fischt.

„Hier, bitte.“ Er reicht mir das Geld. „He, Walles! Komm, hilf mir mal bitte, ja?“

Und da ist auch schon Walles vom Zebulon's, er spaziert herein wie ein Cowboy, fängt meinen Blick auf und zwinkert mir ohne zu lächeln zu. Er packt die eine Seite des alten Trinkersessels, der neue Besitzer die andere, und dann verschwindet er für immer aus unserem Leben, das letzte Zeichen, das Richard hinterlassen hatte.

„Man darf sich nicht zu sehr an Dinge klammern, Mama“, sage ich, stecke meine Hand in ihre, und zum ersten Mal, seit ich mich erinnern kann, hält sie sie fest. Nur eine Sekunde lang hält sie mich fest.

Heute ist wieder Umzugstag, aber wir brauchen keine Kisten zu packen. Gott sei Dank.

Mama sagt, das Geld aus dem Verkauf hat gerade so gereicht, um unseren alten Wagen reparieren zu lassen, der uns wegbringen soll, weg vom Haus Nummer zweiundzwanzig. Ich fand ja, das Auto war ganz in Ordnung, aber Mama hatte wohl die Nase voll, den Schlüssel immer zehn oder zwölf Mal drehen zu müssen, bevor der Motor ansprang. Außerdem muss es uns ja bis zu Oma bringen, und Mama sagt, sie will kein Risiko eingehen.

„Ich seh' mich noch mal kurz um, dann geht's los", sagt Mama. „Wenn du vorher noch etwas zu erledigen hast, dann tu das jetzt."

Da gibt es etwas.

Inzwischen kenne ich jeden Ast, jeden Stein, jedes Loch im Boden des Pfads, der zu Mr. Wilson führt. Dieses Mal nehme ich mir vor, besonders nett zu Brownie zu sein, weil ich sie schließlich nie mehr wiedersehen werde.

Aber sie will nichts mit mir zu tun haben. Sie wartet, bis ich vorbeigegangen bin und folgt mir dann in sicherem Abstand.

„Mr. Wilson?" rufe ich.

Ich weiß nicht, warum ich ihn immer rufe, wo er doch sowieso nie antwortet. Er geht davon aus, dass ich ihn auf jeden Fall finde, auch ohne wie eine Irre zu brüllen. Und er hat Recht.

„Wir fahren", sage ich, als ich auf die Veranda geklettert bin.

„Das hab ich mir schon gedacht." Er hält den Blick auf seine Schnitzerei gesenkt.

Ich schaue mich um und versuche, mir diesen Ort, den ich nie mehr besuchen werde, einzuprägen.

„Tja", sage ich und verschiebe mein Gewicht von einem Bein aufs andere. „Dann geh ich jetzt wohl mal."

„Hier." Er schnitzt noch ein letztes Mal an dem Stück Holz. „Nimm das mit."

Er hält mir seine geschlossene Hand hin, öffnet dann nacheinander die Finger. Als ich es nehme, weiß ich sofort, was es ist.

„Hey!" Ich grinse. „Das sind Sie!"

„Jawohl." Er lehnt sich in dem ramponierten Stuhl zurück. „Das ist das Beste, was ich je geschnitzt habe."

Ich weiß nicht, was ich sagen soll, es reicht, ihn zu umarmen. Erst sieht er überrascht aus, aber dann klopft er mir auf den Rücken.

„Du solltest jetzt los, solange die Sonne noch nicht untergegangen ist."

„Wiedersehen, Mr. Wilson."

„Wiedersehen, kleine Memme."

Er kann es nicht wissen, aber ich lächle den ganzen Weg zurück zur Hauptstraße.

„Fertig?" fragt Mama.

„Ja, Ma'am." Ich öffne die Autotür.

Auch sie streckt die Hand nach dem Türgriff aus, hält dann aber mitten in der Bewegung inne. „Warum willst du hinten sitzen?" Sie scheint sich zu fragen, ob ich etwas vorhabe.

„Ich will alleine hinten sitzen", erkläre ich. „Mama, wo ist mein Malblock, den ich für die Fahrt rausgelegt habe?"

„Der ist hier." Sie reicht ihn mir über die Kopfstütze hinweg. „Bitte schön."

Das Auto holpert den Weg entlang, und erst auf der Hauptstraße beginnt Mama, am Radio zu drehen, damit Musik ... oder sonst etwas ... die Stille ausfüllt.

Wir fahren durch den Ort. Antone's. Zebulon's. Sie alle fliegen an mir vorbei. Und dann klappe ich eine ganz neue Seite von dem Block auf.

Ich bin froh, dass du jetzt auch lesen und schreiben kannst, kritzle ich. *Ich weiß nicht genau, wie lange wir bei Oma und Tante Lillibit bleiben, aber Mama meint, nicht allzu lange. Danach könnten wir hingehen, wohin wir wollen. Hey Em – wenn du überallhin könntest, wohin würdest du gehen?*

– ENDE –

Deutsche Erstveröffentlichung

Alex Kava

Die Rückkehr des Bösen

Eine blutige Mordserie an Priestern – ein Fall für die FBI-Profilerin Maggie O'Dell. Doch um der schrecklichen Wahrheit um Missbrauch und Rache auf die Spur zu kommen, muss sie ein Pakt mit dem Bösen schließen …

Band-Nr. 25158

7,95 € (D)

ISBN: 3-89941-197-8

Erica Spindler

Spiel mit dem Tod

Als Richard Ryan mit der aufregenden Julianna, der neuen Angestellten in seiner Kanzlei, eine Affäre beginnt, ahnt er nicht, auf welch gefährliches Spiel er sich einlässt. Julianna ist besessen von dem Gedanken, seine Ehe zu zerstören …

Band-Nr. 25183

7,95 € (D)

ISBN: 3-89941-241-9

Deutsche Erstveröffentlichung

Erica Spindler
Der Albtraum
Band-Nr. 25169
7,95 € (D)
ISBN: 3-89941-227-3

Erica Spindler
Gefangene des Ruhms
Band-Nr. 25151
7,95 € (D)
ISBN: 3-89941-190-0

Erica Spindler
Im Schatten des Mörders
Band-Nr. 25129
7,95 € (D)
ISBN: 3-89941-168-4

Erica Spindler
Die Angst im Nacken
Band-Nr. 25114
7,95 € (D)
ISBN: 3-89941-150-1

Alex Kava
Das Böse
Nr. 25001
7,95 € (D)
ISBN: 3-89941-001-7

Alex Kava
Das Grauen
Band-Nr. 25024
7,95 € (D)
ISBN: 3-89941-032-7

Alex Kava
Schwarze Seelen
Band-Nr. 25052
7,95 € (D)
ISBN: 3-89941-067-X

Alex Kava
Eiskalter Wahnsinn
Band-Nr. 25069
7,95 € (D)
ISBN: 3-89941-091-2